U0529801

家族试验

Family Experiments

张怡微 著

人民文学出版社

图书在版编目(CIP)数据

家族试验/张怡微著.—北京:人民文学出版社,2020
ISBN 978-7-02-015414-2

Ⅰ.①家… Ⅱ.①张… Ⅲ.①短篇小说—小说集—中国—当代 Ⅳ.①I247.7

中国版本图书馆 CIP 数据核字(2019)第 154936 号

责任编辑　文　珍
装帧设计　李思安
责任印制　任　祎

出版发行　人民文学出版社
社　　址　北京市朝内大街166号
邮政编码　100705
网　　址　http://www.rw-cn.com

印　　刷　三河市宏盛印务有限公司
经　　销　全国新华书店等

字　　数　177千字
开　　本　880毫米×1230毫米　1/32
印　　张　8.25　插页1
印　　数　1—10000
版　　次　2020年1月北京第1版
印　　次　2020年1月第1次印刷

书　　号　978-7-02-015414-2
定　　价　42.00元

如有印装质量问题,请与本社图书销售中心调换。电话:010-65233595

目 录

序:如果爱赋予生活意义,
  凭什么不永远让生活变得更加容易 1

试验 1
我真的不想来 42
春丽的夏 83
而吃菠菜是无用的了 109
奥客 127
嗜痂记 138
最慢的是追忆 167
丰年记 182
今日不选 195
呵,爱 207

附录:
  王宏图:痛,且飘浪在风中
    ——张怡微的青春书写 227

张定浩:张怡微的世情小说　　241
朱婧:"总有一些时刻会让自己觉得微小"
　　——张怡微的细小美学　　250

序：如果爱赋予生活意义，凭什么不永远让生活变得更加容易

张怡微

非常感谢人民文学出版社给我这次重版小说的机会，我想我非常幸运。我完成了一个梦想，使《家族试验》和《细民盛宴》归为同一类写作，来自青春，来自本能，来自于我个人十多年的城市生活经验、城市情感经验。从我18岁写作第一篇小说到如今，已有15年。我赶上了"青春文学"出版的好时代，也赶上了女性能受到完整教育的好机会，从写作者转变为写作教育的工作者，这是18岁满腔愤懑构思《我真的不想来》时的我怎么也没有想到的。

《家族试验》是我观看世界、观看生活的起点，来自种种"不满足"，对家庭不满足，对爱不满足，对知识不满足。创作这些故事的初衷，是因为年轻的眼睛看到了许多残缺、不完满，看到成人世界令人费解的雷池，不冲进去看一看残肢断臂，是不会甘心的。如今我依然不满足，却已是完全不同的不满足了。

在《家族试验》写作的十多年里,城市生活发生了巨大的变化,城市经验也被更新的经验所代替。我是工人的后代,但城市里的工人变少了。我是单亲家庭长大的,单亲家庭变得越来越常见。我是独生子女,未来的孩子很多都不是了。我是女儿,承担着普通女儿的"戒律",以及没有恶意的不被重视。我的孤独、我的无意识并不特别,如果没有文学,许多经验转瞬即逝。我是被命运善待的人,失去的一切都不算什么,得到的可能还更多一些。但当时的我,面对正常的生活,总觉得哪里不对劲,想要说出来。如果那些不对劲的事多到产生了一个新的世界,那便是我青涩的虚构世界,是青春里的暗室。在日常生活里,我并不是个勇敢的人,不是挑战生活的强者,普通到不能再普通。在那个世界里,我追索着血缘的意义、家庭的意义、女性生活的意义,确保对现实的抗拒。

《家族试验》中写作了一些没有血缘关系的人生活在一起的故事,所以这些故事谈论爱,谈论友爱,和暂时的爱、暂时的友爱。写作令我发现了审美意义上"离别"与"挽回"的艺术,意味着在另一个世界里,我有足够的勇气对"离别"与"挽回"进行反复练习。

感谢这15年来帮助过我的人。

2019.5.8 于复旦大学

试 验

1

　　侯心萍已经很久都没有试过晚起,总是天不亮就醒。醒来的第一个刹那,耳畔都是嗡嗡的市声,人声、钟声、铃声、大轮盘轧过水门汀的蛮力声,像来回摩挲浅滩的浪,翻腾着冰冷的呼吸。她惯性地催促自己赶紧清醒,起身为要上班的父亲煮早餐。猛地一掀被褥,身上却尽漫着迫人的凛冽。膝盖骨的风痛终于让她恢复清醒的意识——早不是当年的时地了,记忆却偏还守着童年的欢意。其实应该牵记的事情那么多,人生的重心早就换了宏旨,可恹恹醺醺的晨影却令人恍惚。她心里养着"旧",护着"旧",总要在脆弱时拿出"旧"里的温暖来心酸一下,觉得自己还是越不过新旧交接,像小时候跳橡皮筋时轻轻一绊,失败了。

上海的冬天，总让人十分容易就回想到失意的青春里，蓬勃的热望被寒意扑灭的几个遥远的瞬间。这种幻觉像骤然见到枯枝败叶中静静穿插着一枝哀艳的蜡梅，假得那么动人，又冻得那么真切。

心萍还在心里暗地害怕，一旦自己起床晚了一点，父亲就索性不吃早饭了。银行里做事的人，钟点都掐得很精准，半点由不得自己，六亲不认的原则中夹着一点近乎性感的薄情。因为，到岗时间一旦晚过开市，金饭碗就没有了。父亲在这一方面严于律己，虽然他总的来说并不算是个严于律己的人。他颇有计划地将业余生活中所有的松懈都用来偿付机械化的体面工作所带来的紧张感。一旦下班，就凿骨喷髓涣散了去。像散了场的皮影，精神气也打烊，灰不溜秋，满身月色。

这种将上班下班活成两种天地的在世本领，心萍是一辈子也没有学会。她里里外外就是一个人，年轻时觉得自己好可怜，把可怜存在银行里，老来竟连利息都超过了本金，变成一大笔可观的"可怜"，像措手不及的横财。快要对世界做告别的时候，才懂得什么叫花不完。

人原要到七十，才站在生命的制高点回望过去的时光；心萍一眼看到的，还是解放前父亲在同孚路当中级职员的那些称心岁月。父亲穿着西服，毛孔中都向外渗着洋墨水，沉默中带着典雅的迷雾。在日本人来以前，他都像个标准的新派人。那时候上海很困难，但里子和面子毕竟不同。就是大观园盛景，各式人脸都在街头跑马灯。谁都不知道未来会发生什么，却又总觉得眼下的平安并不可靠。哪怕是战时，父亲每个月都要带心萍和姆妈去华懋饭店吃一次牛排，每年还要带她们去住一次大饭店。他们的房子是租来的，没有大钱，但醉生梦死,享乐至上。父亲在家里煮红茶喝咖啡,用小夹子加方糖,伺候自己像个周到的侍应生,姆妈总归笑他娘娘腔。其实他并不娘,就是活得精细,有时候看起来会像个笑话。

那个爱穿背带西装的习惯,父亲在兵荒马乱的几年还撑了一阵,挨到新时代初,沪上街头还是穿什么的都有。长袍马褂、西装领带、土布衣、棉旗袍、对襟衣、军装、列宁装……父亲特为选了西装领带,显出和别人不一样的坚持,一点也没有意识到这是一件危险的事。与此相匹配的是,他也欢喜女人打扮成有教养的模样,头发要梳好、衣裳要各有功用、季节替换要及时、腰要细、腿要直……胜过看起来朴素贤良。心萍后来一辈子都没过上父亲当年的生活标准,也没能成为父亲喜欢的那种女性。她只是猜,自己是个不太合格的旧家女儿,可惜太多事都来不及追认。自己连头发都快掉光的时候,想到双亲过世前都还是记忆中年轻时候的模样,这就有了一种错觉,心萍隐隐觉得,自己是比父母还要风霜一些、衰败一些的。于是想念他们,就像看着后辈冻龄在凝固的时间,心怀里横生出慈爱、包容来。别有一番滋味。

父亲一辈子都是个标准的小资,骨子里一点也不追随进步。这是生相(指性情),后天很难改变,有时也没有什么高级的坚持。他仿佛天生就会对太太说好听的话,同时却又懒惰、胆小、沮丧。他欢喜过的女人都要忍耐他的噱头和无能,但总体上,父亲并不讨人厌,甚至还活得有那么一点惹人艳羡。街坊邻居都轻飘飘夸他"山青水绿""体面有风度",即使女儿年纪那么大了,他还是那么在意自己的"清爽"与"挺括"。就好像,搅拌在脚踏车铃声里的那些赞美,是父亲一生中最大的快乐所在。姆妈在时,自然也要替父亲吸收这些寒暄,不仅清晨里、黄昏里、倒马桶时,甚至夜里尿尿都要经得起冷不防被人恭维一番。面子上始终过得去,夫妇间的细微忍耐就要容易些。心萍有时候甚至觉得,父亲就是为了那些清晨里的表扬声才准时上班的,他生怕错过了什么似的,在意着自己的公众形象。然而人活在虚荣里,总比活在挫败里要开心。心萍姆妈虽然死得早,却也不亏人间什么甜美的情意。该有的,她都有过了。走得急,也不代表痛苦就多。

心萍一直以为自己会嫁给和父亲相似的男人,因为她觉得父亲的缺点她都能忍受,父亲的优点她都欢喜……没想到却嫁成了另外一种人生,像早早架好的画布,尺寸都有了规定,没有什么发挥的空间了。年轻的时候,心萍妒忌那些可以自由发挥的人。后来见得多了,才晓得看起来越无法无天的人,命运的画布越不见得比她更宽阔。

记忆中的父亲,其实从来都没有为了早饭这种小事而责怪过心萍,因为心萍从来没有一次忘记过起床,那是她唯一有份为父亲做的事。何况父亲本来也不会责怪心萍,他喜欢这个女儿。或者说,他喜欢女性,和由自己所创造的一切。关于这些,心萍从少女时期就看懂了。她平静、本分、简单,只是看起来罢了,她也不是完全没有狡黠。可惜一辈子都没用上几次天赋的小聪明,工作上不允许,医院里最怕医生运用小聪明,婚姻里也没有舞台,于是只能草草作罢。压制得越久,就越不安。唯有惊慌的暗潮,像马不停蹄的梦魇,不断在她半生以来的每一个清晨重复上演。

直到如今,心萍其实早就活过父亲过世的年纪,都忘不掉那些遥远的灵犀。带着稀薄的思念、渴望,日复一日。尤其这些年,她心里骤然增添了干枯的裂痕,回忆如入夜的惊涛骇浪,又如晨曦后伪装的安宁。外部的冷暖,衰弱的身心,已经没有粉饰的能力覆盖周全。动不动就吹进一丝杂念,惊扰了多年来因忙碌人生而建立起来的平安。

虽说已经到了做奶奶的年纪,心萍却依旧保持着心里的晨雾,朦朦胧胧,像一个没有恋爱过的人。只有在这样的清晨里,当世界还在沉睡,她若舀上一勺蟹糊里的膏黄,淋了醋、撒了砂糖,偷偷抿在嘴里时,会暂时忘记那些沉重的哀愁。心萍觉得,自己到底还是有和父亲相像的地方,再苦闷都要偷着乐的秉性,偷吃偷喝偷自相都好开心。有时她甚至觉得,在父亲的体面背后,兴许有着和她一样难以沥述的折中。只是他死得太早太不堪,才没有将自己审美背后的缺失与欲求清楚明白地说道给她听。从那些小欢乐里,心萍知道了自己沉重命运背后的纹理,年轻时候看不懂的眉眉角角,现在像蛤蜊煮开的瞬间展露出最脆弱鲜甜的真心。她渐渐看明白生活是怎么回事了,可惜事到如今命运仍旧没有给她很大的舞台来发挥她的智慧,爱情里也没有给她机会。

但漫长的婚姻生活里总是不缺少小快乐的,像丈夫夸赞她买来的便宜胶水里"有水没有胶";譬如她又嘲笑丈夫胖得没有头颈,像有白胡子的海绵宝宝……两人笑到岔气的瞬间里,密密实实都是日常的温馨,一刀剪不断的扎实。然而,在那些纷繁的小快乐里,似乎又隐藏着巨大的不安……那来自死亡,或者与死亡有关的一切。今天不知道明天,也不知道还有没有明天……

一切都像是要来不及了。成天的来不及又索性铺展起精致的耐心。当一切的日常度过都只能为数不尽的来不及做一点杯水车薪的准备时,心萍发现自己越发直接、实惠了起来。这就使得她频繁地回忆往事,因每一次都像最后一次一样严肃,竟悄然转换了旧年里的悲喜平衡。

到如今,心萍父亲走脱已经快四十年了,就连继母芬芳姆妈离开人世都已经十四年。芬芳姆妈的长寿,就像为守节坐的牢,似乎也说明父亲值得上两个糊涂的女人为他痴心。在接连失去了儿子、丈夫以后,芬芳姆妈连做小的太太都不像,倒像是被心萍领养的远房亲戚,神经兮兮。

芬芳姆妈死前,心萍极不情愿地答应将她和父亲合葬在一起。那天可以说是心萍人生中的一段高潮。她等这一天等了大半生了,以至于终于看起来什么都得依靠她亲自决定的时候,身边连个彻底懂她的人都没有了。那些人……似乎都等不及这一刻就草草死去了,每当心萍想起这一点来就很哀愁,像命里亏欠她的。

在原谅芬芳姆妈的事情上,心萍虽然想过一万次,演过一万次,但每一次都是有观众的。没有观众,也就无所谓煽情。心萍最终心软,还是应了老太太最后的愿望。她并不是爱她,也不是可怜她。只是,对她的感情强烈到什么都不剩下。而那一刻,心萍忽然觉得自己挺伟大的,伟大就是什么事都不让自己顺心。心萍心里通通透透,却没有练就什么大本事,就连坚持到底在背后刻薄人都不长久,只能做做中医院里的张爱玲。

她还佯装收了芬芳姆妈一副不值钱的耳环。

芬芳姆妈说:"还给侬,我一直帮侬保管。再困难的时候,我都缝在衣服里面当宝贝,这辈子也算对得起侬爹爹姆妈。"跟做戏一样。心萍在医院里生生死死见得多了,也不是所有人断气都断得很周全。芬芳姆妈竟有福,死前把肚子里的话说尽了才合眼,甩手甩得很彻底。她这一辈子,晚来什么亲人也没有,站在身旁的,只有一个从来没有爱过她的继女……算不算时代的错。

"真惨,"心萍心里想,"她真作孽。"

芬芳姆妈说:"心萍,原谅我,拖累侬那么久,我活得太久了,真是不好意思……"

心萍本来端着一副严肃的脸孔想当女菩萨,听她在死前突然客气起来,吓死人了。芬芳姆妈好像早就忘记饿她、气她、作践她时有多好意思了。她停顿了很久,突然又说:"那叫齐齐也原谅我,好吗?"

那前半句话,其实也不是那么动人心魄。心萍知道,那两颗红宝石,早就被父亲拿到银楼里挖出来换过了,再镶上去的是红玻璃。她不清楚芬芳姆妈是不是晓得这件事,但心萍是晓得的。戒指是亲生姆妈的嫁妆,那就是父亲作为一个穿西装的男人,在面对亡妻时的忍心。换出来的钞票,花在了死掉的弟弟身上,打了个巨大的水漂。那个时候,上海的形势已经乱了,银行尤其紧张,钞票不值钞票,平民百姓每天能领的钱都有限额。挖掉的宝石,有时值得上两年的房钱,有时值得上两张救命的船票。如果弟弟那时候没有病,他们一家人恐怕就去香港了,一生都不会再回来,也就没有了现在的离合与悲欣。

那个小男孩的出现与离开,就像是命运作祟,带着破坏的强力,将他们一家别扭的三口人牢牢钉在了上海,钉在了不可移动的梁木上。到了现在,心萍连他的面孔都想不起来了,更不用提什么感情,可惜一生的格局都已经铸成。芬芳姆妈当时光顾着撕心裂肺地难过,不记得有问钱是哪里来的。心萍却为这两个姆妈戴过的宝石狠狠哭了一场。她不是舍不得那钱,那时候也不懂什么叫钱。也不仅仅是舍不得姆妈的遗物,毕竟她心里要更欢喜爸爸一点。可她就是舍不得那两个剜掉的真东西,不喜欢装上的假东西,像死了亲姆妈换了芬芳姆妈一样委屈。现在高潮早就过去了,心萍一想到以前心里曾经那么汹涌澎湃过,就觉得真是以前好。她如今再也不会了,再大的难过,也不过是一粒安眠药和两粒安眠药的区别。她什么副作用都不害怕,到了这个时地,睡得好比什么都重要。也只有那些"还是以前好"的强烈回忆,能使人感到安慰。那是忍耐生活中长久无聊的原始动力。仿佛是消极的力量,没有功劳也有苦劳。心萍只要想想以前的好,想想现在的不好,即使什么都改变不了,也能感慨着、像个智者一样打发好几年的沉闷时光。

但心萍没有办法替儿子原谅芬芳姆妈,她那是痴心妄想得寸进尺。小囡大了,只能指望他多回家吃吃饭。其他的事情,大人都做不了主。但芬芳姆妈一直抓着她的手,像个巫婆一样,死死不放松。直到心萍点点头,握紧那两个玻璃石头,才决定断气。心萍给她养老,给她送终,四十年的日子,芬芳姆妈都不曾死去过一天。她说自己真不好意思,活了这么久,也许是真的。活得无滋无味,却抵不过怕死。爱得死去活来,也比不上贪生。

到了心萍现在这个年纪,真的假的早就没什么用处,钱也没有用处,念想也没有用处。但听芬芳姆妈那样说,到底是心尖上的一簇肉动了一下,一个人这么说自己,也算是无赖透了。一辈子的恩怨于是灰飞落地。不然还能怎样呢。看她老成像一只瘪掉的皮球一样,胸口挂着两只发黑的乳头,扯着病服插着导管,屎屁尿欢快地滋生着湿气,她说自己真不好意思,活了这么久,还能怎么样呢。

心萍自己有了儿子以后,才体会当年芬芳姆妈也是身上一块肉被挖走,那比挖掉宝石要痛多了。父亲病重后,两人也就没有了生孩子的可能。芬芳姆妈要过几次,都被父亲拒绝了。父亲说她淫得狼心狗肺,却不知道一个孩子很可能足以对芬芳姆妈的命运产生改变。父亲这样说她,她碎了心,人也就越发古怪、离奇。早年算得上清雅的面孔上,一对眸子越发显得大而促狭。她死前要求心萍,都像是这种促狭的逼胁,像她生前说父亲就是娶她来挖她的肉时的表情。

她再没有肉的时候,却希望化成灰和他躺在一起。她真是好意思。

心萍觉得芬芳姆妈真惨,但自己母亲也好不到哪里去。母亲的骨骸早就无影踪,改朝换代以后,她就是庙里孤零零的一个牌位。革命时被清扫得魂灵出窍,早就投胎做新人去了。乱纷纷的这一辈子,真想有个牢靠的寄托,都是很奢侈的事。人活着不能想太多,就会过得比较容易。

心萍想,谁和谁葬在一起,想穿了就是块石头上的名字,依她就依她。其实不依她,吹吹牛皮,她眼睛一闭也统统不晓得。不过想想还是算了。心萍自己也老了,她知道老来的不安,将心比心。

于是,他们三个人,父亲、芬芳姆妈和弟弟承芳,在石头上成了一家人。心萍没有把自己放上去,以后的人就不会知道,他们三个人团圆的日子也不过短短两年半。心萍成全了他们,像一个伟大的女人,奉献了自己。但这个墓她去也不想去,她觉得自己做了一件给亲生姆妈脸上泼粪的事,就不得不让父亲变成永别的伤心人。还好自己年纪大了,跑也跑不动,心里真是一点内疚也没有。

心萍想,这都2013年了。反正一家三口,就算被葬在三个地方,在现在看起来,也已经不是什么稀奇的事情了。一个人也不能登上很多墓碑,总要选一个更重要的来写自己的名字。每一块都写,就太十三点了。于是她选了那个贵的——自己家的那一家,要比芬芳姆妈和承芳弟弟那一座,贵两万块钱呢。

一个人要死得体面、死得没人说闲话,是很昂贵的。反正,只要自己家的三个人埋在一起就好了。心萍家里都不是教徒,再亲也不能一起上天堂,只好埋在一起。听起来纵然有点丧气,但团圆总归是心之所往。谁都不喜欢孤冷,活着、死去都不喜欢。这样要认真算起来,也只有自己母亲最孤冷。心萍及不上她。

心萍也真心不想要赢过她。人只要有一颗平常心,不要想太多,每一天都可以过普通的日子,做很多普通的事情。没有谁对不起谁。

2

心萍穿好衣服起身时,爱人嗣林也醒了。他没看到她,只说:"你快穿衣服。不要着凉了。"腔子里夹着似有若无的痰,又翻转过身。嗣林每天晚心萍一个小时起床,高血压在清晨总是比较难熬。

要由心萍煮好早餐,他才缓缓起身吃药、洗漱、吃饭,也是少爷的旧习,赖一会儿床都能赖出优越感。心萍知道他缓慢,眼看他越来越像父亲当年病时一样缓慢,甚至还有一点亲切。这种亲切感到了晚年就是爱情,互开玩笑也是爱,我让让你你让让我,幼稚得像嘲笑哈哈镜里的别人。因为就连心萍自己,日子都过得越来越慢。每天都做不了几件事,无外是睡与吃,散个步,就困倦了。风痛发得厉害的时候,真是生不如死。坐定久了不是,站又站不起来。累得要命又疼得睡不着,真是焦心。

嗣林比心萍大十岁,晚来都依赖心萍照料,和年轻时完全掉转了个。但也还好,爱人在不在比慢不慢重要多了。好歹有个伴,无论老幼,都是模模糊糊的影,却扎扎实实的体温。心萍很知足,至少她常常这样对自己说,人生不如意事常八九。外头听来的故事,可个个都比自己家来得吓人。自己家的故事,自己是幸存者。死神是他们家族的常客,几次照面下来,心萍心上并不舒坦,却不能不往舒坦里想。时日久了,也就习惯成自然。差不多要活到头,心里平平静静开始等待死亡的再度光临,它反倒是不来了,明日复明日。

早年心萍天天盼着死神来接继母走,继母真的走了,她心里又空落落。人就是这样贱。继母死后,心萍不愿意再失去身边任何一个人,才知道芬芳姆妈活着的那几十年,替她阻挡了那么多对于死亡的恐惧。在芬芳姆妈落葬以后,心萍就开始忌讳说到"死"字。那以前,她嘴里可常常带着杀机。

嗣林有时候胸里含着痰问她开不开心,想不想去看看父亲的墓,心萍都答:"爹爹姆妈的面孔都想不起来了,不记得他们生过我。"嗣林就让让她,八十岁了还当她是七十岁小妹妹在发脾气,说:"也不好这么讲,放在心里想念,也可以。"

平日里,如果儿子循齐不回家吃饭,那这一天就过得更加从容。早两年心萍还玩玩股票,后来眼睛模糊,亏了钱,心里有怨气,就甩手不做了,让几万块钱像尸体一样泡在股海的福尔马林里。人家上老年大学学钢琴跳舞,她上过大学也学过钢琴跳舞,不稀奇,也不欢喜。她个子高,跳舞找不到搭伴。手指却不长,还要被人家评论"原来人长手节头不一定长哦"。真没意思。刚退休时她还欢喜出去旅游,但嗣林过了七十就都不方便了,旅行社都怕收这些想在生命最后时刻玩一玩的老人。

如今心萍每天最大的行程,就是去菜场转圈。二楼时鲜菜便宜,但跨楼梯是个负担,手上能够提的重量也越来越轻。有时候明明知道过一条马路,就好便宜几块钱,也没有力气走远。坐公车也不用钱,但还是懒得动。就在菜场一楼晃一晃,每个摊贩都像老朋友,越相熟越不好意思还价。他们外地人起早摸黑做事,也是辛苦,累得半死嘴还抹了蜂蜜一样甜,见到他们就喊:"周医生,张老师……一向老恩爱的。一千弄里厢谁都及不上。"心萍听了很开心,想想,更加觉得自己手上不缺这点零钱。于是,每天走动的路线就越发显得单调,见到的人也一样,听到的恭维话也一样。要是跑到了斜土路上买过一条棉毛裤,就像短途旅游一样,是一件可以说给别人听听的大事:"喏,今朝我是跑得远了点,去中山医院旁边买了一条棉毛裤,样子蛮好,对吧?"

因为怕一个人走路没劲,她开始叫上嗣林陪着走,两个人一起,单调的路程中就多了一个声部。她年轻时嫌弃嗣林走路太快,老来又嫌弃嗣林慢吞吞。或者在内心深处,她就觉得自己和丈夫是不太合拍的。嗣林却从不这么想。可心萍一想到以后嗣林人不在了,就突然好害怕,提醒自己不要嫌弃他,就对嗣林说:"你慢慢走也挺好的,慢慢走有情调,最好下几滴雨。"嗣林说:"我最不喜欢下雨。"这就生生挡回了她的娱情。嗣林一辈子不是一个有趣的男人,总是严肃得要命,唯一的优点是还算耐心。人活着不能全指望有趣,耐心也是很重要的。心萍每次一劝自己,都很管用,都觉得自己其实很幸福,不再需要任何人的劝。过了童年,生活就没有这样幸福过,即使日复一日循环起来像一板燃烧的蚊香,都是沉闷的幸福。有时她觉得自己快要死了,有时又突然觉得长生这种生命的奇迹也不是完全没可能。都是一时一时。

是年元旦过后,嗣林老单位农业局的小钟特为搬过来两盆兔子花,艳丽得很。小钟每年都来看他们,这几年又要刻意和雪雁一家错开,麻烦得要命。但他还不忘记来,也算是有心。小钟是老了不少,背也驼了,还不及嗣林满头银发抬头挺胸精神足。听他说今年也再婚了,新老婆是印刷厂的技术员,已经退休了,平时还看报纸,比他有文化。女方有一个儿子,也学医,在外资企业当药剂师。信息量那么大的故事,心萍心里是放不住的。嗣林劝她不要讲给雪雁听,她就想办法捯一捯,实在捯不住也不会怎样。心萍想,讲出来又如何,雪雁又不会不睬他们,这就叫亲,像姆妈对女儿,有什么不好讲。到这个时候,心萍就忘记自己什么都不对爹爹姆妈讲,更不要说对芬芳姆妈讲的事情了。对别人马列主义,对自己自由主义,心萍有她的调皮。

嗣林不拆穿她,他就喜欢她瞎七搭八没有心机的样子。顶多就多提醒她一句:"雪雁来了侬不要说漏嘴哦!不然就是老太婆吃饭——滴滴答答。"嗣林很爱说无聊的"歇后语",大部分都是他自己发明的,还以为自己很幽默呢。心萍不喜欢他的幽默,就假装自己耳朵不好。其实她都听到了,就是懒得回应。"我本来就是老太婆。从老婆升级到太太的老太婆。"她在心里反驳,就当没有输。

今天太阳好,老清早粉红的花瓣就被太阳照得娇滴滴,讨人开心。看到花就想到人,想到人又不免想到从前。雪雁在医院生孩子的时候,身边连个洗血衣裤的人都没有。心萍在产科,年纪虽然不大,薄情男人却见得多了,即使在最进步朴素的时代,人的本质也是一样的。她只能出于同情相帮雪雁清洗,这种事情芬芳姆妈生产时她也做过,那个时候她就不是小姐了,什么都要做,也没有人表扬她。所以即使心萍打心里不喜欢小钟,也觉得雪雁很像自己,姆妈不是亲的,婆婆又不在身边,老公出外工作,月子坐得像未婚妈妈。没想到后来,小钟这个人竟也不是坏极。人活着都不容易,哀苦似轻绵。断片记忆如一帧帧电影胶片从脑海中飞过,雪雁虚弱的脸上挂的泪珠,都像针一样扎着她的心尖。现如今心萍还是不喜欢小钟,但在心里早原谅了他。嗣林也不喜欢小钟,但却收下了每一年他送来的兔子花,每天都定怏怏地看它们生长,像只花痴。

人跟人之间的事,总是说不清楚的。有时有原则,有时没有。有时觉得怎么也过不了这一关,有时睡一觉醒来觉得没有什么是过不去的。

半年以前心萍就召集了今天这个饭局,邀自己家、嗣聪两口子、雪雁一家三人到家对面小南国饭店吃饭。往年这桌饭都定在初三,今年初三心萍要和嗣林去吃喜酒,就改到了初四。没想到还是差一点影响到雪雁女儿星星去台湾念书,这也是新鲜事。心萍心里总归有一点不好意思,毕竟不是自家人,可又要做成自己人的样子,怪为难的。

星星和雪雁年前也过来看望过他们,星星还带了一些台湾甜点,拜托送给儿子和嗣聪夫妇。人情世故上,雪雁教得好,用了真心的。心萍也在努力掏出真心,这对她来讲实在有些做作。嗣林让她包一个红包,她就拿了两千块钱。放在随身的包包里。后来想起今年儿子做五十岁生日时候雪雁包了两千块,这种礼尚往来的钱儿子是不过问的,她于是又数了三千,塞在红包里。事情做得够漂亮吧,心萍有一点得意。

凡事想到儿子,心萍总是一阵心软。千金散尽都情愿,可惜也不确定有没有用。人活到这样岁数,所有的钱都无补于事。小囡大了,一点都不晓得他在想什么,做大人的,只能指望他多回家吃吃饭,多说一点亲近的话,多做一点想到他们的事。然而这一点要求,都是很难的。孩子嘛,过了抱在手里的年岁,就都是放出去的风筝,要自己去领略命运的苦寒。

谁不是呢。就是舍不得。做老人的,都舍不得。

哎呦,反正今朝是有的忙了,心萍心想。她放完红包后倒温开水吞了一粒带镇痛功效的风痛灵,去卧室推醒了嗣林。

3

  嗣聪夫妇总是先到。老人起得早。
  开门的时候心萍正在厨房切水果，一肚子火，还有一点慌张。节前农业局给已经退休多年的嗣林送来的一箱猕猴桃，表面看上去个个体面，其实肚子里全是汪汪糖水，一个都不能吃。现在商人都太坏了，一年不如一年。心萍心想。关键是她也没有特为准备别的水果，自以为已经有了一箱子猕猴桃，就偷了懒。此时幸好嗣林递给他胞弟带来的美国樱桃，雪中送炭一样。心萍感到一阵侥幸，开心死了，大喊一声："哦哟，你们客气什么啦。反正我是不会假客气的哦！那现在就洗洗吃。"
  "洗洗吃，洗洗吃好了。"嗣聪喉咙也响，三人欢声笑语进了屋。
  嗣聪比嗣林小八岁，和心萍倒差不多大。年轻的时候，嗣林因为年龄的问题还有些忌惮嗣聪。心萍倒是从来都没有在意过自己和嗣聪才年岁相当这件事。她那时候在意的根本不是爱情上的事。认了嗣林，就是认了嗣林，还以为就跟不能选父母一样，女人都是领了号码牌在等丈夫。在产科待了好几年以后，心萍才略略懂得一些情爱上的人情世故。女人不到最后宫开八指，根本看不出吃痛不吃痛，也看不出嫁的那个男人对她是不是揪心的好。心萍想自己真是侥幸，一辈子在婚姻上过得风平浪静，也没有在生孩子上吃过大苦头。更何况，嗣林什么好东西都会想到她的，从来没有嫌弃她。他除了年长一点，总显得那么四平八稳，好像一辈子没有活泼过，其他都算是超额完成使命。在清水衙门里的那段日子,没有让心萍享到福,但也没有让她受过怕。他本本分分,所能得到的,基本上也都是一些食不知味的瓜果肉禽。

心萍总是嘲笑丈夫像个捐来的假官,嗣林不跟她计较,只说:"你好了伤疤忘了痛,你忘记组织上叫你跟我离婚的时候你怕成什么样了。"

心萍说:"我不是通过考验没有跟你离婚吗?"

嗣林说:"所以你是个好女同志。"

在很长一段时间里,心萍对嗣林在和她结婚前是怎么过的,是怎么样一个人一无所知。偶然一次听弟媳贞依存心兮兮说起,才晓得在和她在一起前,这个供她念书,当她像女儿、妹妹、"好女同志"一样宝贝的男人也是有过一个青梅竹马的女孩子轧朋友的。那个女孩是他念书时候的学姐,两人算得上姊弟相恋,但后来女孩子跟别人逃到台湾去了,留下了伤心欲绝的双亲。嗣林在很长一段时间内,还去看那两个老人,直到五十年代,他们突然搬离上海,再无音信,恐怕回了老家,不愿再面对离别的旧伤。彼时,心灰意冷的嗣林也恰好等到了心萍长大,等到了心萍的适婚年纪。贞依故意说这事情给心萍听,本来是想去故作大气安慰心萍的,以报答心萍总是在安慰她的"好心"。谁知道心萍对此一点醋意都没有,她只说:"去台湾也蛮好。人生就不大一样了。"贞依听了很吃惊,但话都在理儿上,只好悻悻反驳:"哪里有上海好。台湾是乡下呀。这种戆地方,谁要去啊,我们国家还没有时间去解救他们呢。"

现如今心萍想到星星要去台湾读书时就想到贞依当年这么说话

时候的表情,贞依很喜欢牛轧糖,牙齿不好也要吃。她现在都改口说台湾人做东西就是精细,有老早手工的味道,也不会掺杂不好的东西。

早几年,嗣林嗣聪兄弟两个其实是没有那么谈得来的。心萍和贞依更加不能聊。似乎是嗣聪娶了贞依之后,很多事情就变了样。两家人还有不短的年月压根就不来往,互相敌对着,像阶级敌人一样横眉冷对。

等心萍再见到这一家,从客套到相熟,已是近些年的事情。有时说话说动了感情,局面就常常失控。譬如嗣林会对嗣聪夫妇说,自己要是先走了,要把心萍拜托给他们。"你们多来陪陪心萍,我们心萍就怕冷清。她不欢喜一个人的,买菜都要我陪。买棉毛裤都要我陪着一道去斜土路。我现在关节不好,但她不依不饶。她不欢喜一个人走路。"心萍一方面觉得嗣林真是神经病,这种小事情都要拿出来说。谁不依不饶了,真是胡说八道。一方面又极心酸。夫妻一场,恩爱到头里总归要带点心酸。爱里面都有酸,哪怕是沉闷的爱,也有沉闷的酸。

嗣林说完这话时,心萍看起来很平静,贞依倒哭了。她总是显得那么不合时宜,还特为画蛇添足说:"往后我走了,叫齐齐也来看看嗣聪。他看起来虽说不像我那么温柔,其实他心里也想女儿的。他每天都去帮女儿看外汇利率的,还说最近美金不行了要不要抛掉算了,她都买了十年了,就一直放在那里,但是世界不大一样了呀……"心萍真是见不得这种讲真话的场面,想起来还是争锋斗嘴、吵架来得轻松。

还"那么温柔",贞依真是韩剧看多了点,人话都不会说。不过人老了就这点好,年轻时候争半天得不到的东西,现在不想要了。年轻时忌惮得要命的眉眉角角,现在都不记得了。但在心里头心萍还是觉得,作天作地的人会长寿。最后要面对巨大寂寞的人,恐怕是贞依自己。到时候,大概她们两个会成为好姊妹吧。再一起去买棉毛裤,一条长一条短,一把鼻涕一把眼泪。一辈子都合不来的两个人,临到最后关头硬要把心交出来,算是对命运勉强的妥协。真是人算不如天算。

"哟,这个'仙客来'好看的嘛。"嗣聪说。

"比我们家里的海棠好看多了。真的真的。"

"养起来也费功夫哦。今年空气那么差。太阳晒得到哇?还是要吹吹空气,虽然空气很差的。"

"是的呀,人也不舒服,不要说花呢。现在上海自然环境真是一天世界。"贞依答。

嗣聪夫妇大嗓门夸起阳台上的兔子花,心萍听了心里也很高兴。她突然又觉得小钟为人好得不得了,除了有点粗鲁。粗鲁也不是坏事,他这一辈子也没对他们夫妻坏心过。知识分子才斤斤计较,俗话怎么说,仗义每多屠狗辈,负心都是读书人。自己儿子书读那么多,也没见到每年搬一盆好看的花来呀。真是没良心。

况且小钟都结第二次婚了。这也是一种本事,总能过上新生活的本事,让人觉得不必要为这样的人担心太多。

这样的时候,两对老夫妇客气着说话、互相夸奖,远不是年轻时候剑拔弩张的样子了,至今心萍都觉得好难得,像看人做戏。洗樱桃时,心萍瞥到嗣林晃晃悠悠的,把卧室的水仙搬去了客厅,心里坏笑了一下。那盆水仙早前就因为吹了暖空调,翌日就猛地开了一半花骨朵。这下好,为了扎面子,等今朝几圈麻将打下来,怕是撑不了几日就要谢了。这个爱出风头的老头。人家夸他的花好看,他就激动了。像小朋友一样献宝,搬出了更多的花。老小人,老小人,说的就是嗣林,老古话都是有道理的。

贞依则看起来有些疲累,精神不好,她一贯如此。一进门就说自己浑身不舒服是被年夜里炮仗吵的,年夜已经过去好几天了,她还是头痛。但她这辈子也没几天舒服过,大家都习惯了。贞依年轻的时候就是娇生惯养,三天头风两天腰酸。老了反倒实诚很多,会开门见山就打招呼,不像年轻时自顾自死样怪气。其实她并不是故意摆脸色给别人看,也就是希望老公陪在身边,大家时时都照顾她、体谅她罢了,没有什么坏心。

这个道理,早三十年心萍是不懂的。心萍还对嗣林说,她要是嗣聪肯定也要外插花。这个老婆太作太作了,一点也不像工人家庭的出身,倒像个封建社会里争宠的姨太太。但她现在彻底变了,像残年风烛,怪让人心疼的。日子都过成这样,还能起什么坏心。赢来赢去谁都不服,最后败给命数,兴不起风浪,倒是被风浪席卷过一遍,手里什么"舍不得"都没有了,自然动不动就头风。心萍发自真心体谅她,像体谅芬芳姆妈一样体谅贞依。心萍一时间又觉得自己是一个伟大的女人了。

"我年夜里帮女儿做那个嘛……外头吵是吵来,赛过打仗。结果也没睡着。他倒是睡着了。男人家总归是心宽。有的时候,我看到家里的花开了也老欢喜,有的时候又惹气,觉得啊呀看起来赛过原子弹爆炸的蘑菇云。说不清楚。老了呀,老了就是一歇这样一歇那样。侬不好怪我的哦。"贞依冷陌生头突然反省起自己,推了推嗣聪。嗣聪倒见怪不怪。

"我们贞依就是一直像'沙母娘'样子。一歇要吃甜的,一歇要吃咸的。一歇冷,一歇热。一辈子在月子里没出来。你不信问心萍,她看'沙母娘'看得多了。"嗣聪冷冷逗她。

嗣林哈哈大笑起来。

"十三点。"

贞依倒也没有真的生气。心萍听到"沙母娘"也笑出了声。到底是老夫妻,形容得真贴切。

早年贞依和心萍关系很紧张。心萍是直肠子,斗不过绵里藏针的贞依。心萍看不惯贞依,贞依又看不起心萍。这洋洋几十年间经过的事情多而繁杂,一会分房子,一会生孩子。婆婆早就对心萍的身世不怎么满意,何况她念完医学院的钱还是嗣林赚来供她的。嗣林大过她,又挺欢喜她。父亲那时候已经是个没用的人了,芬芳姆妈巴不得她早点去做泼出去的水。心萍一毕业就嫁给了嗣林,不然她也不知道自己还能嫁给谁。他们两个虽然一起长大,知根知底,但长辈之间并没有建立起寒暄的客套。新社会里,人跟人经过了重新分类,泾渭是很分明的。伦理倒是延续旧习,心萍小时候还叫过嗣林"叔叔",真是乱了套。现在到了过年时分,心萍还会唱一句《庵堂相会》里的词,问嗣林讨压岁钱:"问叔叔,出生家住何方地?"嗣林就说她是"越老越痴"。

嗣林不知道贞依早把旧年情事捅给心萍的过往，但心萍却再也无法面对一个假装从不追缅初恋的他。不然知道星星去台湾读书，他脸色为什么那么难看，像得了痔疮一样。

心萍父亲得了痨病以后，嗣林母亲就总觉得是摊上了一个赔钱货，担心得要命。但儿子大了，到底也不听她的。嗣林还是党员干部，压根对她这个姆妈一百个看不惯。她心里没地方出气，嗣聪娶贞依的时候就特为隆重多了。贞依也不算是家世好，但是赶上潮流，父母都是国营工厂的新领导，她又是独养女儿，宝贝得要命。嫁给他们家这样的落魄小业主，还算是承担了一部分帮助改造的责任。总之人人都晓得的，四九年一过，什么都不一样了。

贞依个子比心萍整整矮一个半头，人也不及心萍长得精神。但心里那个九曲十八弯，远远不是工人阶级后代的平均水准。心萍一个后妈养大的小白菜，怎么也不如贞依会算计。总是吃亏，吃饱的亏都能抵三天饿。不过现在想起来也无外乎是各种份子钱、场面上的好听话、婆婆的偏心……一点也不算什么，但在当年，那可是了不得的委屈。心萍毕竟不是庶出，到底也是洋行职员的女儿，哪里受得了这种没穷尽的恶气。嗣林欢喜心萍，也知道她人简单不做作。待父母过辈后，兄弟俩就真的不太走动了。过年都不见得会碰头，也不写信、不打电报。

真正避不开的反倒是寒食清明。有时在苏州的墓园里，嗣林会见到嗣聪昨天先敬上的花，有时嗣聪会看到嗣林先擦过了墓碑。俩俩相忘，一直有意错开，从来没有碰到过。这中间隔着的倒不是兄弟之间过不去的心结，而是两个矜贵老婆互不相让的气度。

于是,兄弟俩死去的父母,每年都收两次花,吃两次青团,也好算是渔翁得利。

现在这两对早年不睦的老夫妇又坐在一张桌上打麻将,还看起来那么亲密,真不知道是相隔了多少风雨多少春秋。一对老年丧女,一对膝下无孙,大家都不谈这些,反倒是修复了多年来的恩怨。

心萍人是坐在桌上,心早就飘到不知何时会到家的儿子身上去了。她转个身就忘记了自己方才在灶头间还觉得小钟比自己儿子有良心的念头。她在纠结要不要打电话,又怕儿子觉得烦。不打吧,又觉得都过了十点半了怎么还没有音信。这么烦乱,突然听到灶头间传来一阵嚣叫,她忽然站起来,三个老人同时从老花镜里弹出眼乌子。

"怎么了?"嗣林问。

"水……水开了。"心萍答。

"我们都听到水开了呀,你干吗失魂落魄。"嗣林又问。

这时门铃突然响了,心萍终于如释重负。"啊儿子来了。哦哟小鬼怎么搞到那么晚,我刚刚还想要拨一个电话。"

4

循齐进门就含含糊糊和叔叔婶婶打了招呼,而后一屁股坐到麻将桌上。除了眼角多了一簇皱纹以外,他还和少年时期差不多的落拓。对打招呼这种事存有严重的心理负担。嘴里含了一口水似的乱喊一通,全是为了做给父母看的。心萍想都不敢想这样长不大的儿子到底是怎么样在公司里独当一面的,和不和人说话,别的同事又喜不喜欢他。反正他只字不提,能看到他的,就是一张臭脸,和永远无法被真情所融化的冰冻心肠。

新年里头,或许是因为平日工作太辛苦,一旦放松下来,循齐看起来就越发浑浑噩噩,他始终没有学会家里男性长辈的那种不活泼的沉稳。到底是没有成家的人。

心萍夫妇并不太清楚咨询业到底是做些什么的,儿子从医院辞职以后,他的职业变迁就像是一个巨大的谜语,始终不得解。但好在事业上还真没什么可以忧心的,心萍年纪越大,就越不敢问循齐那些要紧的事。女朋友之类是多年没有提及了,相亲的话题也只能造成儿子一个礼拜不再回家吃饭的抵触结果。最后心萍只能小心翼翼挑点略带刺激的问题惹惹他,譬如心萍不敢问他到底赚多少钱,就问他今年交了多少税,有没有二十万。循齐支支吾吾说,差不多吧。心萍就对嗣林使一个眼色,让嗣林去推算。等儿子回自己家,两人对推算的那个结果略有吃惊,吃惊中又有骄傲的成分。那种骄傲在霎时间甚至可以淹没他们对儿子长期以来的忧心。嗣林说:"我们儿子还是很辛苦的。都是辛苦钱。"心萍答:"交的税拿来给我们用用就更好了。"嗣林说:"你又不缺啥。这是应该给国家的。"心萍说:"缺是不缺。我就想想不可以啊。"

循齐是独养儿子,那时可以生两个,但心萍觉得实在没人照顾,也养不活。循齐长身体的时候赶上自然灾害,家里实在没什么吃的,还要省下一份伙食给儿子带到学校。所以心萍个子高,循齐却不高,比嗣林还矮一两公分。循齐倒是长了一张高个脸,手大脚大,按理说是应该很挺拔的,心萍觉得怪可惜的。可惜背后就是心痛。但循齐从小就乖,听话,嗣林希望他也去学医,他没有什么意见。

他看起来对什么事都没有意见,也不知道是从什么时候起和他们有了那么大的分歧。

循齐在中学时就用功,读书上从没让大人担心。他一个礼拜回来一次,总是抱怨学校里天天吃白馒头烂糊面。学校是没办法,配给跟不上,心萍也没有办法,有票无菜。心萍就对循齐说,人吃六分饱是健康的。眼见儿子越来越瘦,却不长个子,心里肉痛又担心。老了还想起来这些事,觉得自己对不起儿子。其实天灾上的事情,哪里怪得到老百姓。

但那时候,嗣聪是有门路弄得到吃的。碍着贞依实在小气,只好故意不帮他们亲近。心萍没有指望过他们,但几次冷淡交往下来,终于推导出原来问题出在这里,这又添了几段怨因种下。幸好循齐争气,十年寒窗,即使吃得不好,也考上了医大。心萍也暗暗觉得自己苦尽甘来,扬眉吐气。生生给贞依考不上大学的女儿一个大尴尬。

"……我长期不同意你的意见的。"贞依冷不丁冒出一句。

"哪能了?"心萍问。

"她又想赖,赢了就想玩点钱。"嗣聪答。

"我们说好不玩钱的。"输掉的循齐说。

贞依嘟嘟嘴,就不往下说了。从前她是不屑打麻将的,过年也不来嗣林家。困难时期没有雪中送炭,风和日丽时又不好意思再续亲缘。但嗣聪家心里也知道愧报,到底是没有多深的恩怨。所有的冰霜,直到前些年才开始解冻。他们想了一个办法,就是先让女儿新妮来打前站。

第一次开门看到新妮,心萍吓了一跳,好久没有看到她,竟然长那么大了。她个子虽然不高,但毕竟是看出了一点年岁,是个大姑娘了,讲话也带着成熟的套话。不过现在想起来,那段日子真是美好。新妮对他们也算一直很和气,全无父母亲手创造的硌硬。更重要的是,那会儿子循齐也还在黄金年纪,不像如今什么都显得来不及。

新妮长得不算好看,但嘴甜,也是被父亲宠惯的,嘴甜起来要什么有什么。出国以后回来,也简直像去苏州兜了一圈回来一般,几乎没有什么变化,花了一大笔钱罢了,家里挺得住,也就不算是什么遗憾。但眼界开完回来,她后背的肉却鼓了起来,也有了肚腩。脖子到肩膀的变化总是最难逃过年岁的,新妮不及贞依气色阑珊,身上倒是有一种令人尴尬的、粗犷的活络,像是要掩饰什么不足。

每一次来,新妮都会带些美国樱桃,心萍又让她带点风好的鳗鲞回去。都是心意。哪怕是新妮在美国读书那段时间,圣诞节前后,也会特地到心萍这里来跑一趟。关系最好的时候,心萍简直当她是自己女儿样亲,总是嘱咐她要结婚,要生孩子,不然会得很多奇怪的妇科毛病。

坚持了几年,两家依旧不亲自来往,却也算是破了冰。新妮喜欢玩小麻将,却喜欢赖皮,一旦赢了就想来钱,激动得不得了,像个孩子。循齐就是陪着瞎胡闹,他从不算牌,反正也不输钱。只要有麻将,循齐就不用主动说太多话,毕竟用思考来代替聊天,会让回家的时间过得快一些。循齐和新妮算不上亲兄妹的感情,但新妮小循齐十来岁,正是可以哥哥谦让妹妹的年纪。心萍觉得循齐对新妮的包容完全是出于对无知孩童的放任,新妮有时发嗲,循齐还会带她去买买衣服鞋子,表面上看起来,也是很亲近。甚至就像心萍和嗣林一样的交往模式,看到他们,心萍总是会想,不晓得嗣林当年看自己时是不是循齐看新妮一样的心情。

等两家再见面时,已是在心萍的老医院。贞依在电话里急得要命,说新妮病了,拜托她帮忙找医生。这种十万火急,把几十年的沉默轻松打破。心萍愣了几秒,问是什么病,贞依说"乳房毛病"。心萍有点意外,但毕竟不好多问。心里只想现在小姑娘怎么得这样的病,但掐指一算,其实那时新妮也已过了二十五岁,不再是小姑娘,是女同志了。

心萍只对嗣林啰唆两句,自己已经退休多年,医院里面熟悉的人也都退了一拨,还能去找谁?平日里素不联络,有事了又那么棘手。贞依真是一如既往地讨厌。尤其妇科病,最烦家里人拜托,问又不好问,问到了又不好表示问到。尽是尴尬。像新妮这种出过国的,更加很多事情不好问,谁晓得现在的小青年怎么交朋友的。他们连自己的儿子都不晓得,哪还会晓得新妮呢。

抱怨归抱怨,真在医院里重逢的时候,倒没有想象的那么冷场。也是新妮这一病,令四个老人终于有机会可以一起扫墓了。况且,新妮当时运气好,小叶增生尚未病变。帮她看的医生是心萍老同学的侄女,据说还帮市领导的媳妇做过人流……不过这也没有什么光荣。只是医生随口问新妮说:"你那么年轻怎么会生这种病。这种病只有长期不开心才会生啊。"新妮答:"我是长期不开心。"

新妮猝逝以后,贞依突然开始坐上麻将桌,从此就不肯下来,像个新上手的赌鬼。于是平日只要是在家开局,只得心萍和循齐轮换。贞依是极霸道的,和年轻时候一样,不下桌就是不下桌,毫不商量。不过这样只有好,心萍最讨厌动脑,发呆聊天才比较适宜,这一点和儿子完全相反。心萍一点不喜欢麻将,她就喜欢看着家人,而后自顾自用夹子把方糖加到红茶里、咖啡里、可可里……像爸爸。想到爸爸,心萍心里就温暖。有些刹那看着他们四个人围坐在一起,心萍会突然觉得,好像什么事都没发生,就像这几十年一点都没有过去。

就像这几年一点都没有过去。

心萍觉得眼前这个场面怪温馨的,像阳台里盛放得耀眼的兔子花。不要管它是怎么来的,至少当下还赏心悦目着。看起来什么都不值得深究。

中午是自家人餐会。心萍准备了简单几样菜,很多都是商店里买的半成品。过了七十岁,她就不能在厨房站立得太久。当日去新亚买成品菜的时候,还遇上上海电视台采访。她十分淡定地站在镜头里说:"是呀,这样多方便,他们做的也比我做的好吃。新年就是要新气象,时代总归在变好的。"这些话被轮番放了几遍,风光得要命。嗣林后来说他其实也想被采访,可是人家看到他站到镜头前就把机器掐灭了,搞得他很怅然。心萍知道他是故意装萌,一肚子好笑。

新闻播出以后,雪雁一家立即打电话来,兴奋得要命。心萍故作淡定地表示,自己其实也就说点真心话。嗣林偷笑她的假模样,她也全当看不到。这就是夫妻之间最大的情趣了,你笑笑我,我笑笑你,比年轻人的恋爱要简单、幼稚、恒常。

今年哩哩啦啦的好事还不止这些，嗣聪算是升任集团的二把手了，和病怏怏的贞依去了一趟美国，在白宫前照了相。又去了趟台北，吃了牛肉面。嗣聪一直没有退，位居要职，自然福利待遇都好。一旦退休的话，恐怕与病恹恹的贞依面面相觑的日子更让人担忧。反正，两人的钱是花不完了，也不知道该留给谁，所以只要有时间，嗣聪夫妇都会争取出国。相册是拍了一本又一本，就是人老了似乎都不太会笑。两个人严肃得真像去打工受苦过好多年，手钩着手，反倒有了患难的姿仪。可他们一旦回来，就佯装很不经意、刻薄兮兮说，年纪再大点像嗣林这样，就玩不动了。虽然心萍还没有真正到达玩不动的时候，她还是忍不住对嗣林发了几句牢骚。嗣林忽然对她说："嫌我老了吧，嫁给我后悔了吧。"心萍一愣，虽然从未真正这样想过，但她也拿不准自己在七十岁的时候发几句没有环游世界的牢骚算不算伤到自己的老先生。

对于嗣林，她算不上爱，但却有强烈的依赖。她甚至还挺怕他胡思乱想，觉得乱想这种事情，还是自己掌握得好分寸。心萍只觉得岁月静好大概就是岁月沉闷，所以偶尔会羡慕双亲走得早，感受不到婚姻到头沉闷残酷的一面。但她有时又会突然很怕死，怕自己死，又怕嗣林死。所以说，都是一时一时。没有一个念头可以作数。

饭后吃茶点时，嗣聪突然间说起一件事，像是有备而来，让心萍心中一凛。其实他的这番话，也让之前的那几局麻将看起来有热场的功用，玩得不那么真心实意，不那么休闲。

兴许每一场麻将都是这样的。这几十年来。

"阿哥阿嫂，我和贞依想，以后我们就当循齐是自己的孩子了。

这么多年,我们也一直这样想的。"

贞依看似早就知道这个开场,脸上没有任何表情,只是愣愣看着桌角。

嗣林有一点惊讶。

脸上发麻的看起来是循齐。

"我们两个人是这样想的,养老院我们就不去了。反正家里也大,新妮留下的那一套房子,一直空着。我们今年真的要去收拾一下。老早是舍不得,但舍不得也要有个限度。对不对。贞依还有外甥外甥囡,但我们还是觉得欢喜循齐多一点。新妮和循齐年纪近,比贞依家的小朋友们都大好几十岁,瑞秋生的时候,新妮已经不在了……那是新的一代人了。我们赶不上他们。他们也不认识新妮。他们不认识新妮,给他们什么都不像的,连个念想都没有……"

"你说这些做什么啦。你们还那么年轻,还在环游世界。"心萍忐忑地插了一句。

嗣林冷冷地看了她一眼。

"阿嫂,我们也不是这个意思。我们只是说一下我们的想法,总有一天要说的,逃不掉的。对不对。留给循齐,也是要他帮我们料理后面的事。我们不会一起去死,总有先后,人都是这样,没什么好避讳。望循齐还要多帮忙。他负担重,有四个老人,没有人分担,我们也很不好意思。放在以前,我们对循齐也没有大好,也没有大关心,也没有大……"

"话不好这么说……当初循齐要去法国,还问你们借了钱的……"嗣林说道。

"后来不是又没有去吗？钱也没借成。当时我们手里也没有很多现钱，贞依想留给新妮出国的。新妮没有循齐争气啊……所以真要借，也未必借成。都是掏心掏肺的话……"

贞依听到这里，忽然眼睛红了。

心萍不敢看她，又觉得自己也不是要怪她。一阵鼻酸。要不是后来芬芳姆妈在家里撞上循齐当时准备一道出国的女朋友，要不是她寡居得实在无聊透顶特为跑到小姑娘家里去玩，要不是她又搭上了小姑娘鳏居的父亲……循齐应当结了婚、去了法国、有了孩子……现在就都不一样了。

芬芳姆妈说："侬叫齐齐也原谅我，好哦。"

这怎么可能呢。断断不可能的。

芬芳姆妈这样一掺和，若是和对家好上了倒也为心萍解决一个负担。可她心里有毛病，往往是故意瞎闹，瞎折腾，绕了一圈，还是回来继续由心萍家领养，还要求心萍将她和父亲同葬……她一辈子都那么好意思，那么理直气壮地在毁灭心萍的生活，她是坏人啊，坏人最后说的那一句"不好意思"才显得精准而揪心。她就是故意的。她就是不想让循齐那么顺顺利利，就是不希望他们一家都开开心心。

可就连这些事，都过去三十年了。

三十年真长。

"齐齐，我们还是希望你去找一个小姑娘的。你看，叔叔婶婶没了新妮，只好拜托你。你以后要拜托谁？你要那么多钱有什么用？我们的钱都是你的，但你以后要拜托谁？所以，你要去找一个人结婚的，随便是谁，一定要人好。人好，什么都好，我们都欢喜。没有孩子也不要紧。要有个伴,有个念想。对不对。"

嗣聪说出心萍最不要听的话时,心萍彻底感觉膝盖、背脊一阵锥刺的冷冽。那清晨的一颗痛风灵恐怕药效已经过去,她不知道花了多久才咬紧牙关希望自己镇定下来。

嗣聪到底是吃了什么药,他怎么能把这些话一股脑都说完,说得那么字正腔圆,像不是自己家的事情一样。

贞依在一旁,却已经哭成一个泪人。心萍从未看到她面目如此模糊的一面。就连新妮心脏病发的那一日,她都用昏迷伪装平静躲过了最惨烈的一种面对。心萍真该在这样的时候问一问贞依,新妮为什么会有那么多抑郁的毛病,她到底是活得有多辛苦……这似乎才能应景、才算公平。

可是,心萍到底是一个没种的人,想都想到,做都做不到。伤人的话,一句也问不出口。倒是被别人说得天旋地转。

嗣林见她这样,幽幽站起身,挡住了阳台上刺眼的那株兔子花。他走到心萍身旁,在腰上撑了她一把,好让心萍有余裕的力量,看一眼宝贝儿子的表情。

循齐没有哭。他是不会哭的人。可上一次他一个礼拜没有回家吃饭前,也是这样的脸,这样的冷淡与神秘。那件事过后,心萍再也没有走入循齐的心过。她知道儿子可能对她这一辈子有无穷无尽的误解,但他终于决定还是要这个妈,要这个家。

心萍也没有对循齐解释,为什么最后答应把芬芳妈妈和外公葬在一起。

循齐只是在那一年过后,活成了另外一个人。像心萍嫁给嗣林以后,活得那么单调、沉闷,还劝说自己,每个人的生活必然就是这样的发生。

再也没有人动筷了。

电视上采访到心萍采买的那桌菜,代表着生活正渐渐好起来的那桌好菜……正静静地陪伴着五个不知所措的人。他们都过了五十岁,残年风烛带领着衰败的启程,迷惘带领着苍凉。他们终于说了一些真话,恐怕往后也不会再轻易说起。像是用沉默达成了某种协议,死神也不经意参与其中。

这真可怕。

大过年的。

5

星星不止一次提醒雪雁说,循齐舅舅是不是同性恋啊。因为在她看来,一个男人的独身生活总归万般蹊跷。更何况,舅舅又不丑,虽然矮了一点,却也是黄金时髦大叔。为什么要一个人生活呢?又怎么可能是一个人生活呢?

星星才二十七岁,自然一边觉得单身不可思议,一边又对雪雁声称自己并没有男朋友。雪雁心里有数,但多年来不幸福的婚姻让她忽然陷入迷思,她不觉得自己能够给星星提供什么表率的意见,她也害怕星星质问她关于自己婚变、出轨等诸多不愿直面的问题。反正儿孙自有儿孙福。

星星懂事,却不是完全没有狡黠的一面。在许多时候,雪雁觉得自己并不了解女儿。似乎在很久远的时候,她也是知道女儿的,然而不知从哪一天起,她就再没有门路走近她看似无忧无虑的内心。这无疑是一重隐忧,却不是所有的隐忧都会成为现实的。雪雁过一天算一天,只冀望表面的和平。毕竟在生活里,表面的和平已是大不易。

"你看,新妮阿姨死的时候,葬礼上不是也有一个男的,来了又走,像一个谜。循齐舅舅不是说,新妮阿姨手机里都是那个男人的短消息……他们为什么不去找他算账呢?……"

雪雁虽然总在星星不懂事地大放厥词时,用眼神逼退她的无礼,但私下并非没有跟丈夫何明沟通,何明对这些恩怨不置可否。他太知道自己是个彻头彻尾的外人。何明不太了解雪雁和心萍一家的关系,只听说心萍帮生孩子的雪雁洗过秽衣,往后雪雁连着二十几年都当心萍是过房妈妈。他们每个过年都要跑一趟,在初三或者初四吃一个团圆饭。仅此而已。结婚三年来,他依然不太习惯参与这些他不尽懂得的事体,又怕说错话,又怕做错事。至于新妮的死,也像是一个从报纸上听来的故事,充满了传奇、可悲与无尽的猜测。

"好像一般只有名女人这么死,显得很蹊跷,好像背后有跌宕起伏的故事什么的。"何明接着星星说道,半开玩笑半搪塞。他和星星关系不错,在许多日常的瞬间里,都能做到谈得来。

"哈哈哈,对的,你看,"星星答,"还是叔叔懂经。叔叔,那你觉得我们家里人关系奇怪吗?"

"你们不想来可以回去,总是在一搭一档胡说八道,我还怕你们惹老人家伤心呢。"雪雁没好气地说。但在心中,她暗暗欢喜着星星和新丈夫的和睦关系。在许多时候,她宁愿自己扮演恶人,却希望这半路新组合的家庭能够和睦些。为此,她甚至可以宽恕星星刻意挑事的胡说八道,因为女儿若真的有疑问,分明可以私下和她交流的。兴许是不愿意临走前还要出门餐聚,又或者她压根就不愿意去心萍家,谁知道呢,年轻人总是有自己的偏执。老人也一样。

在心萍那里,雪雁很知趣,从来都没有正面询问过关于新妮死因的事。心萍说是心脏病,突发的,没有病史。但当日晚上的确见过那个男人。心萍说:"小孩自己要住出去,他们宠她,给她买了房子。还是不要住到外面好,就算住到外面也要每天回家吃饭,大人才好放心。"

雪雁知道这种话心萍一半是自言自语,而明知道死有蹊跷却不追究,雪雁虽然从感情上无法接受,但大体要尊重老人们的想法。事到如今,报恩是一回事,相处是另外一回事。雪雁当然知道女儿和新丈夫都是迁就她,也听说前夫甚至也念及老人疼惜星星连年上门拜访,她觉得很安慰。但说到底她也只和心萍熟络些,嗣林和循齐都待她像客人。而他们之所以接纳她的一家,恐怕也是为了让心萍开心。

雪雁和心萍,背后各自站立着一个一言难尽的家庭,却得到那么多的爱与包容,雪雁猜心萍也和她一样幸福。

等到星星一家来敲门时,心萍家的客厅已经恢复了平静。他们四人继续打牌,偶尔还能听到一两句高声的话。但贞依即使赢了,也不再说要来钱。

但她下一次来打牌,一定会说的。心萍对此有深深的信心。过了新妮的事,没有什么哀愁复原不了。

没有什么悲伤是过不去的。

收拾碗筷的时候,循齐起身帮忙整理。这是养他五十年来第一次,循齐手脚都显得有些不自然。碗筷碰撞的叮当声都听来有些喧哗的意思。但似乎,循齐想逃离先前由嗣聪渲染的哀愁气氛的强烈欲望,凝聚了足够的力量令他去做一些不自然的事。

心萍很意外,儿子要帮她,这是一件挺新鲜的事情。过了少年时期,两人的肢体就几乎没有任何接触了。儿子买房前,还住在家里那会,就连洗澡他们都会有意关上中门。嗣林规矩多,不许儿子在家里赤膊,于是三伏天儿子穿着T恤衫写作业,地上往往一摊汗水。那年头还没有空调,家里只有一台电扇,却不舍得开。

心萍洗碗时,循齐轻轻说了一声:"你们要么搬到我这里来住,也可以。"

心萍心中一沉,想了想说:"搬就搬,你那么客气做啥,反正我是不会跟你客气的。住就住。免得你发脾气就不来吃饭。"

"我没有发脾气。"循齐说得更轻。

"齐齐,来打牌。"嗣林唤他。

于是他就默默进屋去打牌,像认错一样,一输再输。还故意调皮地问,"要么来个钱?"

贞依不响,嗣聪也不响。不合时宜的玩笑总归显得那么凄凉。只听得到噼噼啪啪的打牌声响。那一刻,就连循齐都希望星星一家快点来,就像之前心萍等他一样心焦。

星星不是第一次见到嗣聪夫妇了。早在新妮过世的那一年,心萍就安排他们过年一道吃一次饭。一来家里没有小辈就没有欢笑，二来有个陌生家庭进入，客气会冲淡愁绪。譬如刚才那个惊心动魄的场面，若雪雁、星星一家在，就绝对不会发生。嗣聪当着外人，说不出这样的话。互揭伤疤，恐怕也只有牵着血缘才会显得越发勇敢。

心萍和雪雁交往多年，眼看着星星从娘胎里出来，到如今硕士都毕了业。与雪雁总是强调心萍帮她洗生产时的秽衣不同，心萍其实并没有觉得这是什么了不起的恩德。远近亲疏，两家人走过了二十多年轮转的岁月，雪雁能够培养出一个记得他们的前夫，一个孝顺他们的女儿，一个肯上门毕恭毕敬拜访的第二任丈夫，也是了不起的女人。

怕的就是耐心、恒心。雪雁别的本事没有，却是这两点上的女英雄。心萍打心眼里佩服雪雁。而直至雪雁和何明结婚，雪雁支支吾吾说出，何明比她小上五岁的事时，心萍脱口而出："那有什么要紧，只要人好就可以。"但后来细心一想，雪雁之所以那么胆战心惊，原来是因为何明和循齐一样大的缘故。她害怕心萍听了心里不那么舒服，而当心萍意识到这一点时，也的确努力说服自己，不要表现得有真实想法那么不舒服。

她问自己，若儿子也找雪雁一样的女人，她能接受吗？其实想穿了，若真的和雪雁一样好，也没什么。只是，他们依然不会再有第三代了。若那个人和雪雁一样带着星星……他们二老会像疼爱真的孙女一样吗？

这也很难说吧。人生就是很难说的。只要有一颗平常心，不要想太多，其实每一天都可以过普通的日子，做很多普通的事情。没有什么是不能接受的。

在雪雁认了她做过房姆妈,星星叫了她声外婆之后,循齐就是雪雁的弟弟了。心萍牵记的是这件事,所以也是从新妮过世那一年,她开始将给星星过年的红包越包越重。然而她包得越重,雪雁越是不好意思,甚至有点错愕,于是只能提着真心越跑越勤。从元旦、春节、中秋、冬至,到各种国定假日里,雪雁都要搬一大堆吃的用的到心萍家。心萍多了一个女儿,也就多了一重安心。

嗣林也较年轻时候,更加懂得珍惜这些露水因缘。心萍年轻时候病人多,故事多,家里来来往往的年轻女人也多。嗣林只当雪雁是其中之一,如今看心萍那么依赖雪雁,倒也希望她们感情越来越好,多少是个依靠。嗣林相信雪雁的为人,爱屋及乌,也相信雪雁身边的人。这怕是老来脆弱、单纯的一面,也是无奈的一面。

心萍原是不要雪雁送来的那些东西的,但考虑到雪雁的感受,她也都尽数收下。这样来来往往好多年,就比先前要更亲、更随便一些。说起来的那些恩德,也渐渐被其他好来好往的故事所取代。心萍偶尔透露自己对儿子的担心,雪雁也会懂事地说:"只要我在,就会帮循齐的。侬放心。"

心萍和嗣林,要的就是她这句话了。

组织今天这样的饭局,也是想再花个一些时间,让嗣聪和贞依走出丧女之痛,有个认识的小辈可以一起说道说道,不要闷在家里面面相觑。越是过年团圆时候,他们面面相觑就越显得残酷。星星有出息,他们一起为她开心。星星需要帮助,他们一起为她想办法。就像还有那么一个人、那么一些事,是他们作为长辈可以为小辈操心的,和操不完的心相比,无心可操才更为吓人。

一桌饭,有老有中有青,才是完满。就像他们真的是一家人一样。

"哟!外婆,这个兔子花好看的嘛,你买的啊?电视台有没有采访你啊?外婆我觉得你可以去代言啦,新亚因为你肯定销售量暴增。"星星一进门就开始拍马屁。

"你爸爸送来的呀。"心萍脱口而出。

嗣林瞪了她一眼,说:"啊呀,你看你,你看你。"心萍顿时看到了雪雁与何明有些尴尬的脸。心里默默安慰自己:"这有什么不好说啦。本来就是嘛。"

"是蛮好看的。尤其阳光好的时候。"何明见气氛突然开始变调,好心补充,"坐吧星星。"

何明人真好,怪不得星星和他相处不错。心萍看着星星,有时会突然想到新妮。新妮和自家最好的时候,也是星星这个年纪。人小、嘴甜,看起来没心没肺,什么都敢说,说错了,也不放在心上,不生气。看起来而已,现在的年轻人,老人是看不透的,也不知道他们经历过什么,喜好是什么。老人看小孩,总是长不大的样子。无法猜想他们心中的万水千山,是什么样的面貌。

小南国的包房有最低消费,他们一行八人,还有四位老人,要吃掉两千元实在有些吃力。心萍在点菜时突然说起还是以前饭店多好多好的往事,贞依倒是满世界跑火车说着美国的、英国的、台湾的食物,一切似乎恢复得有些勉强,却也带着诚意。

星星看起来有些兴奋,她第二天就要坐飞机,吃完这一餐,这一年就算过去了。不再有复杂的伦理生活,也不再有这些过于密集的尴尬与应对。循齐破天荒地开始与星星交谈起有关学业与事业的关系,星星也冷不防问起循齐到底是做什么工作的,今年效益好不好,有没有年假,领导是不是很臭屁……四位老人安静得像四尊菩萨一样聆听着,心萍从来没听儿子说过那么多细节,从来没听儿子说那么多话。

"舅舅,那么你们公司里面有 GAY 吗?"星星问。

"小朋友里大概有的吧。谁知道啦,我只管他们有没有准时上班呀。"循齐答。

"那么,舅舅你是什么星座的啊?"星星又把话题扯了回来。

"他们说我是……天蝎座。"循齐又答。

"那么有人勾引你吗?你会害怕吗?"星星又瞎问。

循齐哈哈大笑,说:"爸妈在,不好乱说。"

星星答:"那么你有微博吗,要么我私信你好啦……"

循齐不置可否,似笑非笑,却是难得的放松。也不知是和下午的谈话有无关系,不知和他起身收拾碗筷有无关系。

管他呢。

总之今天的饭局,心萍组织得很开心,虽然她也不算听得懂儿子和星星的对话,但她知道儿子现在这个表情,几乎能代表着未来一个礼拜,他不会像上次那样不回家吃饭。这就够了。她只关心这件事。儿子大了,只希望他能回家吃吃饭,还能指望什么呢。经过下午的这场风波,儿子还能与星星相谈甚欢,真是不容易的结果。

还好有星星啊。星星真的是很好很重要。心萍心里想,这也要谢谢雪雁,雪雁也真是好女人。

不仅心萍,其实嗣林也有点感动。他甚至有些泪眼模糊,强忍着一股鼻酸。嗣林忽然觉得,心萍的这个家族试验,也不是不可行。他到底是低估了年轻太太运筹帷幄的心机。他和心萍一样担心着循齐,也和心萍一样努力接受雪雁、星星、小钟、何明……到底是为了什么?说不破的,或者才是最真切的爱。

唯一有些不自然的是贞依。她暂时还没有想好怎么处理自己一家和星星一家的关系,但她也看出苗头,这个女孩子恐怕以后会成为这个家里很重要的一脉温情之力。看到星星,贞依甚至会想到新妮。"但是星星发际线太高了点,不像我们新妮。还是新妮比较好。"贞依在心里默默说道。

散场时,只见心萍递给星星一个红包。星星大喊大叫说:"外婆我不要啦,我都要三十岁了。我都要三十岁了,完蛋了。"心萍才不管她三十岁还是四十岁,一个强力把红包塞进了星星书包。那个刹那她忽然觉得膝盖一阵生疼,差一点就要疼出声来。

还好雪雁扶了她一把。心萍对雪雁说:"这个痛风灵里面,其实什么中药都是没有的,唯有一味镇痛大概是真的。现在吃好饭,药效过去了啊……就顶不住了。呵呵呵。"

我真的不想来

罗清清推开门,发出"吱呀"一声。那锁已经坏了很久,地面下陷的缘故,无法修缮。此时母亲正端着个簸箕出来,瞥了她一眼说:"怎么这么晚才来,快进去磕头。"

母亲从狭窄的门洞穿过,不轻不重擦到了她的肩。罗清清低头瞥见了簸箕里的黑色尘屑,仿佛还在蠕动的样子,她感到恶心。屋内尘烟缭绕,那些看不见的微粒正迫不及待地涌入她身体的每个器官。她想着也许是自己眼花,也许……压根没有什么蠕动的尘屑。令她恶心的是这屋子本身,是那种亲密痴缠她的力量,多年来令她无法挣脱,无法遁逃。

饭桌上架开了圆台面,铺张地撑满了整个房间,圆台面底下围着一周斑驳的圆凳。平素里这屋子并不这样拥挤,只是突然空摆起十多个人的饭席,才有了一种虚张声势的挤。镜子被布蒙上了,照例没有开灯。圆桌上的火烛摇摇曳曳,晃得令人晕眩。见外婆正跪在向着火烛的方向闭目念经,罗清清安静地坐到了一边的沙发上。

这屋子的景再熟悉不过,罗清清有记忆起就是这样布置。小时候拜嬷嬷,外婆总会一遍又一遍地关照她和表弟不要乱跑,不可以撞上凳子,虽然凳上压根看不见什么人。

罗清清呆呆地靠在沙发上凝神,她想着那还是在很久很久以前,这屋子曾经真正喧闹过。她、爸爸、妈妈、小姨、姨父、表弟,年夜像模像样地坐在一起,外婆忙着烧菜,外公忙着倒酒。满满的一盘大闸蟹放在最中央,一桌的腾腾热气就这样缓缓地、缓缓地漾湿煞白的天花板。天井里吊着满满一排的鸡鸭、海鳗,浴缸里还有海鲜,吃遍假期都绰绰有余的年货,都是外公在任时人家送的。外公如此喜欢热闹,如今却静默地、冷观地注视着这屋子萧条纷乱的一切。罗清清对外公的印象很模糊,遗像上毫无血色的脸于她有些陌生,她甚至想不起自己和外公在一起的生活场景。但不知为什么,这些年却越发怀念起他老人家来。他是这个家的灵魂,即使如今默不作声,仍然维系着某种不可动摇的力量,弥散在这屋子的空气中。

谁都捕捉不了,谁都不能抹去。

没有变化,一切就和十多年前一模一样。床上依旧是两床被子,晚上睡觉的时候外婆会把另一边也完好地铺开,白天再折叠起来。她不厌其烦,甚至保留着外公因心脏病而斜靠三个枕头睡觉的习惯……因为这个家只有她还相信外公会回来。

亦没有变迁,现在都不兴在家吃年夜饭了。只是这家里只剩下三个人,以及虚张声势的一桌神神鬼鬼,在哪吃都是冷清。外婆倒是乐此不疲地摆弄这些虚妄的排场,年复一年。因为这个家只有她才相信,一切至少可以看起来和从前一样。

地上铺了两个垫子,向着圆桌的火烛一个,向着矮方桌一个。矮方桌朝南朝北分别坐着土地公公和另一个不知什么名的神仙。白净的碗里灌着温好的酒,桌上还有几个热腾腾的素菜。圆桌上的菜要丰盛得多,冒着馋人的白烟。但热菜是不给吃的,外公死后,外婆越发痴迷祭祖膜拜。于是之后的每个年夜,罗清清便再也没有吃过新鲜的热菜。

罗清清昨夜没睡好,她和母亲争执,不想再拜膜膜了。可母亲说:外婆已经这么可怜了,你怎么连装装样子都不肯。

外婆眯缝的双眼终于睁开了,她和蔼地看着罗清清,令罗清清忽然间对于昨夜的坚持于心不忍。

"清清来啦,快来给祖宗磕两个头。"外婆有些艰难地站起身,把垫子让与了她。

冉冉的火烛烫疼了罗清清的眼睛,外婆的话正轻柔地践踏着她全部的念想。她望着外婆的笑靥不禁心如刀绞,这疼痛甚至超越了昨夜信誓旦旦再也不下跪时的委屈。外婆已经七十多岁了,这终究是她的任性而非外婆的执拗。外婆又怎会知道,她是多么的不情愿。那一方软垫让与她,像一根无情的绳不由分说地勒断了她关于新年的憧憬与热望。

这张垫子是这样熟悉,18 年来从没有更换。垫子上花纹是外婆亲手绣的,很牢固,虽然起了密密麻麻的线球。罗清清有记忆起就是朝这个方向,就是这些看不见的祖宗据说能带给她平安。18 年来每一个年夜,途经同一段距离来此处,踩着猩红破败的爆竹残屑,听家家户户合家团圆。没有更迭,没有改变,善依旧善,恶依旧恶。这绝望的轮回常让罗清清心焦不已,但她却没有能力改变这一切,只由着心中的"不忍""不该"而一次又一次放下所有的原则。

这让她感到屈辱,却无可奈何。烛火演漾在外婆苍老的脸上,有些招摇、有些魅惑,与呢喃颤动的唇混为一体,默念着鬼魅的音符。罗清清知道外婆丝毫觉察不到她的埋怨,她知道外婆多少还是喜欢她的。是这屋子里旁若无人的静物与捉摸不定的气息扮演着狰狞,又怎能迁怒于老人。

何况外婆从来一碗水端平,就像小时候她和弟弟分饼干,谁都不许多拿一块。其实这些年外婆与她的关系比幼时要熟络许多,虽然外婆从来不骂她。这和对表弟不一样,外婆常常数落表弟,零碎的话语带着轻贱,感情却不减反增。罗清清心底晓得,外婆迁就她。拜膜的事,外婆只是不知情,本无意逼她。

没有人逼她,正因如此,她才不知该向谁拒绝。

罗清清在母亲进来的那一刻平静地跪下,她轻叹一口气,周遭的一切却早已熟视无睹她的委屈。

她朝着两个空空的矮凳,安静地磕了三个头。

"呐①妈妈已经磕过了,侬到小房间去休息一歇好了,等香烧过

---

① 上海话"你们"的意思。

半再过来,跟外公说说话。"

"晓得了。"母亲在一旁替罗清清爽快地答应着。罗清清无力地站起身,见母亲正娴熟地穿过那一圈空凳子,去天井放簸箕。罗清清想着母亲应该比她经历了更多次的拜膜,可生活照样毫无起色,她怎么就不绝望呢?罗清清很纳闷,也很心疼。她眼睁睁看着外婆的背一年一年变驼,眼睁睁看着母亲从偷偷哭泣到忍辱负重,就像她们眼睁睁看着她不可抑制的成长一样。可眼神又怎能更深入地关怀彼此呢,只能浅表地、粗略地抚慰隔代的隐痛。

圆台面上摆着十几副一模一样的杯子和碗,至于哪个是属于外公的,大概只有外婆才分辨得出。从前外公每年过年都会带外婆出游一次,直至退休后第一年,再也没有人愿意接他们老两口出去转。罗清清依稀记得那天外公打了一上午的电话找车,最后沉静地合上了通讯录。外公的脸上没有表情,直至外婆把每顿分好分量的酒放在他面前,他竟有些木然。平日他总会问外婆多索要一点,就像个小孩索要糖果一般痴缠讨饶。

那年罗清清还在念小学,别的事情都忘记了,只有外公没有喝那半杯酒,她记得清晰。

因为不久之后外公就因心脏病住院,再不久,罗清清十岁生日那天,定好的生日宴换作了羹饭。看着外公略微发紫的脸颊,罗清清竟然有埋怨的私心。这埋怨令她永远都无法忘记,她的第一次大生日就这么不了了之,为什么不是早一天,或者晚一天?至少不会让她这样失望。直至后来父亲离开家罗清清才知道,十岁那年的不了了之只是一系列无疾而终的初始。他们一家,再不可能有机会坐在一张桌上吃饭,欢喜和磨难也再无法同舟共济。20 岁、30 岁……也许永远。

罗清清坐在嵌满锡箔的靠椅上不出声,脑海中像过电影一样,回放着颠沛的成长与微漠的哀痛。但就连回忆都断续错综,当下的一切竟是如此地逼近记忆的影像。除了催人麻木的时间不息流转,什么都真切完好地展现在眼前。甚至正因为它太真切,才更叫人恐慌。可现实远不如回忆经得起深究,就像回忆远不如现实那般残酷。

"你外婆弄得脏是脏得来,你看看,被人家知道了肯定要说这家老人没人管。唉……我刚在这铲掉个蚂蚁窟,泥心①死了。你外婆不杀生,这种东西她都养着。"母亲端着刚洗完的葡萄进屋对罗清清叨叨抱怨着。

罗清清想到进门时那个簸箕里装的果真是蠕动的生命,不禁悚然。

不过记忆里外公和母亲真是很像,隐忍、勤劳、洁癖,母亲和外婆倒是常有针锋相对的时候,但说起来那也是很久以前的事了。现在母亲凡事都让着外婆,外公在时最迁就外婆,外公走了,外婆便一日比一日凄凉。

外婆一生要强能干,十多岁时就独自从老家来上海打工,靠微薄的收入培养家乡的弟妹读书。生下母亲和小姨后,因为身体不佳,便没有再要孩子。听母亲说外公三十多岁就做了结扎手术,这在当时

---

① 上海话"恶心"的意思。

甚至惊动了外公单位的领导。但外婆执意的一句"不行"果断地拒绝了所有好事的劝慰，以及外公想要一个儿子的愿望。

想到这些，罗清清很佩服外婆，但她也觉得伤感。往事离她竟是那么遥远，如今她所能看见的，只是外婆终日念经的唇齿，以及蹒跚摆弄这虚妄排场的身影。

物是人非，大约就是这个意思。

就像外公最疼爱母亲，曾因为母亲一句摸到蟾蜍的哭诉，就动用了全部的社会关系，甚至亲自过问到母亲生产大队的队长。直至几天后就将母亲从地里调去了村办工厂，后来即使农忙时节，母亲也不曾再踏过地里的泥。外公的离开对于母亲就仿佛是所有幸福的终结，当然母亲并没有说过这么决绝的话。罗清清只是慨叹，命运的周折令人唏嘘。有时失去一个人，就是失去一整块好端端的生活。不仅仅是当下，并且是未来。他曾是如此重要，就像方寸的伞，它在时尽力照顾着周全，偶尔捉襟见肘还要被埋怨寒酸；它断了，便是一场无措的淋漓。命运劈头盖脸地塌下来，才晓得曾经有人为你扛，有人为你伤。

"我吃不下。"罗清清推开了母亲手里的葡萄，"小姨他们又不来？"罗清清问得直接。

"你一会不要跟外婆提这件事情，你要懂事一点晓得哦。大过年的，不要弄得大家不开心。"母亲剥了一个葡萄，径直塞到了罗清清的嘴里。罗清清尚来不及反驳，只得憋屈地吐了葡萄核，撇了撇嘴。

母亲开始用力抠着桌缝里的锡箔屑,那些银灰的尘屑一旦扬散,便嵌入了家具的各个角落,除之不尽。

"啪!"罗清清听见了犀利的指甲断裂声,吓了一跳。

"清清啊,好过来化锭了噢!"外婆在隔壁叫道。

"喊你都不晓得应一声,不晓得脑子里在想什么。"母亲轻扯了一下牵连的指甲瓣,折了抹布一角继续抠着桌缝。

外婆此时搬来了红砖和铁盆预备化锭。圆台面上的红烛已经烧了一半,蜡油恬不知耻地滴在桌上都叠了起来。罗清清想到母亲方才掐断的指甲,想着过一会母亲不知要怎样铲除这些脏东西。

罗清清又一次走到垫子跟前,心底茫然得很。但此时她没有犹豫,只想把这恼人的仪式快些进行完。她漠然地跪了下来,准备磕头。

"清清啊,有什么心愿就对外公说,他会保佑你实现的。"外婆轻缓慈祥的声音又一次响起,轻微地,震扰着罗清清的耳膜。

希望……明年再不要拜膜膜。

罗清清在心底罪恶地默念。

她虔心祈祷,却从未相信能通过这种途径实现任何愿望。这些年她依靠着自己单薄的努力和母亲悉心的养育蹒跚地成长,无论如何,今年……终于18岁了。

她心里烦乱得很,但不得不逼迫自己平静。

不平静又能怎样。

一个……两个……三个……

罗清清准备起身。

"清清啊,再帮爸爸和弟弟代磕一下。"外婆缓缓念道,手里缠着佛珠,脸上深邃的纹。

罗清清看了一眼外婆苍老的脸,转头整顿姿势,朝着猥琐的烛火,朝着肮脏的蜡油,朝着满桌看不见的死人,朝着已经冒不出一丝热气的凉菜。

一个……两个……三个……

一个……两个……三个……

"外婆,军军哪能不来?"罗清清站了起来,没有看母亲,故意大声地问。

一旁的母亲瞪了罗清清一眼。

外婆心平气和地说:"明天来,明天一定会来的。"而后她起身去搬折好的元宝袋子,一个踉跄,幸好罗清清扶住了她。

外婆终年在家折锭,每年过年化的锭都有满满好几袋。佛家讲超脱,竟允许拖泥带水普度如此庞大的身外之财去冥界……可谁又会和一个七十岁的老人计较这些呢?

母亲磕完头便起身扶外婆,外婆执意要自己走,看得出她甩开母亲的力量丝毫不弱。可倔强了几十年,落得如此清冷的下场,母亲说的一点没错,外婆可怜。

罗清清每一刻的情绪都在挣扎与不忍间徘徊,她越来越觉得,家里不是讲道理的地方,她时而会不忍,时而又憋不住心中的不平。好歹她也是学校首推的保送生,在课堂里讲的那些自由和谐科教兴国,竟都顶不上家里外婆一声轻柔的"磕头吧"。这已是第 18 个年头了……她想知道什么时候才能过一个真正属于自己的年……

　　火盆里熊熊燃着了外婆一年的辛苦与祝福,罗清清在一旁帮忙把锭丢进火盆,呛得满脸都是泪。她想起小时候和表弟争着扔锭,吓得小姨心急火燎地把表弟抱开怕他烫伤。那时她还嘲笑表弟胆小,现在想来,小姨竟留她一个人在火盆边……

　　"我总是望你们平平安安,我一直对菩萨说。"外婆开始祝福。

　　"我有个女儿杉杉,望她身体健康,早点办到退休。"

　　"我有个女婿罗康……"

　　"哦哟老早不是咧!"母亲在一边插话道,"你还帮他求……"

　　"望他对清清好点,工作顺利点。"外婆自顾自念叨,丝毫不顾及母亲几年来如出一辙的反驳。

　　"我有个外甥女清清,望她智力开发点,顺利上大学。"

　　"清清听到哦,外婆一直帮你求,所以你能保送上外语学院。"罗清清继续化锭,没有理会母亲。

　　"我有个小女儿苹苹,是个残辜①人,保佑她身体渐渐康复。女婿宝昌,望他生意顺利,越做越大。还有个外甥叫军军,望他一路读到博士。"

---

　　① 上海话"可怜"的意思。

罗清清一惊,这惊诧来得莫名,同样的词数年不改,只有这一句变得彻底、变得荡气回肠。弟弟又不在,也不知念给谁听的,但愿是菩萨。反正从小她就低人一等,因而想来这番计较也来得新鲜。

罗清清轻叹一声,又投了一把元宝。见它们从银色渐渐变红,又从红色缓缓变黑。它们垂丧、蜷缩,它们萎靡、颓唐,从燃着至灰烬只有短短的几秒,却传承着阴阳之间的期盼、相思、追忆,以及实体的财富价值。信即真,不信亦真。一切就这样不讲道理,就这样蛮横。

"啊呀,撒么子落进去了?"外婆探头到火盆里去找,母亲一把拉住外婆前倾的身体。

砰的一声,火舌蹿得老高,罗清清一屁股坐到了垫子上。房间里瞬间被浓重的烟雾包围,好一会儿罗清清才看清母亲和外婆惊吓过度的脸,和满是尘屑的头发。

"姆妈,侬呐撒么子掇进去了啊①?侬看看危险哦,以后千万勿要自己一个人化锭!一定要我们在身边!"妈妈把外婆扶到床上坐下,外婆看起来吓得不轻,嘴里翻来覆去默念着"阿弥陀佛"。罗清清抚着外婆佝偻的背,一遍一遍说着"没事了没事了"。

房间四处都是惨白的灰尘,洋洋洒洒坠落。电视上、床上,甚至是据说坐着祖宗的凳子上都是灰压压一片。几片灰屑先是骀荡地飘上了置身事外的红烛烛焰,而后又毫无骨气地粘上了蜡油。一旁顾

---

① 上海话"你把什么丢进去了啊"的意思。

长的香大约气数已尽,尘屑轻轻一蹭,便推倒了长长一截香灰柱。

它们不觉疼痛……不觉疼痛好,罗清清这么想着,竟有些莫名的倾羡。

罗清清凑到火盆跟前,明显还能觉到热腾腾的气流。一只烧焦的打火机正安静地躺在火盆里,它已经发黑,殒身竟还换不来一场毁灭,真令人惋惜。这悲壮的年,或许真因凭有满桌的神仙保护,她们才侥幸逃过一劫。只是无论怎样,罗清清领悟到,外婆年纪大了,连她固执为之的拜膜也已经离不开她们的帮忙,不然便是随时的灾祸。这不是忍不忍心的问题,也不是是非的问题……

这是什么问题呢?罗清清自己也说不好,但至少明年,或者后年,她必须继续磕头。无论她是不是大学生,是 18 岁还是 20 岁,无论她学的是英语还是别的什么,她有所作为或是一事无成,只要她踏进这失修的大门,只要她看到这两个与她最亲近的人,她便什么都不是,或者说,只是女儿……

母亲裹着火盆去了天井,罗清清听到母亲打开了水龙头,和一阵响亮的"呸"。

外婆开始收拾碗筷,菜里嵌着隐隐的尘屑。罗清清帮忙挪凳子,那些老祖宗总算赴宴完毕,想来活人如此屈从他们,理应心满意足地离开。人世间本没有什么好的,还不如死了尊贵,有人殒身供奉,还有人作陪。

窗外仿佛是另一个世界,时不时有鞭炮声传来,密集的时候甚至响得令人窒息。哪来那么多开心的事,罗清清边这样想着,边漫不经心地盛饭。

罗清清有时候非常佩服母亲,作为一个面面俱到的女儿,无怨无悔不离不弃是罗清清自叹不如的。她虽也想帮母亲分担一些,却感到力不从心。自己太偏执、太冲动,什么情绪都挂在脸上。

母亲在厨房与客厅间来回穿梭,罗清清只听见碗碟的碰撞、冰箱的启合、微波炉的运行,一切井然有序,就像是流水线的布控。母亲端走了方才被尘屑沾过的菜,换上了原本为第二天准备的。她收拾的速度真是惊人,等罗清清端饭上去,圆台面已经拆掉,饭桌上的菜也都热好。青菜的绿叶子垂垂泛黄,虽然还没有人吃过。可罗清清一点胃口都没有,无论有没有尘屑。

母亲不停地给她夹菜,罗清清瞥见母亲手指甲上嵌着隐隐的粉红色,想起了方才桌上硬邦邦的蜡油。

她埋头咬着饭,一阵心疼。

外婆吃得很少,也许是因为累了一天,也许是因为受了惊。她的脸上有种让罗清清捉摸不透的表情,一种不饱和的神态,不饱和的伤痛与自足。她浅浅笑着,却仿佛很忧郁;她只是忧郁,仍然存留着温存与慈爱,所以,又算不上悲伤。

"清清啊,"外婆放下筷子,"明朝外婆给你和弟弟压岁钱。你的多,军军的少,你不要响,晓得哦。"

"嗯。"

罗清清应答道,每年年夜外婆都要这样叮嘱,从来不曾忘记。

"姆妈,个侬是怎样分出来哪个多哪个少的呢?"母亲在一旁笑着问道。

外婆轻點一笑,起身去到衣橱边,从口袋里摸出一大把钥匙,摸准一把打开了橱门。取了两个一模一样的红包,再锁好橱门。

"你们看好哦,这个是清清的,三百块,平整放的。"外婆用手指一捋,缓缓说道。

"这个是军军的,我对半折。"外婆捏了中缝,脸上洋溢着少见的神采。

说着,外婆把红包放进口袋里,恢复到先前难以捉摸的不饱和神态,她浅笑着夹了一口菜,眼角的纹都皱到了一起,丝毫看不出先前舒展的痕迹。

"你看你外婆厉害吧!"母亲推了推罗清清的胳膊。罗清清连连点头,对外婆的聪敏她打心眼里诚服。可玩笑之余,她隐隐觉得不安,每年的这顿饭都会让她莫名不安。

"杉杉,我有桩事体要跟你讲。"外婆看着母亲,放下了筷子。

"撒事体啊?①"

"过年前,苹苹跟宝昌来过一次,但是宝昌没有进来。苹苹问我要了房产证和户口簿,说是她婆婆那里要拆迁要用一下,可以分到点钱。"

"哦。"母亲脸色有些不好。

外婆抱歉地看着母亲:"他们这样,我也不好不给,但他们一定会还回来,这点你放心。只是你心里要有数,房产证我脱过手了。"

---

① 上海话"什么事"的意思。

房间里死寂一般,窗外又渐起鞭炮声,整个新村就像一口油锅,煎熬着喧嚣。无奈她们谁都听不见谁的话,呢喃或是流白都被这岁除的巨大音浪吞噬。宽宥的,奈何的,漠然的,伤痛的,已然听不出差别。

"姆妈,侬放心,我们又不争什么,我们两个总是要你的,清清对哦?"

罗清清点点头,她看见外婆尴尬地笑笑。但这笑也许发自内心。

为了过年的拜膜,外婆早晨四点就起了床念经买菜,她仍然秉持着过年大手笔的作风,不论年夜有几个人来,都是满满一桌菜。晚饭过后,罗清清和母亲就早早回家了。路上罗清清挽着母亲的手,街上放焰火的孩子东奔西跑,天际闪耀着缤纷的色泽。如此祥和,如此欢喜。可母亲却健步如飞,没有半点流连。

"妈妈,我想哭。"罗清清无力地说。

"明天还有一天呢,坚持一下,慢点就让你出去和同学玩。"母亲别有心事,罗清清看得出来。

的确,明天更难熬。令她绝望的是,年年如此,循环往复。不管一年中她有多少进步,多少憧憬,年底总这样收场,或者说,年初,总这样开始。

"妈妈,我保送,你开心吗?如果你觉得外语学院不够好,我想我可以再努力一阵,争取考上更好的学校。"罗清清换了话题,她挽紧了母亲的胳膊,就仿佛重打起精神。也许是希望在新年,多少能给自己一点信心。这一日,她已经够扫兴的了。

"当然开心啊,妈妈这一生最大的期望就是你。你考上什么大学妈妈都为你开心的。"

"那我再努力一下,也许能上北京呢?"罗清清问道。

"你要离开我吗?"母亲突然惊讶地看着她,半晌才嘀咕,"上海不是蛮好,北京有什么好的。"

"我……怎么会离开你。"罗清清想到与方才母亲对外婆相似的承诺,有些惶惶,笑得并不由衷。

罗清清第二天醒来的时候,母亲已经早早去外婆家帮忙了。她磨磨蹭蹭,穿上了干净的衣服,临近吃饭时才踱到了外婆家。

还没进门就听到了小姨咯咯咯的笑声:"清清来得好晚啊,我们以为已经来得够晚了,想不到你更晚,呵呵呵。"小姨犀利的笑声让罗清清浑身不自在,她挪到外婆床边,斜靠着枕头。

"小姨、军军新年好。我……身体不太舒服,头疼,先躺一会。"罗清清打好招呼,便不打算出声了。这是她惯用的方法,面对这母子俩。常常这样子,她不是装病就是发呆。她不能够说什么,说出来的一定不好听。外婆听见了会伤心,母亲会怪她不懂事。她并不想这样,大过年的。

表弟在看电视,罗清清眯缝着眼睛不时瞥着电视屏幕。

母亲正在天井里洗拖把,罗清清听见水声,清朗凛冽。

"清清啊,你这套衣服是谁送的?"小姨似乎是注意到了罗清清的游离。

57

"妈妈买的。"罗清清没有看她。

"哦哟,怪不得这么老气。"

罗清清不声响,继续看着电视屏幕。她默默地告诉自己,口舌之快得不到任何好处,宽宥才是出路。

"你们昨天吃的什么啊?外婆烧的什么给你们吃?"小姨继续问,她仿佛预备了不少问题。

"一些素菜,挺好吃的。"罗清清不紧不慢地回答。

"军军啊,我们昨天吃得太多了,我现在肠胃还不太舒服,今天你记得也要少吃点哦,我们回家还有你爸爸买的好东西吃。你在这里吃得太多,回去吃不下,你爸爸又要不开心了。"

"我不会吃不下的好哦……要你瞎担心。"表弟不耐烦地回答。

"侬看伊,就晓得吃,呵呵呵呵!对了,清清啊,你现在补课多少钱一节课?"

"……我保送了外语学院,不用补课了。"

"我们军军都是在特级教师那里补课,程度不好的人家还不收呢,100块钱一节课,每个礼拜上两次,哦哟忙是忙得来。"

外婆佝偻着背端来了葡萄,还是母亲买的那些,罗清清想起她昨天只吃了一个。

小姨剥了一个:"甜是蛮甜的,就是太小了,我从来都不买这么小的。"一旁的表弟一连吃了好几个,把核噗噗噗噗吐了出来。罗清清看着恶心。

"那以后你记得买过来,我们都喜欢吃大的。"罗清清看着天井里母亲清冷的身影,实在不平,斗胆顶了一句。

"我这不是不顺路嘛……"小姨愣了一下,不过很快就酝酿好了新的词句。罗清清起身走去厨房,不愿意再听他们的声音。

罗清清拿好筷子和碗,准备午饭。

她望见母亲终于晾好了拖把,水滴看来亮闪闪的。天气真好,虽然冬日的阳光冷观又薄情。母亲走了进来,见她开始准备,就说了句,当心别敲坏了,便匆匆去拿菜。罗清清看到母亲冻得像胡萝卜一样的手指头,不知该说什么好。

一进客厅就听表弟说要喝橙汁,外婆问母亲有没有买橙汁,母亲说只买了可乐。外婆立即从口袋里摸出5块钱,披上外衣打算出去买。母亲拦住了外婆:"我去吧,这么冷的天,你一个老人家出去干什么。"母亲起身准备走。

"妈,还是我去吧。"罗清清披上了外套。

"你们先吃。"罗清清早想出去透透气,却想不到借了这么个令人作呕的借口。

母亲帮罗清清系好扣子,罗清清瞥了一眼表弟,转身准备出门。

"清清啊,你穿上外套好看多了,你实在太瘦了,连胸罩也不用戴,反正也看不出来,军军,你说对哦?嘿嘿嘿。"

罗清清愣住了,她转过头吃惊地看着母亲,母亲也一时无语。

表弟专心地掘着新鲜的黄鱼。

外婆仿佛没有听见这一切,抿了一口米酒。

59

罗清清想起也许正是她方才的一句顶撞才会引来如此的回报，可罗清清最后还是沉默了。她觉得自己的脑海中有许许多多词句翻涌，许许多多情绪澎湃，可她愣是一个字都说不出来。

"快去快回。"母亲抚着她单薄的背脊轻声说。

她用力推开了已经坏得无可救药的门，寒风微袭，竟让她呛到，一阵钻心的凛冽。

路上有清洁工人正在打扫五彩缤纷的烟花残屑，小孩子穿着新衣新鞋欢喜地玩划炮。罗清清奇怪今天怎么刚来了一会儿就糟糕成这样子，她奇怪自己为什么哭不出来……她觉得好笑，也许因为外面太热闹的缘故，她听不到丝毫来自心底的宣泄之声。她觉得自己被这年的巨大声势给淹没了，这淹没本身远甚于只言片语的欺侮，看不到解脱的希望比受委屈更令她难以承受。

她失去了父亲，就像母亲失去了外公，但也并不雷同。父亲在时也好不到哪去。事实上，父亲和外公根本不同，在这一点上她还是羡慕母亲的，母亲一生最大的福祉就是前半生有外公的庇荫。罗清清从来不喜欢人家夸耀她独立坚强，她想这只是没有人肯给她庇荫而已，又能算什么美德。因为哪怕在方才的静默与惊诧间，母亲也没有为她说一句话，外婆也没有说话。

这究竟算是她的隐忍坚强，还是没有人为她出头？

罗清清来到附近的杂货店："给我瓶橙汁。"

"5块8。"店里的女人回答。

"怎么涨价了,不是5块吗?"

"这不过年嘛,讨个好口彩。"女人咯咯地笑着,跟小姨似的。

"我只有5块。"罗清清看着她,眼神冷峻。

"或者这样,下次再来的时候给我8毛,大家都是老邻居了嘛……"

"我只有5块!!"罗清清喊道,四周一片静寂,女人吓得愣住了,手一软,橙汁滑到地上。

好一会儿,女人才咕咕囔囔说:"大过年的,神经病啊!"

罗清清拾起橙汁,转身回去。她感到羞耻,感到愤怒,因羞耻而愤怒,因愤怒而羞耻。

这一路罗清清一直在挣扎,要不要回去,要不要面对。方才放弃抗争的机会是不是正确的决定,还有什么语言能够反抗,还有什么方法能够抵御这赤裸的伤害。她不停地想,直到又一次看见坏掉的门锁。她感觉自己就像昨日酒足饭饱的鬼,没有搭上回冥界的车才狼狈返回,成了真正的孤魂。

她在门外徘徊了一阵,鼓足勇气,用力推开门。

她看见母亲正在为她盛汤。

"清清快进来,外面很凉吧。妈妈给你先盛了汤,快来喝。"罗清清一言不发地坐下,外婆煮的是冬笋咸肉汤,冒着热气,看起来很温暖。一旁的表弟也正在喝汤,罗清清瞥见桌上已经掘了大半的鱼肉,一阵恶心。她挑了些素菜,食不知味地塞到嘴里。

"外婆,这笋这么老啊。"表弟吐出了几个嚼过的笋头,不满地问外婆。

"你妈妈昨天留下的,今天买不到了,就先拿这个烧了。下回外婆给你买嫩的哦!"外婆不好意思地说,她不能喝咸肉汤,因而少许抿了抿自己酿的米酒。

罗清清说不清自己为什么这么恨小姨一家,她甚至没有恨过与母亲分手的父亲。她常常反思一切也许真是因为自己不够宽容,直到再次与小姨他们相见,再一次地忍无可忍。

原因,原因她自己也说不好。也许她仍然无法忘记从前,无法忘记一些话,一些眼神,无法忘记这荒诞的血缘所牵连的凉薄人情。每到过年她总能够思想很多事,成长的一幕一幕翻来覆去在她的脑海中上演,就跟春节联欢晚会一样,年年轮回年年重复同一个套路。除却流逝的时间之外,什么都没有改变。

她想起很小的时候,父亲也讨厌小姨一家,还因此与母亲争吵。她想着父亲也定是受不了小姨的刻薄与外婆的偏心,只是他已经远离这些不堪很多年了,她却前赴后继地承受,与后知后觉的母亲争吵。最终,无可奈何地忍让。但她不可能负气而走,像父亲那样。

永远也不可能。

罗清清起身收拾桌上空置的脏碗筷,去厨房洗碗。她不愿意与他们坐在一起,哪怕是多一秒钟。倒不是因为受了气,只是……不想而已。

她打开水龙头,挤了点洗洁精,不紧不慢地抹着油腻腻的碗筷。

"军军,你看到哦,姐姐已经会帮大家洗碗咯!"外婆的声音,罗清清下意识地关小了水龙头。

"我又不用洗碗,家里的阿姨会洗的。"

"呵呵呵呵……"房间里又只有小姨的笑声,罗清清激不起愤怒,又把龙头开到最大,任凛冽的水冲刷她纤细苍白的手指。

罗清清擦干了手,又走进房间,坐在了母亲身旁。母亲此时也已经吃得差不多了,和外婆他们拉着家常。

"阿姐,这个包里一盒是什么东西啊?"小姨指着一旁母亲的包问。

"哦,呵呵,喏,小姑娘帮我买的,她说是面膜给我弄着玩玩,我哪有这个心思,忘记在姆妈这里了。都是过年前的事情了,她就知道乱花钱。"母亲笑着数落了罗清清一句。

"军军,人家清清英文比赛得了奖金,还给外婆买了块玉佩,你以后会哦?"外婆期待地看着表弟。

表弟点点头:"以后我买一栋房子给外婆!"

外婆笑得眯缝了眼睛,从口袋里拿出两个红包,一个给了罗清清,一个给了表弟。罗清清看到了外婆不经意轻捋过的手指,知道这其中的区别。不过那一刻仍然不忍心收下。那是妈妈给外婆的钱,外婆省吃俭用,过得很辛苦。

"外婆,小时候不是说好,压岁钱拿到18岁就不拿了吗?"罗清清把钱推了回去。

外婆执意不肯:"你得奖的钱不算,你又没有工作,到底是

63

个小孩。"

母亲也示意罗清清不要收,罗清清又把钱推了回去。

"噢哟,妈,你也真是的,人家不是说了嘛都赚钱了不用给了,你瞎起劲什么啦?"奇怪的是,小姨竟也帮着推托,她们难得立场一致。罗清清皱了皱眉,没有作声。

外婆后来把钱塞给了母亲,收拾完后,母亲在里屋帮外婆揉腰。外婆腰不好,也许是过度劳累的缘故,又酸痛了起来。母亲正翻箱倒柜找着红花油,外婆斜躺在一边,拉着弟弟的手,笑盈盈。罗清清在厨房踱来踱去,小房间有阿姨在,她不想进去。她想先回家,又发现此时不是合适的时候。

"清清。"小姨在叫她,不过声音很轻。

"嗯?"

"你过来一下。"小姨把她拉到了她身边,恰好看不到外婆和母亲的位置。罗清清没有抬头看她,她不愿正视她,也许是怕方才的委屈会令她没有尊严地落下泪来。她害怕自己对这个女人多少还是有要求的。

"清清,阿姨求你了,今年过年你来一次阿姨家里好哦?阿姨给你钱,给你车钱,你打车来好了。"

罗清清心里暗暗一惊,她没想到小姨会说这些。但她没有答应,她不会再去那个曾令她头皮发麻的地方。

"你答应阿姨好吗?阿姨给你钱。"说着小姨竟真从口袋里摸出了几张红彤彤的纸币,硬塞到罗清清的手里。罗清清原以为有钱人的钱能有多挺括,想不到也是这么皱巴巴的。

"我不缺钱。"罗清清推开了,就像推开外婆的压岁钱一样。她抬起头,竟然发现小姨在哭。

"你怎么了?阿姨,你不要这样子,大过年的,不是好好的吗?我不要你的钱,你也……没什么钱。"罗清清犹豫了一下子,仍然说出了真话。小姨病退在家多年,全靠做生意的姨父一个人养着。

"你知道你姨父已经说了好几年了,说我娘家人连来都不来……不管怎么样,今年你来一次吧。答应阿姨好哦?"小姨的眼泪就像涂在脸上的一样不真实,罗清清竟然发现自己有些心软,她很惊异。

当年不是他为了一张户口娶了身体不好的小姨,而后卧薪尝胆终于飞黄腾达吗?

当年不是他口口声声"爸爸爸爸",外公死后却一次都没有出现的吗?

那"娘家人来都不来"又算是什么话。

罗清清很困惑。

此时母亲走了出来:

"你们在干什么?姆妈已经先睡了。"

阿姨最后看了罗清清一眼,转身就进了屋,那三百块钱已经捏在罗清清手上。她没打算告诉母亲,她觉得阿姨并不想让母亲知道这些。

可该不该去呢?她自己也不确定。她忘不了从前,但又不忍心

65

拒绝这样的祈求。

小姨毕竟是长辈。

罗清清告诉母亲她先回去休息一下,临走的时候,罗清清望了一眼小姨。她看见小姨竟然抽走了一张她买给母亲的面膜,不声不响揉捏着塞到了裤子口袋里。她仿佛又回到了一贯的样子,自说自话又神经兮兮,丝毫不值得同情。

跳上回家的公车,空调的温度打得很高,罗清清解开了围巾。她注视着一路的商店琳琅满目打着春节的折价牌,人头攒动,喜气洋洋。罗清清忽然想起很久以前同样是一个年,她跟着表弟去他家用电脑下载英文比赛的表格。那会儿父母刚离婚,罗清清家里还没有电脑。走时表弟说他有零钱,罗清清就没有问母亲拿车钱。之后他们在车站目睹着一辆又一辆车子开过,表弟的无动于衷令罗清清从莫名到悲哀,从悲哀到冷观。那是在腊月中,罗清清记得自己下意识地系紧了围巾。

1个多小时后,他们终于等来了一辆普通公交,上面没有空调,节省了1块钱。

罗清清一直都后悔那天没有问母亲拿钱,铭心刻骨的那场等待,令她许久以后都不会忘记曾经凛冽中的羞耻感。她甚至常常梦见,被一辆又一辆车、一群又一群人肆意打量。她甚至梦见自己没有穿衣服,就这样等在寒风中,直至天黑又天亮。她正这样怅然思忖,车子摇摇曳曳路过了外婆家对面的"润东"购物超市。罗清清定睛一看，发现了两个熟悉的身影……原来他们俩也这么早就回去了。罗清清眼看着小姨和表弟提着外婆给他们带回家的菜上了车，超市的免费班车将把他们带到这一带最繁华的公寓区。

罗清清轻微地叹了口气，她想着小姨叮嘱表弟少吃点的话，想着那个女人的口袋里竟还扭曲地塞着她给母亲买的面膜。说不清的滋味汹涌地弥漫心头，罗清清觉得什么都是古怪的，都令人喘不过气。

初二那天，外婆来罗清清家里吃饭，母亲一早就起来准备了一桌丰盛的素菜。外婆带来了很多水果，说知道母亲舍不得买，特地带来给罗清清吃的。母亲忙的时候，罗清清对外婆恭敬地笑着，两人却没有什么话题可聊。那一刻甚是尴尬，外婆的水果放在窗台，她脖子上戴着罗清清买给她的玉佩。罗清清心里很温暖，嘴上却说不出什么要紧的话。只能在前思后想中沉默下去，她很自责。

罗清清英文比赛的获奖奖杯被母亲放在家里醒目的位置，外婆走过去端详了半晌。罗清清不喜欢母亲这样放，但母亲执意要天天看着它。母亲曾对罗清清说："妈妈对不起你，比赛那天，连个捧场的人也叫不到。"罗清清那一刻曾感到强大的悲怆，她心疼母亲心里的委屈远甚于无人庆功的落寞。

她想起自己考上外语学院附中那会，母亲也只是炒了两个小菜为她庆功。但对罗清清来说，那已经足够温暖了。

当年考外语学院附中还真是不容易，小学升初中取消考试之后，赞助费和批条充斥着各个优秀中学的录取进程。罗清清那时候成绩并不算特别拔尖，她很想偷偷找父亲，至少问一声是否会有可靠的熟人确保她可以考上学校。她不止一次在心底发誓只要上了外院附中,就一定不辜负这些幸运,一定不再顾盼忧伤,一定全心学习。

好在她最终考上了,她没有找父亲却仍然艰难地考上了。事实证明她的忐忑并非毫无来由,依成绩排她是最后一名被录取的学生,但她的学号后面还跟着莫名的十几个人。她的录取实属幸运,甚至还会被人怀疑不是正牌考入的。因而,挣脱后面长长的一串"各显神通",是她中学7年不懈奋斗的动力。

外婆小心地摸了摸奖杯,对罗清清说:"外婆想来的呀,但是走不动……清清,你不会怪外婆吧。"罗清清微笑着摇摇头。

比赛算什么,大学算什么,早在年夜的那一跪中失去了全部意义。一年中不管她取得多少成绩、不管生活看起来会有多大转机,只要那一日双膝着地,就一并勾销了全部的欢喜与憧憬。小姨只会对着她翻来覆去夸耀自己家的 DVD,夸耀表弟的英文有多好有多好,因为很久以前只有他们家可以放原声电影。只是……这在如今看来又有什么稀奇。

面对时间,才人人公平。

罗清清并不羡慕,这家人的一切都与她无关。这一家人的荣辱、贫富、欢喜与苍凉都激不起她一丝一毫的热情。

曾经罗清清常去小姨家,为了上网听资料,或者看原版杂志。她家里买不起那些东西,但她想看。好在那时她年纪小,尚听不懂太多刻薄的话,因而忍受也不像现在这样艰难。虽然有些话她一直都记得,这些年还时不时地想起。

她记得小姨说过,母亲年轻的时候曾经怀过别人的孩子,而后被从前的恋人抛弃,被外婆赶出了家。是父亲为母亲垫付的流产钱,也是父亲最终娶了母亲。小姨说这些的时候,脸上有一种罗清清至今都捉摸不透的表情。如今回想起来,罗清清仍感到恐惧。那时父母刚离婚,她才是个小学生。她又怎会知道什么是抛弃,又怎会知道什么是流产。那一日罗清清回家的路途中数次被自行车擦过,胳膊的生疼她到现在还记得。那天回家她甚至不敢看母亲的眼睛,因为她不知道什么是抛弃,什么是流产,这让她害怕。罗清清至今没有对母亲提起过这些事,她如今只想保护母亲。

罗清清记得她去小姨家的那段日子后来变得越来越让人不堪忍受,小姨和不常在家的姨夫总是不知所由地说些令她不舒服的话。他们家的一切都让罗清清不舒服,虽然想起来小姨过得并不好。小姨总是对她提到欧洲有多好玩、外国人有多无知,却是谁都知道自从姨父发达之后,小姨和表弟就都没有离开过上海半步。苏州都没有去过,更不要说欧洲。但是罗清清相信,总有一天表弟是会走的,去这个世界的任何一个地方在这个年代只需要砸钱。也许有一天,表弟的外语可以比她更好,他可以轻描淡写地省略那些她努力的步骤。

可若是表弟真的走了,炫耀过后,小姨又有什么可欢喜的呢?

母亲此时已经端上了菜,外婆脸上却并无欢笑,只是愣愣地看着桌子出神。母亲忙碌的样子令罗清清感到难过,她觉着不管母亲和她如何努力,外婆的心始终不在她们这里。母亲似乎也觉察到了外婆的不悦,解下围裙,问:"妈,你怎么了?"

"没事,快坐下吃吧,弄这么多菜,我又吃不了这么多。"外婆笑得很勉强。

"那我们不是一起吃的嘛,多吃点。"母亲为外婆夹上了她精心做的酸白菜。

不过想来一切也不是平白无故,她和表弟先后出生,小姨身体不好,理所应当撒手不管。从怀孕到结婚,外婆都只是陪伴在小姨一人身边,表弟也是由外婆一人拉扯大。

罗清清后来知道,昨天她走了以后,小姨对外婆说她和姨夫打算日后在养老院养老。这就暗示了他们不会照顾外婆,外婆因此而神伤不已。

母亲一遍又一遍地告诉外婆,她会照顾外婆,她愿意和外婆住在一起,无奈外婆还是哭哭啼啼。罗清清越来越不相信过年是件开心的事,她想着只要不掉眼泪就好。而事实上,包括外婆、母亲和她都先后有了掉泪的冲动,而且一切还并不缘于感动,只是漫无边际的哀痛。

"她现在连过年都不来,也不叫我去他们家。我不管,我自己去,军军总是要我去的。"外婆倔强地自言自语,罗清清和母亲面面相觑。

电话铃响了,罗清清跑去接,想不到劈头盖脸就是一阵骂:"清清,我告诉你,你去告诉你小姨,以后你们家的事情不要跟我讲。你外婆愿意跟谁过跟谁过,愿意把房子给谁就给谁,来找我做什么,关我什么事!"

父亲的声音,这是她第二次听到父亲因为小姨找他而骂她。莫名的委屈令罗清清不知如何是好,她看着母亲还在一个劲地劝着外婆不要难过,只好沉静地转过头去。

"嗯。"

罗清清简略地回复了电话那头,父亲的脾气在最近几年变得乖戾,他从前不会这样骂她,这令罗清清感到出奇地难受。

父亲很快挂掉了电话,罗清清定了定神,转身回到饭桌旁。她想着究竟还要不要去小姨家里,小姨既然想让她去她家,又为什么要去找父亲,触疼她心里最柔软的地方?

不去了。罗清清想。烦死了。

外婆离开的时候,罗清清注视着老人蹒跚的步履,心里不是滋味。母亲尴尬地收拾碗筷,这一顿素菜够她们吃上一个礼拜了。

母亲看起来心事很重,她的脸上没有丝毫笑容,早晨的兴奋一扫而净。罗清清了解母亲心里的委屈,却不知该如何安慰。罗清清突然想到外婆曾经打母亲的那一巴掌,外婆深到骨髓中的严峻多年之后又一次令母亲像个做错了事的孩子一般失魂落魄。母亲终于从厨房走出来,手被凉水冲得通红。

母亲说:"清清,你不知道,年前我和你外婆去过房管所,我们想把房子并在一起住。可是,外公死的时候产权没有更换名字,所以要动房子的话需要你阿姨签字,还有你外婆外公单位的签字,那么多年了,哪还有什么单位……"母亲的眼里闪过一丝晶亮,罗清清感到无措。

外公为什么要死。……

罗清清想到这不相干的话,但是没有说出口。

"你外婆七十多岁了,陪我奔波一天,她已经尽力了,她心里也想我们照顾她。都是妈妈自己没有能力,对不起你外婆,到现在只能让她一个人住。但是外婆也有心里放不下的,我知道你受委屈,但是……外婆两边都有感情,不能逼她了。"母亲手里的抹布一直机械地擦着同一块地方,她终于开始哭泣,特别伤痛地哭泣。罗清清的眼泪也不自觉地滑落,她一句话都说不出来,她很无奈。刹那间她似乎也感知到了母亲看到外婆时的那种心疼与无力;她也感知到,对这个家,母亲已经尽力了,不能,也不忍再逼她什么了。

罗清清走到母亲身边,轻抚着母亲抽动的背脊,她看到母亲头顶的白发,一阵揪心的疼。她将头掉转方向,却发现她的奖杯正放在醒目的位置,冷观这一切静默、伤怀与哀痛,那么弱势地、决然地置身事外。

母亲晚上睡觉的时候叮嘱罗清清,父亲好像拖欠了她两个月的生活费。母亲说的时候不知是否有意地轻描淡写,这件事她与母亲都小心翼翼,虽然谁都没有忘记。但对罗清清来说,这叮嘱无论如何修饰都是沉重的。她必须去找一次父亲,这下午的煎熬让她想明白自己的那些琐碎情绪根本无关紧要。为这个家她能做的事很少,因而那些委屈也许真是微不足道。

这是最后一年了,等今年过完,父亲便不必再给她钱。曾以为遥遥无期的18岁,如今成为一张泛黄的合约,祭奠那些凛冽的成长记忆。18岁已然是有限的、匆促的。这于她,于父亲,于母亲,也许都是一场等待了太久的解脱。

和父亲相约在一个饭店门口,罗清清老远就看到了一个熟悉的背影,正倚着一辆白色跑车,遥遥地吐着烟圈。

他买车了?

罗清清有些好笑,那还口口声声哭穷。

越走越近的时候,罗清清发现父亲似乎是精神了不少,头发擦着发蜡,亮闪闪的。皮带突兀地显露出来,夹克又似乎短了一截吊在上身。借着日光可以看到皮带上有字,"GUCCI"亮闪闪的,就好像动画片里的夸张聚焦。

他是不是精神错乱了?

罗清清越想越好笑,父亲似乎除了背影是真的,什么都是假的。她不会是在做梦吧?

她正想叫"爸爸",却听见一声"清清"从耳旁传来,她猛地转头竟发现父亲正从侧面朝她走来,她吓了一跳。再看看那"GUCCI",他也掉转头来,却是另一张脸。

"你就是清清?哦哟大了大了,都不认得了。""GUCCI"踩掉了烟屁股,夸张地说。

"你爷叔,你小时候大概见过的,我们刚刚在吃饭。"

"爸爸。"罗清清这才踏实地叫出口。不过这踏实来得较以往艰难,罗清清偷偷打量面前这两个男人,拼命寻找着之前她以为一模一样的地方。却发现竟然都不像了,这种感觉令她害怕。

寒暄过后,父亲的弟弟开着跑车扬长而去,她和父亲也终于坐定。罗清清想着该怎样开口要那父亲似乎已经忘记的生活费,说起来钱也真是不多,远不够一个高三学生的生活费,但若她空手回去,又怎么对得起母亲。

"爸爸,我保送上外语学院了。"罗清清捧着正冒热气的茶杯,缓缓地说。

"噢,我听说了。"父亲点起一根烟,姿势和方才那"GUCCI"终于相像了。

"哦。阿姨说的?"

"嗯。我前两天还看见你姨父了。在人民广场那里,他骑自行车追上我,我们后来喝了一杯。"父亲似乎没有先前电话中那么愤怒了,罗清清定了定心。

"我都很多年没见他了,他破产了骑自行车?从他家到人民广场,要骑个把钟头吧?"

父亲不声响。狠命地抽着烟。

"你少抽点,"罗清清看了看父亲"中华"的烟盒,顿了顿,"再好的烟……也对身体不好。"

"我那是发的,不抽白不抽。"父亲的话干脆利落,他还是那么直来直去,半个弯都不绕。

"刚才……爷叔跟你还真像。"罗清清目不转睛地看着父亲。

"像倒好呢,咳,人家是有钱人,各人各命,就算一个娘胎里出来也是一样。"父亲笑了起来,是嫉妒?是不平?罗清清看不出来。

不过父亲说得没错,罗清清也深刻意识到这点,尤其是经历着悲壮的年。

"爷叔看起来也不算很有钱吧。真正有钱的人都骑自行车,穿破背心,买50斤米还要回来一斤一斤称。"罗清清也笑了起来,越说越不靠谱,也不知什么时候能绕回正题。

"什么一斤一斤称?"父亲掐灭了烟头,两人似乎找到了第一个能够勉强说道的话题。

"噢,没什么。阿姨买的米他都要称一遍,还蛮有空的。"

"这样才能发财,晓得哦,总有一天称得会多出来。"父亲话中有话,罗清清轻叹一口气。

"你们喝酒做什么?"

"没什么,也不管我的事。我最烦人家来烦我跟我没关系的事。"父亲掐灭了烟,动作娴熟落拓,仿佛愤愤又仿佛失落。

"我没烦你吧……"罗清清笑得淡然,她仿佛捕捉到了比生活费、小姨一家更为重要的话题契机……

"进中学、进大学……都没有让你为我花过冤枉钱,为我低过头,受过委屈……是吧?"

罗清清点的卤水拼盘送到,她对服务员轻声说了"谢谢"。

"你怎么吃这个?你小时候不是最讨厌吃这个?"父亲问。

"我早就开始喜欢吃了……"罗清清装作不经意。

父亲又点了一支烟,他没有回答她的问题,也许正是天意阻止他们这番直面的交心。

"爸爸,我一直想问你,如果我没有考上大学,没有出息,你是不是就希望我早点嫁个人,你也好早点轻松?"

"呵呵呵呵……"父亲大声笑了起来,罗清清低头吃了一块鸭膀,但似乎她仍然不怎么喜欢这个味道。她努力伪装着、聆听着。

"那当然,不过说实话,我觉得外语学院没什么意思,你为什么不考北大?"父亲竟然严肃地问了个罗清清想也没想过的问题。

"我怎么考得上!你真的以为我这么灵光?"罗清清放下筷子,转念一想,"其实……分数倒也差得不多,一分一万块,你肯不肯出?"罗清清瞪着父亲认真地问。

"现在是这种行情?我又不懂你们考试的事,不过……小姑娘也不用读得太好,意思不大的。"

"呵呵。"罗清清放下了方才咄咄逼人的姿态,也许,她根本不适合咄咄逼人。

"爸爸,我这次竞赛得了奖,给你买了个剃须刀。我买不起很好的,你知道,我也……没什么钱。"罗清清从包里拿出了一个盒子。

"谁要你花钱,你正在读书花什么钱?"但罗清清看出父亲没有责怪的意思。

父亲拆开了盒子,看到了圆滚滚的剃须刀。他愣了一愣,随后,默默地把盒子放在了外衣口袋里。

半晌。

沉默。

"你妈妈好吗?"父亲低声问。

"一般吧,她还是很节约。我高三了,花销大。"罗清清紧盯着父亲的眼睛,但父亲只顾着吸烟,罗清清有些失落,"不过外婆不太开心,年前她们想把房子并掉,但是需要阿姨签字。"罗清清一直注视着父亲的外衣口袋,想着他为什么沉默,怎么连谢都不谢一声。是母亲说父亲喜欢用圆的,难道他也变了?

可惜罗清清不是真的喜欢吃卤水拼盘,那股气味令她不止一次提起又放下筷子。也许只有男人才会变得这么彻底,那么不留痕迹。比方姨父,比方父亲。

"其实你们打官司还是可以拿到3/4的,外婆的那份可以给你们,只要她肯立遗嘱。"父亲缓缓地说,无关痛痒地说,但听得出来,是真诚地说。

打官司?

罗清清从来没想到一家人会打官司,她只在电视上看到过一家人对簿公堂。她不喜欢小姨却也没想要撕破脸,再说母亲怎么肯打官司……

"其实,我也不关心他们在搞什么。就是外婆蛮可怜的。"罗清清胡乱说了些。

"你小姨根本没什么用。你记住我这句话就是了。我也不想多说什么,就是你们家的事以后不要来跟我说,我跟你小姨姨父都说过了,我不会劝任何人,包括你、你妈。都要10年了,还来找我做什么。不过要是换作以前,我肯定跟他干一架,怎么可能跟他喝酒!"

"哦。"罗清清扒了两口饭,喝了汤。她似乎想不出要说些什么,也不知道不该说什么。她很想对父亲说些心里的话,无奈父亲不喜欢被烦,这又有何办法。

直到离开饭店,罗清清仍然没有开口说钱的事。她想起来初中那会问父亲要钱,父亲一张一张账单翻阅过来,每一次手指拨弄都让罗清清揪心地战栗。她已经18岁了,也许不该再开口,也不想再开口了。

18岁,就是有权利"不想","不想做就不做""不想要就不要"……年夜的时候她曾这样许愿,她与母亲争辩一夜却最终在第二天跪灭了曾愿望的一切。

她期待着父亲会在临走的时候塞个一两百块钱给她,就当作过年的压岁钱好了。这样她回去至少也好搪塞交待,不用面对母亲清冷的目光哑口无言。

但是没有,父亲陪她等车,车一直没有来,父亲也一直没有给她钱的意思。罗清清的心一点一点变凉,但她很快就适应了,她想着这也许是天冷的缘故,而并不是失望。她甚至开始着想空手回去向母亲解释的话,她想不出什么,但无法想别的。

"清清,你车钱有吗?"罗清清一瞬间仿佛听到了希望,她心里一暖。

她不出声,不点头也不摇头。

"你这小姑娘怎么不早说?"父亲拉开了皮包,里面乱七八糟一堆报纸广告,还有几包烟、指甲钳,真是什么都有。

"咦？我明明有零钱的。"他把那些报纸、烟、火机、车票等等乱七八糟的东西都塞在了罗清清手上。他低头不停寻找,他的鼻子冒出白色的气息,看起来有些急促。

罗清清看到他的白发,她想起母亲的白发,但不晓得二者还有什么关系。

"我明明有零钱的,你等等哦。"他把拉链拉拢又拉开,红彤彤的掌背在包上每个平整的口袋里摸进摸出。他拎起包略略晃了两下,只听见钥匙的声音。

父亲抱歉地笑笑,罗清清从未见过他这样抱歉,从未见过他这样笑。

她看见远处破落的车子摇摇曳曳来了。这街看起来苍茫,沿途的风景消去了颜色,仿佛是被这车的衰弱所感染。罗清清觉得自己的眼睛出了问题,干涩得生疼,因而干涩了视野中的每一寸图景。

父亲说:"我明明早晨买早饭找到零钱的,算了给你 10 块钱,让卖票员找一下,她应该肯的。"

父亲从上衣口袋里摸出了一叠钱,他抽了一张 10 块给罗清清。

他的上衣鼓鼓的,里面还有罗清清送给他的盒子。

罗清清轻巧地拿过那 10 块钱,走上了车。她没有说再见,她怕自己说了,便轻巧不起来了。

她的交通卡发出"嘀"的一声,她手里捏着父亲给她的 10 块钱。透过窗子她看见父亲拉好了皮包的拉链,他的背很驼。罗清清第一次觉得父亲老了,他已经这样老,可他们俩仍然言不由衷,互相冷落。

79

这一辈子难道都将是这样？早就说不上爱,渐渐也攀不上恨。

只是那一刻她忽然特别特别难过,这滋味有些久违,令她陌生。但她没有落下泪来,这大过年的。

那是大年初三,罗清清永远不会忘记。因为那天在她的心底似乎幻灭了很多东西,她没有责怪任何人,她觉得无可指责才更令人心痛。从她错认父亲的瞬间开始,她就知道,她真的长大了,好多年就这么过去了。无论纪念,或是忘却。

母亲那日没有问她那两个月生活费的事,这令罗清清释然又不释然。只要一踏进家门,她就觉得对不起母亲,而踏出家门,又觉得两头都对不起。她始终在这些对不起中周游,遍寻不到自己的位置。初四她空了一天,却没有出去玩,同学们都在复习迎考。而明年今日,虽然大家都考完了,但谁又能理解她的"想"与"不想",成长与轮回,哀痛与失望。

"放你一天假么,你又不出去了。闷闷地待在家里,不知道脑子里在想什么。"母亲用拖把顶了罗清清的脚,她只能把脚跷起,悬在空中。母亲拖到左边,她让左边,母亲拖到右边,她让右边。终于她光火想要站起来,母亲却毫不知情地拖向了别处。母亲始终没有抬头,只留了罗清清仍然悬着双脚,空落落地荡在半空,无所着落。

晚上小姨打了电话来,说他们家包了馄饨明天等她去吃。小姨的声音仍然高昂,她大约已经不记得那日的眼泪与皱巴巴的钱。她只是说吃了那么多天鱼虾肉蟹想换换口味吃荠菜馄饨,让罗清清一起去。

罗清清迟疑地"嗯"了一声,心里很烦乱。

她似乎是在同情一个肆意怜悯她的人,又似乎是为了亲情以外的东西狠不下心。

初四夜里的鞭炮震耳欲聋,年年这样招摇地、放肆地侵扰家家户户的安宁。罗清清实在睡不着,她仍然惦记着小姨的钱。她实在想不通那天是怎么收下的那300块钱,她也想不通为什么她会拿父亲的10块钱。她觉得自己实在可怜,实在好笑。当时的不忍竟然被人当作趾高气扬的把柄,她想起年夜的一跪,想起之后的一切,她竟是软弱如是。她想起面无血色的外公,想起苍老的外婆,想起哭泣的母亲,想起沉默的父亲。他们都曾相互渴望,又相互失望。谁都不宠爱谁,存在即是尴尬,是无奈,是折磨。

年就要过完了,可她实在不愿意去小姨家。她不求小姨理解,整个新年她没有做成一件她想做的事。唯一能由她双脚决定的,就是这"去"与"不去"。她知道小姨有苦衷,可难道她没有吗?谁又真的体恤得了谁?

此起彼伏的鞭炮响得令人心碎,罗清清在这喧哗中难以自持。她躲到厕所,拨了小姨家的电话。她只依稀听到小姨的"喂",就大声喊道:我不想来,我真的不想来,我一点也不想来!那一刻周遭又响起震天的喧嚣,罗清清听不见自己的声音,也听不见另一头的任何回答。

我不想来!

我真的不想来!

我一点也不想来!

罗清清撕心裂肺地喊道,她泪流满面。她看见厕所模糊斑驳的窗子上映出烟火的斑斓色彩,她耳畔只有嘣嘣啷啷的爆裂声。她一遍又一遍地喊着,直到电话那头响起嘟嘟的声音,仍然无法自持。今年烟花的高潮特别特别长,也许因为太多的人发了财,也许因为太多的人想发财,也许太多的人发了财才知得意会忘形,也许太多的人发了财才知道除了发更多财之外人世间不存在任何更有效的期盼。

罗清清喊到无力……她的眼泪被偷偷从门缝里溜来顾盼她的凛冽颤颤地风干。母亲却在隔壁沉沉睡去,她能够置喧嚣于不顾,也许是因为心里有更重要的东西。是那些东西主宰了罗清清的生命,她无法抽身,亦无可挑剔。

她在失声的那一刻竟发现自己是跪着的,她很惊异,这惊异磅礴地僭越了她的恐惧。她不知自己在祈求什么,亦不知这样汹涌的呼喊是否能算作真诚。

人说爆竹声中一岁除,可除岁间苍老了谁、迷途了谁、屈就了谁,又成长了谁?

罗清清觉得很累,她站起身,轻轻推开了厕所的门。
黑暗中她望见母亲。
她没有吵醒她,真是大好。

她无心吵她,大过年的。

春丽的夏

1

最难熬的夏天又来了,上海的命格里总是躲不过这样热烘烘的严酷。那三个月的炙烤里,每天春丽出门时,都要在无袖衫外面套上半旧的长袖格子衬衫,外加添一顶宽翼的藏青色圆帽用来遮太阳。五十五岁以后,春丽不再相信油腻腻的防晒霜,也不再愿意为减肥茶花上一毛钱。她四十五岁时还买过高端的家什蒸脸,四十岁时跟小姊妹一起去缝过青黑色据说一劳永逸、一生都去不掉的眼线,三十五岁时被新村车棚里笑盈盈织绒线的笑梅阿姨叫去学"沈昌功"辟谷,三十岁时把外国带回来的有氧健身操录像带天天推进松下录像机里播送跳操,如今的她,已经稳稳坐拥一百三十斤体重难上难下……女人的年龄似乎是一道奇妙的槛,一辈子为了要年轻、要好看做尽了稀奇古怪的事,可一旦越过某个神秘的时限,许多东西都没来由地不再相信了,甚至还带有一点超脱的、弃绝的姿仪。只留下一点点稀薄的在意,性情喜好也随之变得难以捉摸,曾经所有志同道合的"小姊妹"都因志道的逐渐遗忘而缓缓零落。看起来很伤感,但春丽有时只需要一点点细枝末节的事来筹措勇气,就可以忘记这些年轻时候做过的荒唐事。她每天能为自己全心全意操心一遍就已足够疲累,她没有更大的期望了,也没有了更大的失望,虽然是显而易见的常情,有时又显得没有那么简单。

譬方春丽到了夏天头一个烦恼就是防晒,她觉得自己面孔上的皮肤一黑就好似浦东本地人。嫁到三林地区七八年了,但在心里,春丽到底觉得自己和浦东本地人是不大一样的。她依然传承着少女时期对于上海的认知,一辈子活得很不甘心又小心翼翼地倨傲着。她觉得别人把浦东叫作浦东,把浦西叫成上海就是在看不起她,但本地人都这么跟她形容,他们是不惜这么形容自己的,把去趟徐家汇叫作"到上海徐家汇",春丽觉得十分刺耳,她原先就是从徐家汇凯旋路过了一条隧道来三林的。这就让她很沮丧,有种嫁错人的感觉。而且还不是她第一次嫁错了人。

春丽虽然厌恶烈日,但她似乎又不太介意太阳会把自己的腿晒黑。于是整个夏天都穿着短裤,好多年了。春丽觉得自己腿长,可惜小腿粗,于是单露小腿就不大好看,所以无论裤子还是裙子,索性就露到大腿以上,显得年轻。但她也不再会为腰又变粗一寸导致穿不上去年的短裤而怅惘,穿不下只有好,她就有理由去买一条新的。难过也没有用的事,春丽现在统统都记不得,这也是一种本事,需要长期培训自己才能毕业。脚后跟无可救药地开裂以后,春丽没舍得花钱治疗,脚皮粗粝地钩破她好几双丝袜之后,她打算在今年夏天开始穿穿看短袜和运动鞋来通勤。年轻人都喜欢短口袜,春丽过往没穿过短口袜,于是就到照相馆对面的轻纺市场里买了十块钱三双的那一种轮换着穿,有时上午穿一双,下午穿一双,为了自己开心。她把这叫作"想得穿"。生活里面的这种"想得穿",春丽一直是不缺的。上海话里有"寻开心"的意思,多少还有一点存心故意瞎胡闹的意味。反正花城物业有一个水龙头出水不要钱,从店里走过去洗一洗也很便当,三伏天里,袜子晒两个小时就尽干了。春丽于是从此告别了很容易穿破的水晶丝袜,那在从前也是要咬咬牙从菜钱里剩下几毛钱才能买给自己的。这种狠狠心对自己好一点的青春记忆对如今的春丽来说,就像是好端端一碗美食里却拌了香菜,一万个不舒服都是因为那股馥郁的草味过于抢戏,伤害了她的自尊心。夏天穿袜子多少会有点闷臭,春丽于是又在包包里随身放了达克宁。反正她自觉脚型也不好看,穿袜子最适宜遮丑。总而言之,春丽看似日常随性的打扮,也算是自己精心的、抵抗夏天的准备,以至于每一天出门前她都是这样繁复地、颇有道理地装扮着,像在故意邀请别人提问她每一道步骤里细腻的缘由。可惜这都是徒劳的,没有人要问她,没有人追问她对自我的解释,这种略显尴尬的自我怜惜迄今已经有一些时日了。只有在稀少的几个瞬间里,春丽会感到寂寞。

但春丽坚信着在这个世界上的很多尴尬都是可以被睡掉的。这种简化成精的思维方式让她在忘情的睡眠中熬过了股市蒸发二十万原打算留给女儿结婚买大金空调、牛皮凉席的沮丧,熬过了老母亲过世时对她说"半路夫妻都靠不牢,姆妈留给你的房子万万不好动"的钻心,熬过了女儿说"房子你本来就说留给我,那就卖掉给我买到市中心去"的彷徨,熬过了"二道丈夫"对她说"外甥是我最亲的下一代了,我又没有自己的孩子,外甥媳妇见面礼五千块怎么够"的惊诧,也熬过了花城物业对她说"不涨房租你们就滚"的威胁。人活着,方方面面都是很难的,尤其是在夏天里。想要支撑一个家,凡事稍许细想一想就宛若在文火中煎着心,横竖里厢全是摆不平的人情世故、儿女情长。但话说回来,那么多哩哩啦啦的烦心事里,如果不谈到钱,又会舒服一点。亲人之间也是一样的。房价上涨以后,上海人家里吵来吵去,万变不离其宗都是为了钱,看看谁都像一张千变万化前夫的脸。老母亲死了以后,再没有人真心疼她。到底是用肚皮兜过十个月,骨肉相连着过完人生,母亲去世后,春丽老而弥纯都是做做样子,谁天生就会做资深老演员?但人要活得开心,关键是要忘性大、要睡得足,好好维持自己的命,就是一种本事,有时甚至还需要一点运气。想明白了这一点,春丽反倒是不害怕别人怎么看她,管它大白天里侵门踏户的都是些什么牛鬼蛇神,反正到夜里眼睛一闭,国泰民安。

因而天天一大觉醒来,她风凶雨恶什么都不知情。春丽差点就要想不起,她这一年里过得有多么惊心动魄,却又看起来那么和风细雨。照例是和往常一样的,春丽八点起床送走丈夫,开始洗衣、擦地、出门买菜、回来做饭。现在电视里都不放类似鹤翔桩的养生大法了,春丽只好看看重播的电视连续剧或者放娱乐选秀当作背景音乐。十一点敲过,她就要整装待发,去杨思照相馆上班了。这已经是第五年,春丽成为这家新村照相馆的老板娘,她既不懂得照相也不懂得开店,年过半百之后,春丽开始为自己的丈夫打工,竟发现比为国家打工还要累。仰仗父亲,春丽年轻时没念过书也没下过车间,插队两年回来就顶替母亲去了检验科坐办公室,没几日又转去厂工会。最光华的岁月都交给了闲散的朗诵歌舞,反倒是越老越辛劳,三十年风水轮流转。

唯一的收获,是她在那间检验室里认识了现在的丈夫金叶。那可真是另一个漫长的故事了,她提出和第一任丈夫离婚,也从心理上与某种家庭内部关系的正义诀别,女儿自始至终没有戳破她,也不再走近她。这些林林总总二十年间的事,夹杂着现今的苦味,横竖带着一点自作自受的嘲讽。春丽想到再婚时姆妈对她说:"苦酒你已经喝过一次,现在你又要喝,你阿是贱。"但说归说,母亲死前偷偷塞给她一小盒子金条,那是她每月两千块退休工资只花五百块吃素念佛经年累月藏下来的,春丽对母亲说:"姆妈,我错了。我是贱,你要保佑我。"灵堂上,春丽却一滴眼泪也没有掉,但她知道,她人生中最大的一杯苦酒,不是男人给的,而是母亲的撒手。再也没有人疼她了,她也没有本事培养好女儿来疼她。她培养了女儿读书,培养了女儿做好事当好人,但就是没有培养出女儿疼她。一盒金条、一盒骨灰,就是她仅存的亲人的爱。她五十五岁,方觉得自己有点长大了,成熟了,心肠硬了,像烤干的土豆片。

春丽自己也快要迈入老年了,对于工作的热情大不如前。天天都吵着退休,其实她早就从工厂提前退休了。"退休"更像是一种平心静气等待死亡的代名词,而不是一种现实层面上的不劳动。三十多岁时从曹杨新村骑车到宜山路时势如破竹的劲道,春丽现如今已经彻底丧失了。尤其是如今上班骑到杨思,必然要过一座大拱桥,新桥可真不比旧年里的桥轻松,川杨河似乎也要比蒲汇塘壮阔一点、险峻一点。据说每年都有人淹死在河水里,还有人直接跳下河想玩水却直插入河底废弃的自行车,开膛破肚、一命呜呼,吓死人了。因而只要上桥的时候,春丽就常常感慨自己是不是嫁错人,想到母亲说她贱,一阵鼻酸,一辈子都让这样乱嫁一通给作了废,男人都是骗子。可这些丧气话到下了桥她就忘记了,只想赶紧跑到店里吹电风扇,或者在店里的沙发上睡个中觉解乏。这样的心路跌宕一再重复,看起来今天就和昨天没有什么不同,明天又从来不会过问今天。春丽一直都把日子过得笃笃悠悠,但在这些笃笃悠悠的日子里,她失去了越来越多的人、越来越多的岁月、越来越多的为难、越来越多的信心。她不去多想,有时候也是一种无能的机智。

春丽戴着白手套,裹着厚衬衫,顶着大圆帽,下身却露着一对雪白的腿,脚蹬一双女儿穿下来的紫色运动鞋,看起来还没有穿袜子,总归有点奇怪。她的初心为的是要皮肤白要好看,结果弄得一点也不好看,不仅不好看,还是头重脚轻搭配失调的不好看。春丽自己是一贯都很自信,但在邻舍们看来,她的装束还是和新村里其他的妇女挺不一样的。不一样归不一样,依然没有人会问她缘故。春丽还在帽子内里特为缝上一根细绳,用来箍在下巴上。因为骑车时帽子容易飞掉,这都是年轻时候在无线电厂保留下来的通勤习惯。如今春丽手机三天两头会忘了带,但帽子总不会的。可惜她计算失误,那根绳子不是棉线不吸汗,于是只当车子方才从昌里路骑上长青路时,她的汗水就都顺着绳子噼噼啪啪地滴下来。奇怪的是每天都出那么多汗,倒也不见春丽日逐一日地瘦下来。每年最热的那几天,她脸上的汗滴子就索性闷在了皮肤里,由火辣辣的毛孔吮吸着箍在下巴上的线绳,它看着十分服帖,像熨斗吸着塑料纸,带着无声的强力,贴着春丽的面孔,还冒着热气。更不用说,自从去年五官科医生判定春丽有早期青光眼以后,她开始戴上了一副女儿读大学时候用淘汰下的塑料墨镜。比她的脸型还要阔一点,"时髦"得让人咋舌。青光眼畏光,架了墨镜看红绿灯又不方便,全凭借生活经验来感觉。往往,春丽的汗水会从额头滚落到眼镜的下缘,卡成一线水帘,一整个夏天下来,春丽脸上的明暗就有了线条、有了层次。到底有没有起到防晒的作用,最终春丽好像又是不在意的。在这种不在意中,裹挟着短暂的丧气、无奈。她觉得女人老了真没劲,她最最讨厌电视里的老年女人穿旗袍扇扇子,一副要优雅度过下半生的样子。人都是没有办法才老的,没有办法才每天都要上班,没有办法才结婚、才开膛破肚或是剪上一刀生孩子。没有什么好优雅的。

春丽总在中午十一点半开锁自行车,那会儿家门口对面的幼儿园开始放童歌,小朋友们吃完饭后出来花园里自由活动,尖叫声更是此起彼伏。夏天适逢毕业季,现在小朋友都教得很考究,到了夏天也不着急放假。奶声奶气与尖声怪叫此起彼伏,带头的小朋友捧着话筒说:"三年前我们还是小弟弟小妹妹,如今我们已经是小哥哥小姐姐啦……"春丽瞅了他们一眼,笑了。"三年前我是个小老太婆,三年后我还是个小老太婆。"春丽默默回应这些小毕业生。小朋友们又吼:"亲爱的爸爸妈妈、叔叔阿姨,我们走了,我们毕业了;亲爱的弟弟妹妹、亲爱的老师同学,我们走了,我们长大了!"春丽听得有一点感动,她想着,往后帮女儿带孩子,要不就送到这家小白鸽幼儿园,倒是蛮近的。现在是嫌吵了些,天天这么唱唱跳跳,堪称扰民。但瘌痢头外孙自己好,等自己家的小囡去了对面,肯定也就不嫌吵了。

于是每一天都在一片欢腾的乐声中,春丽踩着踏板笃悠悠穿越过小区,那会春丽的身体还是凉凉舒爽的,汗水和怨气都没有酝酿充沛。她又要去上班了,踩下踏板的那一刻,春丽一鼓作气的样子和二十多岁参加工作时没有两样。

她也不介意在一路上和新村里乘风凉的阿姨阿伯打招呼。

"春丽,天真是热不过哦,去店里调老公班啊。"

他们每天都坐在小板凳上这样说。他们中有的老人间或死了也是很寻常,然后那个人的板凳上,就很快会有人接续着在这个钟点上热情地招呼她。世事无常,有的老人送自己的老伙伴回家,路上摔了一跤就再没起来过,时日一久,人就没了。而惯常里陪他的那一位,也不会像年轻时朋友早逝那样剜心戳肺、哭天抢地,只是静静地继续乘凉,像没有发生过这件事一样。要是你特为去问他,之前那一位爱给野狗吃花生米的老人呢,他就会说:"上两个月就没了呀。""还有马路对过的秦老太,之前还好好的过来这里散步的,她儿子刚刚来看过,隔两天再来开门,都有味道咧!"他们还会此起彼伏地补充道。老人们对同龄人的死都挺冷漠。活得久了,也就不那么忌讳。

总之在大白天的中午,春丽是在一片注目中出去上班的,配以喧哗的儿童音乐。她是新村里下午才去工作的"老板娘",惬意啊。也有老人劝她把照相馆生意停了,索性在新村里开个棋牌室,坐地赚钱,还是叫"老板娘"。可春丽才不想呢。她觉得还是照相馆比较好。她在照相馆里认识了隔壁棋牌室老板娘,那种女人的样子哦,帮自己怎么是一路的呢。

春丽也知道正是这些天天为她着想的客气人会在她笃悠悠离开小区后互相低语两句:"春丽后来的老公你们晓得吧,寻倒是寻得蛮好,蛮老实,就是开照相馆太不乐惠了,比她年纪轻呀,退休还早咧,对,还带着个拖油瓶女儿,大学也快毕业了,长得大概是……像爸爸。"

她太了解他们的坏了,像了解自己的坏一样。轻轻松松就可以原谅。

2

夏来多事。

初始热起来的那天,春丽方要出门前,正避开家中敞亮的窗户,躲在幽暗的客厅里戴起胸罩换衣服。坏在一阵紧急的敲门声把她吓了一跳,她兵荒马乱穿起衣裤,门开一条缝问:"谁啊,什么事情。"只感觉门外一阵用力,探进一个老女人的头来。

"春丽妹妹,你在啊,我帮你讲哦,我要走了。接下来再也不来了。往后要是漏水,你记得打给我阿弟。我真的,再也不会回来了。我心里一直都很不好意思。"

是楼上二〇五室的凤萍。

"你一个人要到什么地方去啊?"春丽问。

"我去照顾我娘呀。"凤萍答。

"哦……我晓得了,再会。"

春丽急煞地关上门,连过多的询问都没有。原因是她感觉到自己急吼吼穿戴时,胸罩带子都没扣好,凤萍说话的时候,带子到底还是散开了。本来凤萍也是女人家,无所谓的,只是春丽也懒得同这位邻居多啰唆。因为正是拜凤萍家所赐,春丽家毗邻厕所的客厅天花板统统开裂渗水,一日夜里滴得屋子里遍地都是水塘,一股深沉浓郁的霉味更是冲着她更年期敏感的毛孔袭来。春丽还老觉得楼上滴下来的是马桶水,越想越呕,何况这种情况直到现在也没有彻底修复。春丽曾经给凤萍两百块钱让她找人来修缮,凤萍钱是拿了,但水照漏不误。凤萍解释说:"你不在的时候我找人来修过咧,钱也花掉了,没修好。"言外之意是,再给钱,再修;修不好,再给钱。春丽知道她要无赖,这里的浦东人都这样。只认识钱,什么忙都不会帮。春丽家里本来想要做个透天天井,开一道小门,却天天有人打小报告。这些人就是后来坐在板凳上问她"春丽,天真是热不过哦,去店里调老公班啊"的邻居们,像是对她关怀得要命,实际上都在监视她。他们也监视所有人,鞠躬尽瘁,一直到死。

春丽不是没有努力过适应这些新邻居,汶川地震的时候,楼长廖书记问她讨捐款,她正让工人给天井开一道小门。春丽特为给了廖书记一百块,廖书记一愣,转而开心地说:"春丽妹妹你真是发善心的人啊。"转眼四点钟物业就派来了四个男人明令禁止她开小门。差个一丁半点,春丽的改造计划就成功了,她就可以从天井直接出门去小区后院。却因为廖书记收钱之后的举报,春丽在黄昏时无奈地让工人再把砖头一块一块砌回去。付了两倍的钱,什么事也没办成。

而且在最终的最终,小区的黑板报地震捐款名单上,春丽也没有看到自己的名字。她能想到的最坏的邻居莫过于此。

这两两相加的三百块钱,还不算白白砌墙的那一份,成为春丽心中永远的痛。也可能是两件事情发生的时间太紧凑,她对那些邻舍变得毫无好感。但春丽不是真的傻大姐,她只是不再相信那些人,不再掏真心和他们说话,而是小心翼翼和他们周旋。有天廖书记敲开他们家门,说要给春丽家一个"五好家庭"的称号,要春丽拿户口本出来登记。春丽一听就知道醉翁之意不在酒,却也满面春风地附和说:"哎哟多亏廖书记照顾。"心里想,"拿出来吓死你。"廖书记低头一看,户口本上三个姓。廖书记看似很震惊,其实又带有一些恍然大悟的会心,最后还是把"五好家庭"的粘纸贴到了他们家房门上。什么也没有多问,又什么都拨云见日似的。春丽知道,接下来,全新村的阿姨爷叔都晓得他们家有三个姓的事了。这也没什么,很快连离婚都要限号了,再婚家庭评上五好,是一种光荣。

"廖书记好走哦!谢谢你啦。"春丽热情招呼,"乓"一声就关上了门。立马翻脸说:"该管的事一件不管,贴粘纸倒是弄得像真的一样。四十八号里总有一天漏到她家可以游泳,马桶反潮,老鼠在飞。"

"老鼠怎么会飞?"女儿豆豆问。

"淹死了,魂灵在飞。"春丽悠悠地答。

"漏成这样,廖书记家和楼上大概也一塌糊涂了。"丈夫金叶说道,"动迁房真的都不灵光的,我当初装修的时候,就开始漏,一点办法都没有的。"每一次大漏,金叶都整夜不睡,往往漏水还都是因为落大雨。金叶要找物业到天井通下水道,还要到楼上敲开门放水。春丽就在家里东擦西抹,怨声载道。如今他们家的天花板还像绽放着白色的纸花似的,彰显着动迁房的不牢靠和凤萍的敷衍。春丽都不愿意抬头看一眼,有时擦擦地,天上的白屑屑就掉下来了。她嫌脏,但老花眼又看不清,就只擦看得见的、比较大块的那一些。总之,因为这些大大小小的事故,春丽和凤萍结下了不明不白的心结。永远都修不好的水管,外加永远也没可能的搬迁,使得她们之间的矛盾成为一种日渐柔软的对峙。春丽只要少抬头、少看见那些沾着马桶水的天花板,她也就不去多想凤萍。

难得回家的女儿豆豆,和凤萍关系也不好。凤萍总是在春丽和丈夫不在家的时候,用晾衣竹竿捅春丽家天井的透明塑料顶,美其名曰"帮你们弄干净",捶打不下二十分钟,再猛倾两面盆冷水,好几次把睡午觉的豆豆气得半死,站在天井里大骂凤萍"神经病"。凤萍委屈地对春丽说:"你女儿怎么好这么说我,我是好心呀,你们家的天井顶,从你嫁过来的时候起,都是我弄干净的。你没有嫁过来的时候,小金还帮秋月在一起的时候,也是我弄干净的。"春丽心里想,"豆豆没有骂错,她真的是神经病",但嘴上却说:"是的呀,你们家的水都漏得不是地方,要是用客厅里天花板上滴下来的帮我们冲冲天井盖子倒也蛮好的哦。"

但凤萍这个人也不是坏极。

春丽料想凤萍和她差不多年纪,但要显老得多。相处八年来,没看到过半个子女,只有一个弟弟,也住得远。老母亲是跟儿子住的,所以逢到凤萍到弟弟家看母亲时风恶雨疾,也算无巧不成书。春丽家因而也有凤萍弟弟的电话。这种连逢年过节的罐头短信都不必互相发的手机号,关键时候比警察还管用。

春丽刚刚嫁过来那会,因为金叶家住在一楼,没有阳台,她每天六点起来洗衣服,为的就是能抢到四十八号门口的三架晾衣杆。但是很快春丽就发现,无论她多早起来,晾衣杆总是满的。这就令她有了重整天井的愿望。但这事情也实在蹊跷,尤其是上海到了冬天冷到刺骨,谁会为了抢三根晾衣绳而天不亮就起来。金叶家是一梯五户的动迁房,除了对门廖书记,还有一对年轻夫妇上长日班,一个三口之家在京东买了烘干机错按门铃让春丽开的门,一位不与儿女同住、因心肌缺血无法走远路的王阿姨。谁会三百六十五天每天都要霸占那根杆子呢?

后来春丽天不亮就守在窗前看,才晓得压根不是什么一楼的邻居。那些每天都要晒太阳的被褥床单,全都是凤萍家的。每天早晨五点钟,她就分三批搬下楼来占位子,她自己分明就有阳台,却在月黑风高里颤巍巍踮着脚把被子翻上晾衣绳。等到天透亮主妇们都起来工作时,门前的三根杆子就满了。几次马桶漏水以后,春丽要出门晒东西,凤萍就说:"要么拿到这里来,我让给你,不用谢啦,大家都是邻居。"再把被褥搬上去。每天搬下来,又让给她,又搬上去,不厌其烦,也不知道是为了什么。寂寞的人总是要通过莫名其妙的苦劳来消耗情绪的能量。退休工人就更多了一重创造怪诞劳动的危险。

春丽嫌弃她做作、神经病、假客气,但凤萍死后,再没有人和她抢杆子,再没有人硬要谦让给她杆子,春丽晨起开窗户,看见三根光秃秃的晾衣绳,心里竟然累积起一股神秘的哀切。她想起凤萍说:"我要走了。接下来再也不来了。"原来她说的是真的。真话总是很听不得的。

  春丽和金叶知道凤萍生癌过世的时候，已经是凤萍弟弟过来做道场，带了一群和尚。这场佛事做了差不多一个月有余，从初夏的焦躁一直绵延到盛夏的哀灼。听起来就像凤萍是枉死的一样心虚。豆豆本来就嫌弃家里吵、幼儿园吵、凤萍吵，索性跑到千岛湖去毕业休假不住在这里。春丽晚上待在空调间里眼望窗外煞白的路灯，听着金叶此起彼伏的鼾声，会有一点想知道凤萍是怎么死的，为什么死得那么蹊跷，为什么佛事要做那么长久，是不是有什么哀屈。凤萍说要去照顾母亲，为什么又自己走了，七八年来除了修漏水，从来没有一个人来看她，如今她走了却弄得那么闹猛、那么喧哗，为什么呢。想到这些无解之谜，春丽就突然觉得人这一辈子活着特别没意思，死了也没意思。凤萍好容易鼓起勇气敲开邻居的门说一声"这辈子真是不好意思，但我再也不会来麻烦你了"，春丽都懒得去听一听、问一问，她有一点内疚，又速速想脱开干系。春丽想，如果凤萍是真心诚意来跟她永别的，那么她真是回答得很不好，像真的很讨厌凤萍一样。听说生癌的人在棺材里会吐血，春丽想到这件事，就想不起凤萍的脸。她安慰自己凤萍并没有死在楼上，自己也没有对不起她。更没有什么好害怕，人这一辈子，不是你早点死，就是我早点死，其实都是一样的。不是死在凯旋路，就是死在三林镇，也没有什么好计较。

  一日趁楼上又在作法念经，春丽第一次走到二楼凤萍的房间。往常漏水的时候，都是金叶负责到楼上和屋外交涉，她留在家里擦地板。而当春丽第一次走进凤萍房间，看到她黑框里的照片时，还是震惊了。凤萍的表情,就跟让给她晾衣杆时一模一样,皮笑肉不笑。有一点哀苦,又故意要做得看上去很良善。

这张照片倒是可以拿给金叶做的。

春丽虽然不喜欢凤萍,但她又真的讨厌过谁呢?小气嗜赌的前夫?自私任性的女儿?无事高高挂起的金叶?逼他们滚蛋的花城物业?总之要排到凤萍,大概还要相隔好多好多人。

春丽问凤萍的弟弟:"你们这个房子,要卖掉吗?"

凤萍弟弟说:"总归要的,不然我来搬空做什么。但这房子也不是我的名字。"

春丽问:"卖掉的话卖给我们家好哦?"

凤萍弟弟眼睛一亮,不假思索地说:"个好的,好商量的。但总归要等到冬至她落葬。"

春丽若有所思地点点头,赔着笑,说"应该的,再联系",一脚一跟跄地下楼。这事她也盘算了一阵子,从凤萍死后,春丽就开始打她房子的主意,她想着,如果把楼上买下来,女儿就能到楼上住。这样,既不必住在继父家,自己又看得见。这是最好不过,总之钱在手里,她是不会让女儿住到什么市中心去的。那样,女儿就再也不会回来了。像自己离开老母亲嫁到浦东,女儿又想方设法离开她去到浦西,母女之间的亲疏远近,像转罗盘一样蹊跷。

凤萍走后,上海来过一个起着怪名字的台风,叫什么"布",春丽只记得一个字,像是要拂去马桶水。疾风骤雨中,家门口的三根晾衣绳飘来荡去,就差要倒,又顽强矗立。但春丽家一直没有漏水,很奇怪的,像凤萍觉得对不起她,对她神秘兮兮地祝福。

97

3

　　那天春丽一到照相馆里，就听到丈夫金叶在安慰一个哭泣的老太太。原来老太太的先生生肺癌快要死了，她想拿张旧照来翻新做成遗像。春丽心里嘀咕："人还没死，马上要死，老婆不陪在身边，倒还有时间来做照片。"那老人不仅要做照片，还硬是要便宜十块钱。在店里春丽管账，金叶做不了主，就等她来。春丽方才骑过长青路桥满头大汗，脸上像瀑布似的飞流直下，忽然看到一个老太太在嗷嗷乱哭，吓了一跳。最后春丽一层一层剥开自己辛苦遮太阳的行头边说："算了算了，你哭哭啼啼像我们欺负你一样，这次帮你做了，就当做好事。"金叶于是转身过去扫描，毫不吭声。早两年，金叶还会同春丽争执，金叶心肠软，不当家不知柴米贵。但随着春丽总是抽丝剥茧跟金叶形容这里的人有多精明多爱贪便宜不惜耍无赖，金叶发现春丽说得倒也没有错。至少夏天里，他们一般没有客人来拍艺术照时，是不开空调的。可一旦开了空调开工，店里就会陆陆续续拥进一大堆莫名其妙的居民，对着拍照对象说："唉，这样好。头再歪一点……"金叶知道这些人，他们中有的人会突然消失，或中风，或失智，每一次来都像最后的告别，有的人随子女去了一趟美国不停豁胖说自己小囡家三上三下电灯电话，有的人甚至天天不惜油费从花城开车出来买菜，都要在他们照相馆门口停一停，进来蹭一会儿冷气。这就是花城人的千姿百态，金叶以前在厂工会不懂的事，初心要开照相馆时一万种没有想到的事、想到的人，陆陆续续都见到、都学到了……他也因此不再带着文艺腔地责怪春丽,见春丽满脸飙汗,他觉得自己挺对不起她的。"外面很晒哦,你穿得像个叉烧酥一样。"金叶表示关心,总是带有奇怪的譬喻。"是的呀,牙都晒黑了。"春丽没好气地答。而金叶唯一能做的,不过是转身去扫描照片。春丽说收多少钱,他就收多少钱。

　　春丽随丈夫金叶在杨思照相馆工作已经第五个年头了。开始的时候,春丽从单位提前退休,也闹了一场风波,许多人得益。金叶是工会里的文艺骨干,是无线电厂的王志文,心高气傲,自然不屑参与这种斗争。于是裸辞,直到如今,不得不要等到六十五岁退休,像是一个巨大的噩梦。很难说到了这个时点上的金叶有没有后悔自己的倨傲,但在照相馆的日子里,如果没有春丽,恐怕他一个人也难以为继。

　　春丽如今最害怕听到"梦想"这种词,比方金叶曾经有一个梦想是开照相馆,她十年前听听是觉得好灵啊,结婚以后才发现所谓梦想就是她不得不在大夏天里发神经病一样翻过一座大桥去替他看店。这间照相馆开在花城小区进门右拐的一排违章搭建中,左边开着一家洗车店,右边开着一家棋牌室。当中竖着一堵大墙,喷漆写着"请勿大小便",偶尔会有人来对着墙打壁球。走十五米有一个不要钱的水龙头,走二十米有一个巨臭的公共厕所。春丽为了省钱没有在店里装厕所,她在痰盂里大小便,再拿去倒在公共厕所里。这就令照相馆的生活有了一种复古感,像在操习从前的生计,像忆苦思甜。反正照片的事,春丽完全不懂,她也不想懂,她只是爱这个男人,这个男人爱什么,她就去看着他做。这里的看,有欣赏崇拜的意思,也有盯梢的意思。总之,在这片土地上,谁都能信手拈来当一个侦查员。只是春丽年纪越来越大,就越来越觉得疲累,疲累到连爱都快要忘记了,恨也积攒得七零八落。她只常常觉得照相馆是另一个生活的枷锁,这个枷锁有一个好听的名字就是"梦想"。她二道丈夫的"梦想",彻底毁掉了她退休生活的清闲,还给了她无穷无尽的对于人生滋味的感知。说到底,这也没有什么好,也没有什么不好。被老母亲说起来,"你阿是贱"。人都是很贱的。听起来越美好的事,越吸引人吃苦,越吸引人受罪。

金叶是个保守人,年轻时看着很时髦,越老越保守,许多事都看不惯,心里也有难言的怨。譬方帮同性恋人拍结婚照,金叶就在背后说人家:"怎么正常结婚的都看不上我们店,来的都是些不三不四的。"可尽管如此,他还当他们是甜蜜的少年夫妻,要他们"靠近一点,笑一笑"。譬方帮受过创伤的人拍证件照,有个男孩子远看很俊俏,放到镜头里怎么拍鼻子都是歪的。金叶很纳闷,最后那人自己对金叶说,我出过车祸的,麻烦你帮我把每张照片的鼻子都修正一点。春丽心想"那要加钱的",但她看那小伙子长得人高马大却歪鼻子也怪可怜,就睁一只眼闭一只眼。春丽对拍照的事无所谓,她巴不得有点闲事可以管管,有点怪人可以看看。金叶的不得志,春丽体会不到,也不想体会。有时中午金叶回去吃饭,有人来要拍证件照,春丽也会学着金叶的样子打灯,叫人家坐好,笑一笑,她用手指按快门,青光眼里是什么也看不清晰,拍完的人脸都是黑的。她也不着急,就把照相机关掉,等金叶回来修。这种十足的混腔势的心态,令她在经年累月枯燥的看店过程中,找到了属于自己的位置。几年下来,花城里的许多人、许多事她都心里有数。人的执拗与任性,她看得多了,也就不觉得吃惊。譬方隔壁开洗车店的,是一个刚刚胰腺癌稳定的中年人,手里还存着十万块钱,硬是没想要留给家人,也要冲击财富人生第二春。他喜欢当老板,招了两个外地人帮忙,花城没有那么多自备车,每周一到每周五,分明是没生意,他就佯装给员工培训,教他们"要用时间换空间""要有信心成为三林地区的洗车之王"。员工拖家带口,住在照相馆旁边,女的那位倒是实惠人,跑来对春丽说:"我看我们店很快就要倒闭了,我也听不懂老板在说什么,你们这里招不招人?两千块让我们住在店里我们就做的。"春丽说:"我们两千块都给不出。"女的说:"唉,原来你们也做不下去,但我看你们店还是比我们店要长久些。"

很快,那对夫妇就走了,把那位"洗车之王"甩在身后。洗车店再也招不到人,房租钱也花得差不多了,把器材收一收贱卖掉,十万块钱打了水漂。子女都不理睬他,他就来照相馆诉苦,嘴上照例都是"时间换空间""绝望中寻找希望"的大词,春丽心里想他大概也是神经病,又觉得他的确是有病的人啊,也就作罢。最近他都不太来了,据说癌症又复发,出不了门了。那些讨厌的人,每见一次,都像最后一次,每次告别,都那么随便。人活着真是草率,死了也没什么壮丽。春丽见得多了,有时想想凤萍,想想母亲,想想见过的那么多人,手中经过的那么多遗像,就觉得每天坚持活下去,都是一种本事。

其实在三林的居民区,开什么都不如开棋牌室吃香,但棋牌室纵使仗着人气赚钱,到底也是送往迎来的疲累。物业看他们生意做得好,要涨房租,反正也是违章搭建,什么法律依据都没有,事情一闹大,就牵连了照相馆。明明春丽家的店本来就是糊口的生意,却也随着周边看似兴隆的外观而开始参与与物业的斗争。棋牌室因为拒绝涨房租,不交房费,先是停水,后来停电,倔强的老板娘登时发挥了本地人不怕苦不怕累的精神,自己买发电机,自己到免费水龙头装水。只是夏天实在太热,没有空调,谁来打牌。生意也日渐凋零。老板娘闲散下来,也开始到春丽照相馆蹭冷气。两人执手相看泪眼,说了好多陈年心酸事。春丽总是心里感动,感动中还有冲动,但多年来在人情世界的斗争经验还是令她忍住了,没有将自家丑事全盘托出。没有说自己和金叶是半路夫妻,熬过一场漫长的婚外恋,换来今天无尽的受苦。老板娘对春丽说:"你长那么好看,当时怎么会嫁给小金。你女儿怎么从来不来帮你们看店,我来帮她介绍对象,我们在这里的人,每家人家拆迁都有五套房子。五套房子你们还满意啊?小姑娘只要生得出儿子,就一辈子牢靠了……生出儿子,名字马上加上去,生不出也不要紧,就再生!还有啊,你要自己藏点钱,男人都靠不住。你看我这里天都要塌下来了,我男人、我儿子,天天在家里睡觉,从来不上班。我不给钱,他们就打我。"春丽说:"那小金不会打我的。"老板娘就转头去对金叶说:"女人不听话,还是欠收拾。三天不打,就爬到房梁上去指点江山,你一个大男人怎么让女人管钱,到时候钱都被她藏起来,你怎么办。"金叶听完,没好气地朝春丽诡异一笑,春丽想,怎么神经病那么多。

除了证件照,店里最大的业务,就是所谓旧照翻新,和遗照。越到了夏天里,死的老人越多,金叶起得也越来越早,工作越来越忙碌。活一旦多起来,很多事情也就不经过大脑。春丽就一直很遗憾,凤萍的遗像不是自己家做的。她想为凤萍做点事,现在看来也是不可能了。她天天守着家门口空荡荡的晾衣杆,晒满出梅后壁橱里的衣料,有一天一楼的年轻夫妇要晾床单,她就说:"要么拿到这里来,我让给你,不用谢啦,大家都是邻居。"好像凤萍附体,自己也吃了一惊。也就是在凤萍死后,春丽会对遗像的事特别上心。这也就是为什么那位马上要死老公的老太太号哭,春丽瞬间就心软了。她是想到凤萍。

但在这片土地上,总没有那么大的空间装下电影里的美好情怀。没两天,那位在店里号哭的老太太就又佝偻着背到店里来,她大概觉得便宜十块钱之后,照片做得也蛮好很划算,于是把自己的照片也拿来,要求一样的价钱再做一张。春丽内心瞠目结舌,这种得寸进尺像是侮辱了她对凤萍的愧疚,她严词拒绝了老太太的过分要求。老人悻悻走了,撂下一句话,说:"反正我也没那么着急死。不见得比你们两夫妇早。"

金叶和春丽面面相觑,几分钟都没有讲话。

金叶后来说:"春丽,你还记得那个来印过跳舞照片的老张吗?他老伴中风了,刚有人来说,他跪在老婆面前哭了,说'我怎么那么倒霉,这么早就要照顾你。我怎么会那么倒霉'。"

春丽冷笑一声,摇摇头。"这倒是他真心话。真话怎么能说出来呢。"春丽本来想问:"你会这样对我吗?"后来又没有问,问了也白问。人间百态,不开这个照相馆,倒也没福气见到那么多"落结货"和"夜壶弹"。每到这时,春丽就怅惘地脱下袜子,走出去到凉水里搓净,晒在店外。看起来像做了一件和照相馆有关的事,做累了,往沙发上一蜷,管它炎凉瘠薄,午觉睡去。

4

  春丽在这个夏天以前,要过得比这难挨的夏天还要难。去年冬至,春丽给老母亲落葬。墓是十五年前父亲走时买下的,当时还便宜,地也宽敞,够种下两棵小松树。墓碑上写的是春丽、前夫和豆豆的名字,没有金叶。她在墓园里听说,现在这样的墓穴,没有七八万绝对买不下来,买墓地怎么出钱,有的人家要一顿大吵。墓碑上人的名字要怎么写,有的人家也是一顿大吵。好不容易写完名字、化完纸钱、磕头烧香,看似入土为安,又要分房子、分财产,照样你死我活。上海不知道从什么时候起,像她这样的二婚苦命人,能够那么平静地带着自己的二道丈夫、带着自己马马虎虎任性不争气的女儿给二老磕头上香,反倒成了难得幸福的画面。也难怪评得上楼里的五好家庭,再婚有再婚的太平,像地震时突然倒下一块横梁,支起的生命三角地。那么不稳定,倒也是不稳定中的大稳定,不安中的大安宁。这话说到底,还要感激妹妹的早逝。想起来总是刻薄了。她不像老母亲,到死时还挂心自己的两个女儿。春丽是差一点连妹妹的面孔都想不起来了,豆豆也不晓得自己有这样一个阿姨。但春丽真的很感激,如今自己一家人,像个梦一样太太平平站在一起,省去好多不必要的麻烦,也是上帝对她操劳一世的补偿。于是他们一家,好像外国电影里一样,站在黑色坟场,只有淡淡的哀伤,没有钱、没有恩怨和剑拔弩张。至于生活里细枝末节的不开心、不顺意,则都被这种宏观的圆满感掩饰了。春丽不是真的傻，她也知道这中间的拧巴与精刮，但是怎么办呢，人总是要活下去的，像人总是难逃一死。

老母亲走得全无痛苦，她只是老了。临死前说了好多重复的话，大致是她小的时候，老人们对她说，以前的人都是有尾巴的，老了以后，尾巴就焦掉了，子女看到父母尾巴焦掉，就要赶他们走，教他们去山里等死，把房子让给下一代人。春丽对母亲说："我和豆豆不是这种人，你也没有尾巴，也没有焦掉。"母亲就很安慰，眼底浑浊地涌起一些光芒，她的白内障手术失败以后，眼前时常一片黑，所有的眼神都不好作数的，但春丽还是当母亲感动于自己的孝。她拉着母亲的手，这双手，她年轻时甩掉过，吃了半世的苦，现在又紧紧握在手里，可惜太晚了，她们的缘分，到那个冬天，就用完了。幸好父亲死得早，不会在自己还跳得动舞时，悲恸欲绝地对母亲说"我怎么那么倒霉，那么早就要照顾你"，老母亲说，老古话都说得对，"恩爱夫妻不到头，我和你爸爸就是恩爱夫妻不到头，你和豆豆爸爸不叫恩爱夫妻不到头，你和小金恩爱，那以后恐怕也不到头，这就是命呀。"春丽听听前面一半还好，听到后面就鼻酸了。她有点害怕，这种害怕令她意识到，虽然她不喜欢开照相馆，不喜欢那么劳累，不喜欢快六十岁了还要风里来雨里去，不喜欢太阳把皮肤晒黑，但她是想和金叶"恩爱到头"的，而为了这种到头，似乎她又不能太爱他，不能太奢望好死、太奢望圆满。母亲这样说起掏心掏肺的预言，春丽忽然想到爸爸，好多年没有想到他了，忽然就开始害怕。父亲走后的十五年，母亲过得那么孤零零，想要叫她陪，她却自顾自再婚，浑然没有把陪伴母亲的事放在心上。春丽觉得，到底是自己对不起母亲，自己的坏就自己晓得。母亲到最后不计前嫌,还替她留了老宅、留了金条,都是作孽的心血。春丽觉得,自己女儿也不会为了陪她而留在家的,她也怪不到豆豆,她自己也是这么对母亲的。自己真不好。生女儿真不好。

这一番感慨,春丽只坚持了没多久,就顺利悬置。从墓园回到浦东之后,春丽还是觉得,希望能把凤萍家的房子买下来。她只要把老母亲留给她的房子卖掉,再贴补一点点钱,就可以置换了,这样写上女儿的名字,算一份女儿的婚前财产,也顺便处理了自己婚后继承的遗产。她太了解自己的坏,不达目的,就不放心。达到目的,女儿也怨不得她,母亲尸骨未寒,金叶也迁怒不了她。这就是生命三角地的安宁,生命三角地里的爱。

老母亲留下的房子,住了三十多年,住过很多人,春丽、妹妹、爸爸、妈妈、前夫、豆豆……但为了让女儿往后住在自己看得到的地方,春丽觉得人还是要狠狠心,长痛不如短痛。女儿不会理解她,不理解拉倒。等女儿长到自己的年纪,吃尽世间男人的苦,她就会了解母亲的好。

春丽对金叶说起这件事的时候,金叶本着一概不插手的甩手掌柜作风,只说:"随便你。但豆豆不肯回来,或者以后嫁人了怎么办?"春丽说:"那我就租掉。她嫁得不好,还有地方回来。嫁得不好的概率很高的,豆豆这种脾气。现在离婚都要限号了……做娘都是这样想的,小孩吃了苦,还有的回来,才好放心。"

金叶没有自己的孩子,硬要体会,最好的办法就是不作声。他只想做他的梦,只要春丽的计划影响不到他的梦,他也懒得知晓,省得麻烦。

趁着这个该死的夏天忙个不停做遗像的空当,春丽硬是让金叶回老母亲家拍了一组照片。角角落落所有的细节,她都叫金叶拍下来。自己则坐在老家里的每一张凳子上,像当年未嫁错人时那样。懵懵懂懂、东张西望的姿仪,她都叫金叶拍下来。春丽边拍照,边讲故事,说自己的少女时期、童年时期,说了几百遍的那些,只有她自己一遍又一遍地动容着。金叶给她看预览,她说:"我还是晒黑了嗒,千防万防。"金叶脱口而出:"你本来就很黑啊。"春丽白了他一眼,转而问女儿要不要拍,豆豆说:"我不要拍,我又没你那么做作。"春丽也白了豆豆一眼。他们都不会理解她的,不理解万岁!

那一本照相本子,后来成了春丽家照相馆最后一本产品。这个夏天到了尽头,春丽和金叶到底是没有斗过物业的霸权。他们以整顿违章建筑为由,赶走了自己发电的棋牌室老板娘。顺道也清理了照相馆。五年的岁月,就这样彻底做了了结。春丽没有感到悲伤,甚至还暗暗庆幸,自己终于可以退休了。反倒是金叶很失落,转而开始协同朋友做网店,专帮刚出生的婴儿拍照片。人家问他以前拍什么,他就说以前专拍艺术照,很时髦,还帮同性恋拍过结婚照。春丽心想,他做得最多的就是遗照。人家家长要是知道了肯定气疯。但人要活下去,总归是很难的呀,怎么可能不说谎。他们家里都不是坏人,也没有特别大的余地选择让自己做一个多好的人。春丽眼看着金叶在电话里对各种人撒谎,有一点慌张,有一点无奈。但她最终还是选择不去多想,这是她多年训练自己的宝贵经验。反正到夜里眼睛一闭,国泰民安。春丽只希望冬天快来,凤萍入土为安,这样,她的新生活才算真正开始。

春丽再也不用在大夏天骑车出门了。再也不用里三层外三层　　自己像个头重脚轻的怪物。不用害怕晒黑。不用在人来人往中　　那么多钱逼死人的故事、人气人的故事。她只有一点点担心，　　保佑会不会实现，她看着屋外阳光下金光闪闪的晾衣杆，听着　　奶声奶气的幼儿园小孩做广播操，全部人生只剩下一点点担心　　水管不要漏，天花板不要漏，风雨不要大，老鼠不要飞……

而吃菠菜是无用的了

1

那年夜里，家里的灯显得特别冷峻。尤其对劲吾来说更是如此。

父亲常年在家开着的电台广播里，有人打进热线电话送新年祝福，有人询问快递最后的工作时间，也有人说，自己得过红斑狼疮，入职却没跟单位报备，如今被领导要求去献血……人问怎么办。劲吾也跟着心想"怎么办呢"，他往手心里吹一口热气，脑袋里却只有"东窗事发"四个字，有点幸灾乐祸的意思。

天冷得紧，需要心里有足够的热乎劲才能打发寒意袭人的分分秒秒。劲吾在家门口晃悠了几步，定睛看了会儿石头上正晒的莴苣干，又去厨房帮母亲剥了两颗蒜。等回过神来，电台里居然有个不阴不阳的声音说着，"21世纪，所有的因果都是现世报，不是不报，时候未到"，而后就……混混沌沌、不明缘故播了一曲古老的、好听的《你怎么说》来。

"你说过两天来'砍'我……一等就是一年多。"劲吾冷不防就想歪了，笑笑，觉得世界真是荒诞不已，躲到哪个角落都不能稀释浓郁的、跟鸡精块儿似的不合时宜。但母亲那天正在对邻居念他的不是，丝毫不念及他主动跑来帮忙的贴心。她只一个劲说他上了研究生以后，总是在家门口瞎走，不然就痴痴地笑，怪吓人的。母亲说劲吾走的那个距离啊，简直比五岁时走得还要近。23岁的人了，就跟从前对门王家的弱智似的，每天在人前就走来走去，走来走去。劲吾听了心里就烦了，童年时母亲可喜欢他了，他做什么都觉得好玩好有劲。母亲知道什么呀，家里的Wi-Fi信号就只到那条线。劲吾总是要留一个信号，让自己还能半死不活地挂在网上透透气，和大千世界藕断丝连着，和日常生活的无聊绝缘着。但他不会去争辩这些事的，他除了吃和睡，也的确没为家里做什么太大的贡献。

百无聊赖，其实就是成年人真正的寒暑假。那不再有任何体面的、逸乐的意味，也没有所谓工作的人放假后的舒心。那就是众目睽睽之下的百无聊赖。劲吾有时知道自己和那些轻看自己的人是不同的，有时又觉得好像没什么不同。百口莫辩，也是他大学毕业后最大的收获。不知世间万事从哪一天起，就变得无从上手起来。在这样的情境下，劲吾往往就不怎么说话了，任凭内心里风起云涌，脖子以上部分就瘫着、懒着、与这个时代格格不入着。至少，屋外下雨的时候，他还是会乖乖地躲在屋里看看《人在囧途》的喜剧片，每每笑得花枝乱颤最为忘我时，他就会听到母亲冷不防开门继续念他："你看你在中学时候人还像点样子,现在真个就是个三校生。"

但劲吾不怪母亲,觉得她不过是更年期苦闷唠叨。女人总有这一关。更何况家里那么多破烂事,她心情不好也是应该,她会心情好才算大傻妞。母亲不容易。其实有时,劲吾甚至希望母亲跟别的欧巴桑一样去跳跳广场舞,这样也不会整天看着他唉声又叹气。

总之,在如今无穷无尽重复的、不尽如人意的日子里,劲吾最喜欢搭机的那一天,每年两次,他从台中回来,或者转车到上海飞走。只有那一刻,他用着机场的免费 Wi-Fi,才觉得自己是在体面地做人,和这机场里大部分人是平等的。虽然不知道究竟还剩下几次这样的机会,但每一次,劲吾都十分珍惜地拍照、打卡、发微博,吸引寥寥几个赞,和更为寥寥的简短评论,"走啦?""回啦?""开心的嘛"。时代变化快,劲吾已经不知道要怎么形容自己和这个世界的关系,以及他和这个世界上其他人的关系。他觉得自己和世界上大部分人的关系,就是他去给他们的微博留言,至少能收获一个表情作为回复。社交、朋友圈,如此而已。

劲吾还记得,自己第一次搭飞机是在大三,帮导师鞍前马后打杂,终于得到了一次去北京开会的福利。他很早就在网上查好了搭飞机的种种指南,以至于将登机箱、电脑放上行李架,扣好安全带时,他觉得自己就像 90 年代飘柔广告里的飞行官那么熟练、飘逸、有钱。直到他身边来了一位携带孩童的妇女,他又解开安全带,让他们坐在身旁,福兮祸兮。

在劲吾的前排,还有一整块儿的旅行团。戴着黄色的帽子,插着旗子,叽叽喳喳。劲吾甚至感到有些兴奋,兴奋又紧张。他的脑海中涌起了许多画面,包括他也是他们中的一员,隔天就要起个大早,吃自助早餐,随车去瞻仰这个又自拍那个。旅行者多么逍遥啊,可以换很多个地方打卡,不像他不是在吴襄镇,就是在西屯区;不是在麦当劳,就是在八方云集。包括……这一飞机人也有可能会一起坠机而死,或失踪,海洋或山林。这真可怕。第一次坐飞机,劲吾就花了30块钱,给自己买了一份保险。他上网查了一堆空难资料,觉得自己终于有了一些与众不同的担忧。这种担忧,是母亲没有的、父亲没有的,是他认识的大部分亲眷都没有的苦恼。他距离死亡最近那一次,也是他在记忆中与爱诀别的伤心之时。

那年,劲吾第一次恋爱,又失恋。女朋友对他说"你懂不懂感情啊,懂不懂啊"时,他没有按照后来微博上的攻略一把将她抱住说"我爱你",而是愤愤不平地说"我怎么不懂了你懂什么呀你就会瞎嚷嚷"。那次大吵以前,他还花了70块钱在大学城的服装店给她买了一条浅色的牛仔背带裤。在飞机上劲吾想了想,给已经成为"前女友"的她第一次发了短信说:"那条背带裤,你就留着穿吧。"可惜一直到起飞,降落,那条信息始终"已读不回"。

女人真是没意思。劲吾就是随便想想,多想,他也想不明白。独在异乡为异客,还是失恋之身,那一次就显得特别难忘。哪怕在空中遭遇气流,身旁孩童哭闹、打翻饮料,下降时旅行团的阿伯阿姨们还吵着要上厕所,都不能成为劲吾真正的、具体的难忘。他只是觉得,许多年以后,他居然还是没有忘记那一机每一个人的脸容。其实他只是有点害怕,想说万一那天挂了,好歹有一句遗言,是对想说的人而说。而降落到首都机场时,他打开手机依然没有收到回复的那一刹那，他的恐惧骤然被克服了。取而代之的，就是纯粹的失恋，纯纯的、脆脆的打脸。庞大的挫败，与难以启齿的自卑，在那一刻像泡腾片在沸水中化开一样，很难说那不是一种营养的聚合，但怎么看都有一种灰飞烟灭之感。

那个女朋友，不久以后就在校内上晒出了去欧洲当交换学生的照片。去的时候，她还晒了一些家乡带去的大米榨菜，没想到很快就像变了一个人。许多女孩子都是这样，一夜之间就会变成另外一个样子。再不久以后，她就有了一些会让劲吾心惊肉跳的合照。最后的不久以后，劲吾被前女友拉黑了……他相信自己和其他男同学一样，都右键了前女友小露酥胸和现男友在夜店的合照。但他被拉黑，不知是不是和这个"右键"有关。

2

那一天里，劲吾要做的唯一一件事，就是到了傍晚时分，去大伯家请他来家里吃个饭，讲个和。但不知为何，这天他过得漫长又难熬，喝水都塞牙。几次想看看视频，又网卡。想背单词，又尿频。劲吾年初五就要回台湾开学了，然而母亲还没有跟他提到关于新学期学费的事，不知是不是故意要忘记。眼下就是年关了，鸡鸭鱼肉、零食饮料倒也没较往年减少，劲吾看不出什么不对的地方，表面上，整个家里好像还是该吃吃、该喝喝。新春团圆，扫兴的话最好是不要讲，然而，不要讲的事往往才是最重要的。

劲吾回家时才和大伯大吵了一架，余音绕梁。大伯看向自家那块地也有年头了,前年冷不防说要装修加盖房子,大伯说他来出钱,装好了,楼上两楼归劲吾家,楼下归他。大伯自己也有地,但总嫌没他们家地好,这也是没道理硬找的说辞,然而大伯就是那样的人,在医院里死要换床,结了婚又想换老婆,得了女儿想要儿子……他永不知足。

劲吾和父母仔细商量了一下,也没搞明白大伯为什么要这么做。但怎么听都不像是件坏事呀,就只是怪、蹊跷,像黄鼠狼给鸡拜年。如今倒是真的水落石出了,大伯翻脸不认人,追着问他们家要16万装修费,这就有了寒假的那场大吵。开宗明义要钱,说是之前就说好的,可这是哪来的16万啊,劲吾无名火就腾腾往脑门上蹿。这不是欺负人嘛,家里屋那么大,好端端住着,岁月那么静好,人世那么安稳,是谁没事要盖房子的呢。

照理说大伯也不需要房子,他早年就离了婚,还两次。在村里算个传奇,毕竟不是体面的事,如今一个人住,又加衰老,就多少有了一点孤零零的意思。舆论是最奇怪的东西,他自作自受而孤独,旁人却会因为他孤零零而原谅他的古怪。他欺负欺负家人罢了,也不占外人便宜。

劲吾从小就不喜欢他,因为大伯从小就爱贬低他、奚落他。他做什么,大伯都说没前途。上小学时说他的小学不好,上中学时说他中学出过混混。大伯是家里唯一读过书的人,父亲却没有。所以他看不得父亲比他好。好在父亲一生也没比他好,所以,这个家勉强够得上家好月圆。但大伯压得住父亲,却压不住劲吾。天道酬勤,劲吾憋着一口气,高考超常发挥,去了上海。劲吾高三毕业那年风光得跟明星似的,那也是大伯脸色最绿的一个夏天,风水轮流。大伯也想去上海,努力了一生,甚至找了一个上海女人再婚,年纪大过他很多岁,他踢掉原配,女儿都不跟他来往。但最终,他也没拿到上海户口,小生意失败,灰溜溜回家乡,美其名曰养老,实际不过是看看父亲这里还有没有什么余地可盘算。劲吾恨透他,可这恨里又多少有点赌气的意思。两人一直杠着,十几年没有分出真正的胜负。

劲吾知道,请大伯回家吃团圆饭是父母的意思。但他也琢磨不清父母到底是什么意思。

那场大吵之后,劲吾就速速切换回了学生身份。回来家里了,总是要和上海的同学聚会一番的,虽然如今的同学聚会更像一种被诅咒的磨难。大部分同侪都工作了不短的时日,人与人之间也有了不小的罅隙。靠爹的做生意越来越有范儿,没见他们埋单却也读懂了排场。靠读书的打拼两年月薪也都翻了番,总想着买哪里的房子,何时能抽到车牌。更不用说那些出了国再也不回来的逍遥人。最不济就是劲吾,虽然是个硕士,可那有什么稀奇,在同学眼里他是书蠹头,在学校里他还只能勉强算个学渣。没考上本校的硕士,这才去台湾读书,也是因缘际会。许多人都觉得台湾是一个没什么不好也没什么大好的去处,每年都要轮番问上几遍:"怎么想去台湾的?""台湾好在哪儿?""台妹理你不?"

劲吾就笑笑,家里的事,真是一言难尽。

两年前报考台湾还是新鲜事,需要十万块钱财产证明,这财产,他就是问大伯借的。白纸黑字,有借条、有利息、有还期。好在冻结而已,他家很快就把利息还上,两家就两清了,还能继续好好做亲戚,有商有量。这自然是美好的愿景,却不算是命运的终极安排。

劲吾去了台湾,却并没有觉得人生有什么进展。台湾是一个什么样的地方呢?要说台北,他只去过两次,不喜欢,幼稚,娘娘腔。什么都有公仔,车上、路上,都是卡通。牛鸡猪鸭,在家里都是食物,在那儿都是宠物,都要保护。劲吾家里也有狗有猫,冬天猫狗要是溜进家里,母亲都会把它们再扔出去,怕它们偷吃厨房的东西。要说学业,也是各说各话。劲吾选择的余地很小,不是说着鬼话毕业,就是说着胡话吵架。不过,学术本来就是一件螺蛳壳里做道场的事。最难的,是心里的无力。劲吾很喜欢的大力水手,在台湾岛是不常看见,每次感到没劲、活着特别没意思,劲吾就想,要是效颦大力水手吃个菠菜,不知道会不会有用。

这两年,可不比早两年。高中里就出国的同学,大学里回来,不过是洋气些,本质是没差的,大家还能说到一起。如今,劲吾许多同学都结婚了,有的甚至有了孩子,于是话题就彻底不一样了。劲吾在上海借住几天,虽然还是熟悉的街景、熟悉的朋友,但实在感到物是人非,自己是掉队的人。上班的人,连吃饭的地方都不一样起来,比大学时奢侈多了。劲吾甚至觉得,上海几日,比他在台北还显得捉襟见肘。唯一的安慰是,反正上海也不是家。他参与不了同学们的话题,他们也看不上台湾,最多礼貌地说上一句"在台湾好开心啊",以及"奶粉可以带吗"。

全家超市倒是开始在上海遍地开花,也是眼下一两年的事,街景都和台中越来越像,像得让人讨厌。在便利店就有两岸速递,有顺丰快递,没有钱不能抵达的地方。在大学里也不必吃煎饼果子当早餐了,反正到处都买得到茶叶蛋和馊水油一家亲的肉松三明治。买房、代购、出国旅行成为同学聚会最热门的话题,唯一能提起劲吾兴趣的,也不过是曾经喜欢过的女生,如今嫁得好不好,表面好不好,实际上又好不好。

大学里,劲吾修得最好的一门课就是婚姻法,他特别喜欢那位唾沫横飞的老师,说起分产的案例来简直像一千零一夜般精彩。那些年里,劲吾撑着下巴痴痴看着老师分析案情时就想,如果对国王讲的故事不精彩会被杀头,那这位老师一定能活很久,但系上很多老师都要被砍头了。只可惜,那位老师在劲吾毕业时也离婚了,因为和女学生有染,甚至没有拿到一毛钱家产,全身武功无处施展。去台湾前,劲吾和老师吃饭。酒过三巡,老师说:"劲吾啊,你毕业了,就回来。继续读个博士,你不算出国吧,也算出境,好坏镀了金。还有啊,不要太相信女人,女人有的是。老师做学生的时候,给你师母……前师母买过一条四十块钱的裙子,小两个月没吃上肉。结果如何呢,你看……"

老师看起来很伤感,可是,劲吾想,不是您老出轨了吗?老师说:"结果,她也没穿几次。你知道吗?懂吗?"劲吾说,懂。他也给前女友买过裤子,不吃肉,也没见她穿过一次,也没见她退了还他钱。劲吾静静把酒给老师满上,心里虽然酸,但到底听明白了一件事,就是这个学位大概还有用。有用就好,就不辜负自己跟大伯开口借钱的尴尬,不辜负这么多年来腔子里堵着的那口气,心底里忘不了的那个人。

3

那天到了傍晚,夕阳西下时,劲吾就觉得不太对劲。母亲催了他好几次,叫他赶紧出门去请客人,菜都快好了。劲吾臭着脸,万千不愿意,但也没真拖上多久,到底还是去了。

这样的事,他不是第一次做。发的,也不是少爷脾气。在家族的陈年恩怨里,来来回回的拉锯总有个缘故,但缘故是要遮掩着的,一旦说破了,说破的那个人,就多少要担起一点责任。

去大伯家的沿路,都是劲吾闭着眼就能走过的旧时风景。他还是翩翩少年时,曾经憧憬过离开这里,外面才是人生。然而如今在萧瑟冬日,这儿反而显出一丝令人陌生的凛冽。劲吾就刻意想着,到底还是家乡好啊,家乡的山是山,水是水,都是熟悉的尺度,熟悉的眉角。他可以撒着欢儿去生气,或者不生气。可以撒着欢耍无赖、无聊、懒惰……不用去考虑钱,考虑吃什么,也不会一夜之间梦回西屯区,到处都是便利店自动门"叮咚"的声音。不会到处都是高攀不起的都会少女,都是国仇家恨的恼人争辩。乡下吃饭,从来不讲什么人均,也不向往什么米其林。最多就是《舌尖上的中国》,话题热乎过一阵,也没真的聚焦到他们认识的什么人。人活着,不就是吃饭嘛,吃饭为了活着,人和人打过架,吵翻又和好,最后还得坐在一块儿吃饭。

可人到底为什么要离开家乡呢。这可真是一个巨大的议题,大到简直不知从何说起。大到快要淹没家中全部的苦衷与为难。

大伯家离自家不远。他一个人住,看开没开窗就知道有没有人。何况,他居然还开着灯。冷冷的,远远的,一点不像一年到头合家团圆的氛围。劲吾想着,大伯也怪可怜的,他虽然不是一个多好的人,但也不能说是十恶不赦。他就是那么普通的坏,那么普通的心眼小,看着别人的脚跟过日子,过得也不大好。这样的人太多了,要说坏,劲吾见过坏过他十倍的人;要说无情,劲吾也遇见过太多比大伯更无情的人,却连大吵大闹的机会都没有。

然而直到天尽黑,大伯也没给劲吾开门。家里电话打了不接,手机关机。大冬天的,劲吾将自己全部的同情心悉数冷却后对着窗户就大喊:"你老人家沉得住气啊!吃屎去吧!早死早超生!"但劲吾也是看看手机时间,确认回家不会被母亲数落才真正打回程。

在门口徘徊的时间里,劲吾简直度秒如年,要是下场雪,就变成电影了。《红楼梦》,《一代宗师》,或者《程门立雪》什么的。劲吾冻得直发抖,越想越气,嘴里骂骂咧咧,其实就是冷,倒没有特别复杂的意味。关键是大伯家这风水宝地发散着 Wi-Fi 信号,他却不知道密码,也好几年了,真是世界上最远的距离,可见两家人恩仇多具体。他就只能死等,挨着秒针过完某一个时点,掐着喉咙算着仁至义尽。劲吾在屋外想,要是他这么去等自己爱的女人也就罢了,虽然女人也不值得,可青春年少,好坏比等一个糟老头子强。

回家路上,劲吾一阵飞奔,饿得慌也累得慌。却不想,到了家门口,居然收到了大伯的短信说:"我不在家,爷爷也在他屋自己吃。大伯上。"

上你个大头鬼。劲吾心想。推开门一股脑把牢骚发了一通。

父亲和母亲,坐在菜香里,显得特别沉静,他们俩静静听他把话说完,什么都没有说,就说:"吃饭吧。"劲吾像冷陌生头被浇了一盆温水般,虽然开始是温馨的,风吹吹心下却越来越凉。

"儿子啊,我看人家都两年毕业,你这是,还要几年?"父亲夹了一筷子鸭腿,递给劲吾问。

"一年半吧。"劲吾回答。多别人一年半,其实就是多一年半的钱。

劲吾想到自己上大学那会儿也有过这么一阵,直到他有了助学贷款,一切才好说些、通融些。这笔贷款,他到现在还没还上,可家里理应比往年要好一些了,母亲也办了医疗保险。

也许自己根本就不该去台湾念这个书。但是,当时也想不出更好的办法。当时以为这可能是最好的办法。人算不如天算。

"上学期钱还有余吧。"父亲自顾自说,"再给你五千?"

劲吾心里有些苦涩。五千连给他交学费都不够,更不用说生活费。结余,本来是有个小两千,可去了趟上海,也没吃饱几餐,就没了。怎么办呢?

"再给点吧。"劲吾斗胆说,还得装得特别混蛋。

"你知道,家里也不……"父亲话没说完,居然也没有往下说尽。

"我读书的钱,爷不是给了吗?"劲吾说。

母亲踩了他一脚。父亲假装没听到。母亲说:"妈有,你吃你的。"

外头鞭炮放起来的时候,时间就走得更为缓慢了些。劲吾略微有些内疚,因为在结余中,还有一部分结余,的确是他自己作践掉的。

理由,就还是为了一个女人。

去年,他在学校认识了一个交换生,也在上海读书,小他两岁。两人谈挺好的,去阳明山看星星、看月亮,从诗词歌赋说到人生哲学。回去的那一学期,两人虽然没有见面,却也克服了许多技术障碍,女生虽然有些小脾气,但总体挺好,什么礼物都没要,搞得劲吾心里挺温暖。两人硬是凭着微信就这么恋着,别人都说,异地恋好比养了一个电子宠物。劲吾觉得,即使是电子的,他也开心。

那段日子,是劲吾真正忘记初恋的开始,却也是走入人生另一个深渊的序幕。爱情不过是深一脚浅一脚的过河,对岸却远得好像三十年前的金门。秋天的时候,劲吾蹭到了学校的一次研讨会机会,偷偷回到上海看女友。照常理,大陆学生没有使用系内经费的权利,但老师照顾他,知道他两地相思,还帮他找了饭店。他自己出了机票钱。

为了饭店的事,劲吾还兴奋了好一阵。这可比坐飞机恐怖多了,他从来没有自己一个人住过饭店,还为了看女友。他不知道要不要告诉女友饭店的事,这会不会有点流氓,还是本来就该这样的。他们会不会盖棉被纯聊天,或者发生些别的什么。他不敢往下想,他们才认识一年多。

他不知道这算不算是一种天意。或者,天谴。

他叫她"菠菜",她叫他"神经病"。

最神魂颠倒那会儿,劲吾从来没想过钱的问题。直到梦醒时分,或者是此刻、现在,他才略微有一点理解,自己混蛋得大概很不是地方。

劲吾是特地回来团圆的,却像是特地回来分手的。女友母亲不知为何知道他们要见面,也同时来到上海。于是一切都变得有些怪异,他和那位妇人虽然不曾相见,但硝烟味算是真正弥散起来了,像毒气。这可真是难忘的一周。在上海住了四年四人寝的劲吾,却不能告诉任何人他此刻在上海。明明花了钱,住了那么大的房间,却不能见女友,女友也不想见他。她几次推诿,几次搬出母亲来恫吓,说家里突然有了对象要介绍给她,又几次"已读不回"。劲吾有点知道端倪,毕竟那种熟悉的、死亡的感觉又回来了。

劲吾在熟悉的街头走来走去,骤然又灰了心。他忽然有些惘然,觉得上海简直像一个咒语。他一个人猫在饭店,看综艺,看电影,看新闻,不是滋味。笑笑,又不笑。睡一会儿,又睡不好。脑袋里,全是第一次坐飞机时隔壁椅子打翻的鸡肉面香。他滑滑手机,还是朋友祝福他牛郎织女行大吉大利的场面话。他不知道如何面对,但事实上,不面对也是一种面对。他滑一滑手指,开机,关机,都是一种面对。

临走那天大早醒来,他收到一条微信,女友说:"我不是你的菠菜。神经病也是骂你。你老想着我给你力量,你什么时候当过我的力量?你好自为之吧。"

"OK。"劲吾秒回。没有一点犹豫,至少看起来,流利得像是他早知道怎么回事似的。但事实上,按下发送键的那个刹那,劲吾心都碎了。

4

人生在世真是有趣。莫名其妙就谈了两场恋爱,莫名其妙又分手。宛若什么都没有发生。劲吾当然有点知道女友的意思是什么,他觉得她的好,可能正是她的愤怒所在。但她明明可以叫他不要回来,直接通过电子宠物的方式断电。她却没有。

她没有,则害劲吾觉得那一年年夜的家灯,总是较往年看起来更冷峻一些,怪吓人的。

"这么说,你爷也一个人在吃年夜饭?"父亲问。

"明天叫他来就是了。他自己吃也吃了一辈子了。"母亲说。

"你怎么直接就回来了呢,你接到短信,应该先去接你爷。你大伯也算知会你了,大过年的,你把老人饿着怎么办。"父亲说。

"他不是我爷。我爷爷已经死了。"劲吾答。

"你这孩子怎么,吃了什么药了?"母亲赶紧拍他,暗示他快点离开饭桌。

"妈,爸有病吧。我那么大冬天站在他家门口,他明知道我在不开门。你知道爷那16万怎么得来的?不就是他惦记爷给我们的16万吗,他是拿不到,他自找的,爷从台湾回来的时候就要认他,他是长子,他嫌麻烦,不要,非逼着爸过继给他。后来知道爷拿出了钱给我读书他心里又烦起来,就一定要我们也拿出来。总之,大家别花到这钱,不就是这个意思吗?"

"哦哟哟哟,你聪明死了,你全天下最聪明,你那么聪明,你为家

123

里赚过一分钱吗？你可不还在问我要钱！"父亲这就火了，拍着桌子就冲劲吾来。

劲吾心里一阵酸，曾几何时，父亲居然会这样说自己。很久以前，父亲还曾对他说，只要你肯读书，爸爸砸锅卖铁都会让你念下去。

"你不是说我们不能花那钱吗？为什么呀？那我没花他那钱我怕他什么。你们都有病吧，非要我去台湾读书，他要我去你们就要我去，他觉得台湾好，他怎么自己拿个旅行证就跑回来，就这么黑在这儿了，他为什么不要回去。要不是我们家管着他，他早就病死了。"劲吾也是真的生气了。

劲吾只觉得母亲狠命推了他一把，让他扑倒在地，她自己倒挨了父亲一个耳光。但她居然没有哭，也没有任何委屈，十分机灵地把劲吾拉起来就往里屋推。速速关上了门。

随后，整个家就是莫名的静。静得怕人。劲吾记得，爷自从回了家乡，家里就再也没有热乎起来过。有时他甚至有点怀念童年、少年，自己和大伯像两只蟋蟀似的斗着、杠着、拧巴着的旧时光。那时候多单纯呀，就赌一口气，哪有那么缠绵的恩怨。怎么家里多了个人，就忽然变得那么复杂，散了架似的，什么话都没法直说。劲吾心里委屈，却又哭不出来。喉咙口像堵着一团劣质棉花，夹着粗粝的刺。

第二天就是大年初一，父亲一早就把爷接到了家里。爷裹着一身大棉袄，这衣裳也是母亲替他置办下的。他来到这里，就带了一个皮箱，连件冬衣都没有，说台湾不需要。

他的身体，相较十年前回来的时候好太多了。那会儿，劲吾自己爷爷也还在世。两人抱头痛哭了一会儿,劲吾都还记得。两个大男人,抖啊抖啊,涕泪横飞,说的都是劲吾听不懂的事。他只知道,台湾爷爷很小的时候就被抓走了,回不来,终于回来了,太爷爷太奶奶都死了,难过。劲吾那会儿才念小学,一个人在旁看着痴痴地笑,也没有人管他。只是爷爷忽然叫他到跟前,按着他肩膀要他磕头,他就磕。磕了头,台湾爷爷就给了他一个红包。他就笑得更高兴了。那会儿,劲吾挺喜欢这个老头的。他说的都是家里的话,可他居然没有户口本,没有身份证。他说他病了,搞了个旅行证打算回来等死,爷爷和父亲一听就急了,赶忙把他送到医院检查。割了一小段肠子,养了一年多,病居然好了。劲吾自己爷爷,倒是隔年就心肌梗死走了。于是,台湾爷爷哭天抢地地抱着劲吾爷爷的骨灰盒,连劲吾奶奶都没有哭得那么伤心。又两年,劲吾奶奶也走了。于是家里就剩下台湾爷爷、大伯,和自己家三人。

台湾爷爷郑重收了劲吾父亲当儿子以后,还给了劲吾父亲一个大红包,算是将自己身后事托付了。劲吾这才零零星星从母亲那里知道,老头是卖了房专心回来等死的,没想到没死成,还切断了一份好不容易修得的黄昏恋,心里苦得很。反悔也来不及了,人生就是这样。

台湾开放招生以后,父亲问爷这个是不是个好事,爷说,好。开放了都好。要去,以前的人去不了,劲吾去了,回来,就会了不得。于是,又给了个红包。这两相加起来,有了 16 万。也就有了劲吾伯父后来漫长的觊觎、隔阂、纷争。

第二天见到爷时,劲吾还是热情地给他拜了年。老人看起来乐呵呵,丝毫没有为独自吃年夜饭的事情生气。人老了就是好,识趣、装傻,什么都不再多想,孩子们怎么多想,他也管不着。有人管饭,他就吃,不管,他就自己吃。这个世界上,他认识的人都死了。现在认识的人,都是新的。他也不想再认识更新的人了。他也可怜。

父亲的五千块,加上母亲的八千块,年初五还是将劲吾一把鼻涕一把眼泪地送上了去上海的长途汽车。他又能苟且偷安,在岛屿混上一段时日。有时候他觉得自己不该来,有时又觉得谁就该来呢,爷该来吗?都是命。

直到车真的坐到浦东机场,劲吾才略微有了一点挣脱的感觉。年夜那天的事,他略有些后悔,因为看似父亲什么都明白,母亲也是,他们真了不起。就这么把钱压下了,让大伯把屋盖了,吵也吵了,也没少块肉。他们唯一的希望,就是劲吾快点把书念完,回来成家立业。这些道理,劲吾忽然想一想,好像也有点顺了,却又总好像哪里怪怪的。

上飞机前,他照例在微博上打了个卡,佯装委屈地说"过大年还要坐飞机好苦逼"。其实他心里开心得很。

认真说起来,劲吾可喜欢坐飞机了。

奥　客[1]

　　春丽随丈夫何明在这间小区照相馆工作已经第七个年头了。要说挣到的钱,几乎都交给房东。要说有感情,无非是交了一些奇奇怪怪的朋友,知道了一些社会上的奇闻异事。何明是个保守人,许多事看不惯,例如帮同性恋人拍结婚照,他就在心里嘀咕"怎么正常结婚的都看不上我们店",尽管如此,他还当他们是甜蜜的少年夫妻,要他们"靠近一点,笑一笑";例如他一直帮老人做旧照翻新,直到他们猝然离世,才发现照片里的女生根本不是老人的原配夫人,赊的账也不好去要了。尽管如此,何明还是将这些青春里的爱或是暮年里的慕统统归档放在抽屉里。春丽喜欢看照片里的客人四目有情、暧昧八卦,何明却常常对自己照相馆的"受众群"感到失望,他觉得这些乱七八糟的事情和自己当初从贸易公司离职创业的初衷是不太一样

---

[1] 方言,意指"不受欢迎的客人"。

的,他一直以为自己爱好摄影多过于包容眼下这些千奇百怪的摄影对象。但偶尔也有温馨的慰藉,如独生子去国求学多年,何明看到相仿年纪的男孩子过来店里拍护照照片,到底还是移情,心里想得很。怎么送他走的,机场怎么道别,甚至忍着痛都要目送儿子直到通道尽头,历历在目。但春丽知道,丈夫宁愿少收顾客十块钱,都不愿意用APP给儿子传一段语音。男人就是这样犟。

春丽其他大小事都不管,什么打灯、修片、裁照、覆膜、贴相本,她自觉年纪大了,笨手笨脚,统统都不想理会。她只管账,顾客们满面春风夸老板娘又年轻又漂亮,她也客客气气送往迎来,笑说:"我儿子都在美国读硕士班咧,他都靠成绩拿奖学金的。"得意的利剑一石二鸟。但是议价这种事,无论说多少好话,在她春丽这边都是行不通的。为此,她和何明经常争执,又数度和好,本来也就是十几二十块的事。因而小区中,想还价的客人都要趁春丽不在的时候到店里找何明,不想还价的客人反倒是觉得还是春丽笑盈盈比虎着脸的何明态度好。这个奇异的平衡就这样默默维系着,春丽和何明心里都明白,谁也不说破。

每周,春丽还要抽两天时间早起去看独居的老母亲,和这间不赚钱的照相馆相比,还是时日无多的母亲要紧。她出门时,何明会睡眼惺忪地在床上喊一声:"慢点走,坐地铁。"春丽则大声回答:"早饭在锅里哦。"为了省下车钱,又为了排解无聊,春丽都坐公交车,顺道看看风景、想想心事。地铁黑漆漆又喧嚣,让人喘不过气。春丽想过,即使将母亲接到身边来住,睡在儿子的空房间里,也是无用。他们夫妇俩还是要出来店里守着相机维持生计,何明年纪还轻,又没有退休

128

金。自己虽然已经退休,但到底钱不经花。两人要生活,全凭生意好坏,没有固定薪水,房租倒是一个月都不能欠,还有一个在美国帮人家麦当劳点餐勤工俭学的儿子。于是,还是没有人能二十四小时在家陪伴母亲。春丽一直对何明说:"等妈妈眼睛看不见了,不能自己做饭,我就接她过来住吧。"

何明自然希望老岳母眼明心亮到永远。

春丽暗地里知道,何明也想接自己母亲一起住。他自己不好意思说,店又不赚钱,他指望春丽提出来。但春丽总放不下自己家。如今两个老妇人尚能生活自理,一切就杠在未知里,也是无奈的平衡。

想到他们的老顾客秀芬去年沉着脸来店里,春丽照例寒暄:"上周看到你爸爸过来公园散步呢。"秀芬说:"春丽,我来就是为他。"她于是从包包里取出一张黑白照片,春丽心里一紧。

"我爸爸没了。"秀芬说,"最后一次麻烦你们,做个像,配个框。"

何明也透过老花镜向外打量憔悴的秀芬。

"春丽,多去看看你妈妈。真的。我一个礼拜看爸爸两次,上次我刚走,只有两天,再开门,房间已经有味道了。他摔在客厅里,没站起来……我很内疚,原想追思会要叫你们一起来,我们家亲戚少。现在也不办了,我怕人家说我照顾不好……"

秀芬像是要哭,但比哭更严重的,是她后来真的再也没有来过照相馆。她的内疚看来是很重的。春丽挺想念秀芬的,尤其是每周两次看望母亲的路途中。

"这种事怎么说呢,真的怪不到秀芬。她已经算是孝女。"何明说。他也是顺便在劝慰春丽。男人的感情和女人不一样,何明从来不会和母亲耳鬓厮磨,也不说什么对得起、对不起的话。但对春丽来说,这种故事最听不得,隐忧是永恒的愁云。

如今时代变化太快,大部分人都有家用打印机冲洗照片。更多的人拍摄千万张数字照片都不会想到要洗出来。但也有例外,有老妇人就带着SD卡里上百张旅行照片,对何明说:"我眼睛看不清楚,你帮我挑十张吧,我相信你。"如果生意不忙,这些繁重的活,何明也耐心帮着做,顺便还要听老人说自己子女多孝顺,可再孝顺,就连帮忙挑照片这种事,竟都要外人做,春丽听听就笑笑,不忍心伤害老人家。

其实何明的主要业务,接不到婚纱照、接不到婚宴照,倒是帮老人旧照翻新、制作遗像,或者是帮老人带的孙辈拍百日照、全家福。只要能制作一本相册,何明修个十张八张相片,就能有千余元利润。至于证件照,或者冲印照片,反倒是不赚钱的,全当便民、做好事。

生意冷清,春丽有天看不惯说气话:"人家老公创业是发财以后再做好事,我老公目光高远,直接不去赚钱尽做好事。"说得何明有点不悦,也给她戳回去:"人家老婆是二婚温良恭顺抬不起头,我老婆是二婚凶得很,倒活得像我是二婚。"春丽被他气到,一时语塞,想到年轻时候被前夫欺负、千辛万苦把儿子抚养大又送去美国、老母亲孤苦伶仃没有人照顾,眼泪就哗哗掉下来,做人真是没意思。这时老贾推门进来,看到这一幕,惊了,又想退出去。尴尬得要命。

"老贾啊,来,没事的。"何明说。

老贾是店里的老客人,也是春丽最不喜欢的那一种爱聊天、不做生意的闲客。开店时日久了,春丽和何明各有自己的"拥趸"。春丽喜欢秀芬这种,来就是要做成一笔生意,且不讨价还价,顺便还能聊一点煽情的家长里短的客人,而何明倒是不讨厌像老贾这样每个月只拿一张旧照来修、一年只做一本相册的顾客。老贾是退伍老兵,一生传奇。走过的万水千山,老来什么都看不出来,好在老照片会说话。老贾倒是不太提及自己的当年勇,一些关键的时期过后,他也不说政治,总说老婆孩子。他拿来修的照片,有的有人,有的没有。如大女儿念小学一年级算数比赛的奖状,他会拍一张,要何明帮忙做到相册里;中学毕业,又是一张,都标好了时间、地点。去公园划船有一张,爬山要一张,有山有水,他都有道理。五六年来,他一年给一位家人做一本相册,做完了老婆、儿子、女儿,甚至还做了一本他不愿意透露姓名的女士,从年轻时鬈发白裙子,到老来一头银发依然旗袍披肩。老贾说:"她人好,但一生没有嫁。"

春丽早就看出苗头,于是那一本神秘女士的,做之前就把相册的钱收好了。但收完她又后悔,因为明显这一本,老贾的要求多而反复,解释照片的时间也长,心意纠结,语焉不详。男人的友情,是不会当着内人的面问到细微处的。何明虽然心里也略知一二,但从来不会探听。老贾会说:"这条裙子是奶咖的,不是白的,也不是黄的,你帮我调一调。这条裙子当时要四十块钱。很好看的。"何明于是就用 Photoshop 调一下,对他来说其实是举手之劳。

"那本相册,你还记得吗,我给她寄去了。她很喜欢。谢谢你,完成我一个心愿。"老贾对何明说。

"我们何明真是对你好得不得了,翻来覆去修了十万八千遍,只算普通的钱哦。"

春丽觉得老贾代表了再老实的男人心里也是不老实的,再爱子女的父亲心里也是有"奶咖"裙子的。老贾的心愿多得像天上的星星,但他的这个心愿和那个心愿又是矛盾的,怎么也摆不平。何明却说:"他都老成这样了,对自己坦诚一点,又能坦诚几天。"

"说不定明天就死了。"何明补充道。

春丽知道何明又发倔脾气,真是受不了他。其实谁又能比春丽更懂得何明的好,当年儿子只有两岁大,第一声"爸爸"叫的是何明。二十年来,何明一直没有自己的孩子,这也是天意弄人。但说到底,他想穿了,做做自己的爱好,也对春丽儿子用了真感情。更何况憋尿是假,目送是真。其实儿子出国那日,何明胆结石作祟,他一直忍着剧痛,直到最后都帮儿子拖着登机行李。儿子的身影一消失他就哭了,整个人软在地上,扶着春丽说:"老婆,我想去厕所,我想去医院。"

"这里是机场啊,到哪里找医院啊!"春丽脑子一乱,血压飙升,反倒是像个白痴一样愣在原地。何明看春丽六神无主,满脸急汗,疼得一句话说不出,硬撑着拖着春丽的手,上了机场大巴。那一刹那春丽的心都碎成饺子馅,她还没来得及从告别儿子的伤感中恢复过来,转而又被这位憨傻的丈夫感动了。二十年来,她第一次有了他们这辈子是要永远一起受罪的感觉,但这种感觉一点也不幸福,她觉得人活着怎么那么麻烦啊!没有一分钟可以喘息。

"蛮好叫个车的。"事后春丽对何明愧疚地说。何明则淡淡地说:"下次吧。"

春丽知道,何明是不想让儿子担心,也不想让她多花钱。

也就是那次生病以后,何明性情变得柔软了一些,常常会在家里看电视时握住她的手,或者在她早起看母亲的时候揉揉她的腰说:"不然晚点走。"春丽一直以为自己连夜照顾这位疼过十支吗啡的"二道丈夫",终于劳苦功高地获得了相濡以沫的报偿,殊不知何明排泄出那颗米粒大的结石之后,依然对生活是有脾气的。

"人家老婆是二婚温良恭顺抬不起头,我老婆是二婚凶得很,倒活得像我是二婚。"

这话说得那么重,春丽才意识到原来一直以来,何明不是口拙不会讥讽她,而是在让她。体悟到这一点,春丽也不知道是喜是悲。这一切尴尬的局面,竟还被老贾看到,他们两家也算扯平了。

是年老贾七十八了,他说算命先生说他活不过八十三,所以最后一本留给自己的相册,他打算慢慢做。

"慢慢做"这三个字听在春丽耳中就是"少付钱"的代名词。如果来的全是老贾这样的客人,他们全家都要喝西北风去了。老贾也知道春丽心里对他不欢迎,他年纪虽大,到底脑子很清楚。一般来说,他会问何明春丽哪天到母亲家去,他找春丽不在的时候来。春丽则说他是"老鬼,以前做匪谍的出身"。

何明努力在老婆和老贾之间平衡,其实他也知道不该那么顶撞春丽。春丽是一个本分的老婆,若不是生活艰难,也不会把自己打造成小市民。她爱美,喜欢听好话,心也软,照相馆里挂满了春丽各个时期的照片,但顾客总是很不会讲话地问春丽:"这照片里的女生好看的,是谁呀?"

春丽也不动气,只说:"是呀,年轻女生就是好看。"

何明帮春丽翻新旧照,从来不问她笑得那么明媚,镜头对面是谁在拍。

生活里总是有很多秘密,何明经营这间不成功的照相馆以来最大的收获,便是知道了人的一生都会有过很多不为人知的隐情。这也没有什么不好,完全不影响生活。过时的秘密是青春里最值得回味的东西。

老贾拿出了自己的百日照、和父亲母亲的合照、上小学的照片、参军的照片、退伍的照片、恋爱的照片、结婚照、抱着新生儿的照片、第一次带孩子去日本玩的照片……太多了,一本做不下,于是做第二本。做第二本时,何明对老贾说,不用先付钱了,做着再说。

老贾说:"我还想做第三本……这第三本,我要先付钱的。我给你写一个地址,你记得去找这位小姐。如果我走了,你帮我送给她。如果她也走了,你记得烧给我,不要给别人了。"

何明答应了。春丽在心里白了全世界男人一眼,也答应了。但谁都不晓得,老贾一语成谶。

最先发现老贾很久没有来的是春丽。她问起何明:"老贾最近越来越精了,是不是连我上厕所的时间都要算准了再来,不让我看到。"

何明抬起头说:"他是一个月没有来了。"

"不知道是不是怀孕,哈哈哈哈哈哈!"

春丽被自己的小聪明笑得前俯后仰,没想到何明一点都没有笑出来。她觉得自己大概是开错玩笑,毕竟何明从来没有给她机会说过这样的话。但春丽不是这个意思,她取笑的是奥客老贾,他还有相册钱没有付呢,照片也都落在他们店里。怎么人消失了。

"怎么人消失了。"何明喃喃自语道。

问遍整个小区,何明才知道,老贾也在找他。

老贾是半个月前中风的,中风以后直送加护病房,半边不能动了。医生仔细检查,又发现他脑出血。弥留之际,老贾一直都支支吾吾叫着"何明,何明"。家人都以为那是某种食物,他想要走前吃一下。谁都没有想到这是一个人名,没有想到他临死前要见的人竟然是一个摄影师。

在何明找他的时候,老贾的家人也在找何明。待何明与春丽终于到医院病房,见到那些照片里他帮忙去掉皱纹的老妇人、去掉痘痘色斑的女儿和儿子时,何明觉得自己早就认识这些人了,了解这个家族的许多事,只是他们一个也不认识他。这些人甚至感到疑惑,疑惑中还带着某种难以名状的紧张。

何明不理会这些眼神,他握着老贾的手说:"老贾,你是不是想拍照。"

老贾艰难地点点头。

何明又问:"你是不是想和儿子女儿一起拍照?"

老贾摇摇头。

何明说:"我把照相机背来了,你是不是想拍一张自己的照?"

老贾点点头,他还示意老伴要坐起来。护士帮忙将床调整为立起。老伴毫不避讳地指责他:"实在不想多活几秒钟,脑子有病。"

135

老贾真的病了,他半边的脸是瘫痪的,戴着氧气罩,看起来真是从战场上下来的伤兵。春丽被这个场面吓傻了,她从前那么讨厌这个人,但断然没想到他会一夜间变成这个孱弱的面貌。春丽觉得自己错了,老贾其实是个挺好的人,爱照片、爱家人、不逾矩,也不怎么赊账。

老贾还想自己穿衣服,只可惜,手脚都已经不听使唤。他的子女也不希望老人这么折腾,女儿一直在小声抽泣。何明看了她一眼,想到她一年级的奖状,觉得老贾没有错爱她。何明没有什么权利提要求,只适时说:"老贾,这个衣服也可以的。你坐好,尽量笑一笑。"

见何明对焦,护士帮忙摘掉了氧气罩。那一瞬间,老贾像是回光返照,眼睛突然变得有神起来,嘴角咧开,可惜是歪的。

何明赶紧按下快门。

老贾说的最后一句话是:"钱,钱。"他眼睛朝着何明夫妇掷去坚定的光。护士又将床摇下。

这么重要的话,堪比遗言,所有人都当没听到。只有春丽听到了。春丽想,老贾真可怜,说话都没有人听。

何明当日回来就开始修照片,整日没有睡。翌日接到了老贾家人的短信,老贾拍完照后四个小时就走了。走前什么话都没有留下。而病床上的最后一张照片,成为老贾相册的压轴。从百日照,到临终前四小时,大完满的一生,统统留了影像。

何明夫妇在老贾的追思会上哭了一场,他的家人收下四本相册时显得有些麻木,何明把放在心里演练过很多遍的话对老贾的太太、子女说:"这是你爸爸一生的心血,精心挑选,他在我这里做了好几年。你们一定要好好珍藏。这是旧照片,也还给你们。"

谢谢。他们淡淡地说,都没有打开相册望一眼何明通宵达旦赶出来的成果。亲生子女也不过如此,何明心想,也就安了心。

倒是何明夫妇按照老贾留下的字条找到"这位小姐"家时,那位白发苍苍的小姐看着何明还给她的旧照,眼眶红了又红。她大概不知道自己有那么多照片藏在老贾身边,老贾思来想去觉得最适合藏匿这些"青春罪证"的地方竟然是何明的照相馆。她蹒跚着去找钱硬要付给何明。

何明说:"你的这一份他早就付过了。"

老妇人愣了一下,说:"那他还有没有付过的吗?"

何明看了一眼春丽,春丽说:"都付过了,都付过了。"

老妇人笑了,笑得那么尴尬,喃喃自语道:"我知道的,他除了我,谁都不欠。"

嗜痂记

1

家里不方便的时候,蒲月就拎着凳子出来煮水,准备在街面口耐心地洗个头。

十二岁光景,她如今的身高,洗头已经不能将水盆放在地上,猛一抬头就好像只烫水里失魂落魄的鸡。不过幼年的回忆对蒲月来说并不坏,蒲月还记得自己赤着脚好像只青蛙样蹲在地上,把长头发翻转来浸在水里的旧时光。她颠倒着脑袋在水里荡来荡去,眼神明灭间瞅见父亲母亲在一旁晒床单,他们四只脚,似一张长毛的歪脚台子立在地上,成为一对不用看脸就猜得出的要好人。

那样的场景回想起来真令人暖心得要命,一去不回。只是当蒲月好容易睁大眼,还不及将世界颠倒至正确的方向,往往,她就会从裤裆里看到一群白鹅摇摇曳曳奔着她跑来。它们的眼眶好像用橘黄色棉线绣的,眼乌子是幽深的蓝,噘着只橘红的扁喙,瘸脚跑得那样滑稽,又那样搏命,吓得蒲月顿时立起,踢开盆就跑。突然起身的那种眩晕感令她颇有些灵魂出窍的迷离,世界就像玻璃球似的被人失手震荡了几下。水洒了一地。偏偏那会蒲月还那样小,和鹅群奔跑的速度实在差不离,见识也差不多,怎么躲闪都是老路子,回回都死里逃生。不是被大人一把举起,就是丢魂一样跑进谁家屋里"乓当"一下摔上门。又惊险又刺激。

那些个白鹅最喜欢冲撞小闸镇的孩子了。带动着孩子们成天没头没脑地冲撞着其他物体,每天一本正经地逃上几次命实在不稀奇。

鹅群那是天性如此,自视甚高。它们总是一惊一乍,好像时时刻刻都在躲避追杀,带着千百年的阶级仇恨。肚子比脑袋大的动物就有这样自作多情的毛病,往往不仅是多情,还带着莫名其妙的噬搏斗志。所以,尤其是孩童,在小闸镇撅屁股玩耍是极危险的,蒲月认得的小朋友阿宝就因为在土里撅着屁股挖蚯蚓被咬掉了一只小鸡鸡,举家失心欲绝地搬走了。这件事令到全镇人都起了警戒,先是一窝蜂人都火急火燎说要把鹅群都弄死,尤其打头的那只坏料要剪它肚子,塞土、缝好,鹅掌上洒水绑上秤砣,悬在木屋子的梁上,脑袋上戳几个洞泻魂。秤砣是金,房梁是木,鹅蹼是水,红嘴是火,肚皮里是土,阴毒得紧,为的是再不让它们超生,统统变厉鬼。后来嫌麻烦,又有人提出简单的惩罚方法,就是杀来吃,吃光它们全族。要吃就要分,分就要说好怎么分。阿宝家已经哀号着搬走了,他们吃不到。鹅主自然不愿意分给旁的人,他儿子倒是胃口好,但鹅主讨厌自家儿子,巴不得饿死他,还给他白吃肉不成?更何况,凭什么一只鹅犯罪,就满门抄斩,新社会不作兴这样胡搞,一人做事一人当。于是鹅主砍杀了那只肇事白鹅,用剪刀往它的长脖子里戳了几刀,戳也不戳煞根,留一些余地,破裂的喉管连着皮,满手鲜血拎给大伙看了,人人满意,再扔到井里。于是那口井也毁了,据说水质发臭,比蒲汇塘里的还要腥。但也有人说,白鹅丢进去前,塘水就已经腥了。

现在,那只鹅的魂灵也不晓得是飘去了七宝还是龙华还是漕河泾。

正是在这众说纷纭中,蒲月觉得自己突然认识了小闸镇的很多人。原先的时候,似也有很多熟面孔会跟她打招呼,但谁是谁她弄不清楚。这件事以后就有点分出来了,好像每个人的身上都开始别上一个名牌,带着一个表情。主张金木水火土的是划船金家的,家也在船上,划船之人总归有一套神神鬼鬼的理论,孽都是岸上造的,水里就是个终了去处;鹅主是李家的,儿子是低能儿,但一年四季都在发情,好几次都没赶上严打,抓不到,福兮祸兮;最想吃鹅的是小饭店厨子的阿峰,没吃着,抱怨说李家弄死只畜生都那么毒辣,是典型的苏北人,心理变态;说水臭的是井旁的玉芬家,年轻寡妇,带个儿子,跋扈得很,傍晚时分就推车出来炸油墩子,她一开工,方圆十里内没有人敢做第二摊萝卜丝饼。可玉芬每每走过蒲月家,都静静绕开,或许她会突然觉得自己太干净起来。总之,所有出现在这个吃鸡鸡场景中的大人们都有明确的形容,有拿腔拿调的说辞,有丰富的表情。就这样,蒲月的人间风景因为阿宝的致残,缓缓打开了。

可是这件事情,终究是看热闹的人多,大伙都爱发表一通议论,有时说到社会,有时说到风水,有时只说命。蒲月问母亲,那阿宝以后小便怎么办呢?母亲态度不好,冲她阴阳怪气喊:"关你什么事啦。又不是你咬掉的,你心虚啥。再讲,不就咬掉一只小鸡鸡吗,往后也好省了事咪。"母亲态度一不好,蒲月就闷掉。心中自然而然多了一丝不明不白的怨气,讲起来出事那天她和母亲都听到了阿宝的呼号,但是蒲月正在洗头。都不方便,都没出去救。这就隐隐坏了事。明明没什么事,最后成了什么都不好说。不好说又怎样,蒲月却一直都忘不掉。蒲月有一点怪母亲的,古早父亲还在时,老说母亲是"冷水祖",害他老没劲。"冷水祖",就是泼冷水的祖宗,父亲大概是根据上海话里"恶势祖"生造出来的。蒲月没学会写字前,一直听成"浪水做"。这个念头,也盘踞在蒲月的童年记忆中,成为一汪牢固的底色。这些年来,蒲月越发觉得父亲说得没有错。母亲的绝活就是伺着热脸撅冷屁股,那是放在老早。现时她唯有在下工时才毕露原形。也是报应,一年到头,少几日不见她伺冷脸,少几日不见她撅热屁股。

至于"不就咬掉一只小鸡鸡"的说法,蒲月也是听母亲说的。听来的话都不可靠,哪怕是母亲嘴里的。在很长一段时间里,蒲月一直以为阿宝会有好几只鸡鸡。少了一只,还有一些没长出来,随母亲的口气就是这么回事,于是就没有什么作孽。当日她们俩都没有去救人,蒲月倒挂着湿头发望见撕心裂肺的阿宝,又回转来望见自家门口走出的那一双毛腿,也不是什么罪孽。蒲月只是想,还好我没有鸡鸡啊,你们"白乌鬼"们想咬也咬不到。十二岁的蒲月到现在还记得阿宝的面貌,他浑身是那么圆,脸圆眼圆脖子圆,膀圆腰圆腿肚子圆,连粘在人中上的鼻屎都是圆的,浑身就那么一处看起来是尖的,还被吃了去,兴许命中就容不下这一处妨害完美的"凸槌"。这样也好,他就彻底成为一个圈圈,还喷着血。书本里那个尿尿救国的爱国小英雄,大概长得就是阿宝的面孔。蒲月想,可是阿宝这一辈子得多讨厌"白乌鬼"啊。他以后每当小便的时候,一定都挺难过。

关于白鹅为何被叫作"白乌鬼",蒲月也弄不清楚。老人家大约是为了回避把"杀鹅"说成"杀我",但在小闸镇,已经没有人会把自己和鹅搞错。杀自己的人后来有过几个,但却和鹅没有关系。杀自己也不叫"杀我",苏南人把"鹅"说成"鹅",把"我"却说成"吾"以后,就统统不搭界了,没有什么可避讳。但就是要避讳。很多事都没有道理。

蒲月觉得,小闸镇这些年看不到白鹅的缘故是,那件事以后,它们真的老死了,跑不动了。神经再警惕,老觉得别人要害死它们,也无法成为一个永恒的妖怪。但尸身被丢到井底、胃里消化过鸡鸡的那一只领头鹅,恐怕还是有些来头。它死了以后,鹅的命运就有了改变。可见它凶悍至极,死了还要灭掉整族的威风。它没有在额头上被敲上几个洞,魂魄大约依然从漏洞百出的喉管里泻出,向蒲汇塘吹口气,水源就毁了。又向鹅群吹口气,鹅群无疾而终。连疫病都省了。这便彻底成了一桩旧事。那以后,很多事情都发生了微妙的转变。李家的后来在宜山路口开了一爿熟菜店,玻璃墙内挂满整整一排滴油的烤鹅。由此发了财,讨了新老婆。他的低能儿子却一贯淫泆,据说有天骚扰了田林二中的女学生,被一众拗分的坏同学威吓,最后特地从柳州路跑了三站路回来,跳下了宜山路上的蒲汇塘。可见到底是低能,死都死得那么吃力。跑都跑回来了,还妄想背后有人逼死他,可见自己也晓得自己有罪过。

总之,那会子塘里面的水已经臭得不得了了。金家的在船上装货,眼看着李家儿子落水,好像看《上海滩》。还不无感慨地说了声"哎哟哈臭,那李家总算解放了"。话说得难听,但是在理。在小闸镇,谁家都打心眼里明白着谁家。哀或痛,前世或今生,都似胸口别着大牌子,写着清清楚楚的落场。

死得不体面,不要紧。往日蒲月父亲吃了官司去,也不要紧的。小闸镇的人都见过世面,虽然穷薄,但心肠通明,从容绝情。金家的常说魂是一条线,就跟头发丝似的,穿心结肺。蒲月听他的口气,觉得人人肚皮里都是一根鸡心鸡肺的烤串。而那一日,李家的魂魄被蒲汇塘底的钉子钩住了,一扯,命就断了。命断了,欲便消亡。哀或痛,寥寥地都写在了落场上。人的一生就跟罡风似的,来得轰烈,走得凄凉。

再后来,早年那口臭井也填了。街上的石块路面开膛破肚后换成了混凝土,再用水泥弥合,蒲月就老觉得,这个动作就是从前未实现的那招阴毒。所以,愈来愈破败的小闸镇定是"白乌鬼"做鬼咒的,地上的土是金家填的,全是他们的馊主意。鹅那条千疮百孔的脖子,虽然不再咽得下一口气,吐得出一口秽物,但它的魂魄还是顽强地超生了。长大点以后,每当蒲月要出来洗头,搬张四角凳,钳进蜂窝煤,点炀,扇风,放上铜水壶,等开,兑水,再把头埋到条凳上的水盆中,闭上眼,她就会想起那些专吃鸡鸡的"白乌鬼"。这些小闸镇地底下的魂魄们正在喋喋不休地威吓着镇民,它们的嘴巴不是被榔头敲红的,而是被阿宝的血染红的。它们的胃里,糟蹋过一条切切实实的命根。

可想到这些,蒲月既没有感到害怕,也没有感到怀念。她觉得,人生中有些十分没意义的事情,竟然永生永世都忘不了,还随时都能拧出点寒意,挺奇怪的。人的那些"记得",也不知道是经过了怎样的规矩来筛选,是很神秘的。平日里自然并没有什么不同,上课放课、吃饭拉屎睡觉。可只要蒲月洗头,闭上眼,听到水声,就会想起那些鹅,听到鹅掌轮踩着云似的在跑步。只要想起鹅,蒲月就会想起它们那些受惊的心灵。想起它们笨拙又发狠似的在小闸镇的桥上蹿来蹿去。想起它们终于也是速速地老死了。带着吃人的罪,死得那么沉静,无人问津,就好像这里从未有过它们胡作非为的曾经。

阿宝一家离开以后,很快的日子,人们都忘记了他。李家的儿子到底赔了一条命,很快的日子,人们也忘记了他。蒲月父亲犯了和李家的差不多的事,在李家讨了新老婆以后,更是与有荣焉,成了人人回忆往事时口中叹的一口清愁。大伙都背地里说,晚两年,蒲月她爸那犯的那就不算个事,官司都是替严打吃的。但早前说没判死他已经算是命大的,其实也是这伙人。

早两年,晚两年,事是不是那档子事,蒲月都不关心。蒲月只是记得,那些大大小小的事故轰烈过后,小闸镇渐渐开始变得荼靡。街上出现的鹅,也都是买来的,耷拉着脖颈上的淋巴。没有任何生机。蒲月有时觉得,阿宝的鸡鸡若是能长回来,可能如今的小闸镇,会是不同的面貌。

她也不过是猜。

2

要说蒲月家所在的小闸镇,这个地方也很是奇怪。乍一看就是条汪洋般泥地里的巷子。古早田林还叫虹桥乡的时候,它叫小闸村。位于中山西路、宜山路相交处的南侧。沿靠着蒲汇塘自西向东南转折穿越镇区。往远了说,咸丰年间就已经有了。俗称小闸,以阻浑潮。往来的船只在此地装卸货物。小刀会领袖抗击清兵就在此地。算经过史书上记载的血雨腥风。它比田林路头上一窝一窝造起来的工人新村要有历史得多,可算它们太祖爷爷辈。只是待大批工人新村随着邮电厂、仪表厂迁厂过来生活以后,小闸镇逐渐开始没落。它的没落表现为芜杂、流动。大清洗。蒲月就出生在那个萧骚之时,举家顶着油毛砖房子过日子,夏季里日头被笼在不透气的屋子里,彼此能看着对方额头上热疖头次第开花。蒲月做梦都想住到工人新村里去,和同学们那样。听说有独立的卫生间可以洗头,有抽水马桶可以大小便,有煤气可以烧水煮饭。有吊扇,有花露水的芳香。

她做做梦而已。在现实人生中,蒲月也不总渴切着过活。譬如她就挺喜欢钳着蜂窝煤死命往下摁的感觉,直到最底下两只死煤被压碎的那个瞬间,她会发出"呃"的一声费力的呻吟。这种破碎感,她在压扁粮油店里的华夫饼干的时候也体会得到。从两只手钳煤饼,到一只手毫不抖豁;从胆小地去别人垃圾堆里找废纸,到直接问隔壁要废刨花,也就短短几年工夫。她压碎了数不尽的灰白煤屑,又添上了数不尽的火坯。

运气好的时候,隔壁小饭馆家的阿峰见蒲月出来生火,会给她添上一只火热的煤球,这样便省去了不少时间。她也不必往煤炉底座塞报纸和刨花。但有时也不好。譬如蒲月被熏成个泪人,这在她心里并不是件绝对的坏事。有的眼泪水是烟造的,有些也不是。阿峰钳给她煤饼时总是问她:"洗头啊,妈妈又来人啦?"她就凑着烟火假装着咳两声。阿峰是生火能手,任何冰凉的炉灶到了他这里都不在话下。事实上在小闸镇,人人似乎都需要一门不怎么重要的手艺。例如阿峰能迅速捕捉到风向,将煤球炉不偏不倚放在刚刚好的风口,那便是老天赏饭吃。他是镇里的厨师,却比厨师要更懂经人事些。不开火的时候,他的眼睛就窜东窜西,好像雷锋一样,总是能最早发现谁家遭难,需要去帮忙。他带着眼睛去,带着秘密回来,心里藏的事要是透展开,大约也跟雷锋似的写满日记本。

说到底,开始时蒲月并不讨厌阿峰。她看着他长大,从他天然就比鹅高、比鹅快,能一把抱起她,救她于险境,到此地不再有鹅,他也不再充当她的奥特曼。再到见他日日端块砧板出来劈鹅,他不仅劈鹅,也当着鸡鸭的面斩鸡,四溅的骨血好像小蛾子似的粘在他的头发、鼻尖、脖颈上,他面不改色,要是看到蒲月,还咧着嘴笑晏晏。蒲月觉得,阿峰的心肠里定是塞满了硬邦邦的破布条子,和母亲搁在墙角的那些差不多,带血带污,见不得人的,但他自己不晓得,还以为挺在道理上。阿峰最最不好的,就是爱探别人的私隐。反正不知从什么时候起,蒲月总觉得自己是摊着胸脯赤膊对他的。这种感觉倒也没有特别不好,她只觉得他和别人不同。虽然蒲月不喜欢听阿峰问母亲在忙的事情,但欲盖弥彰。蒲月心里晓得,在小闸镇,他当过她的奥特曼。他没殷勤对她好,到底也待她不坏。至于那些心底阴私的癖疾,说到底在此地,谁没有呢。

蒲月每烧一铜壶水,可以充两个半热水瓶水。蒲月问阿峰:"剩半瓶侬要哇?"阿峰说:"你拿半壶水就换我只热煤饼太合算咧。我要也总归要侬两瓶半水才换咯。"可这样一来,蒲月烧的水全当煤还给了他去,还有什么意思。蒲月自然不肯给,于是兀自钳回他一只黑冷的蜂窝煤。连谢谢都不讲。阿峰谅她是小孩子,"嘿嘿"贼笑两声,说"小气鬼调(换)'白乌鬼',推板(蹩脚)货调自来火"。蒲月很欢喜这句话的,前半句惊心动魄,后半句又栩栩如生。她有时故意诱他这样说,他忘记说,她就有点点扫兴。

待蒲月洗完头,捋干,拔光毛巾上的头发,搓净,倒掉水,又煮水,发回呆,添个蜂窝饼暖着炉子,再将水灌进暖水瓶,母亲也慵懒地出来做饭了。天气热,生活总归觉得不容易,不爽气。蒲月很乖,她不招惹母亲生气,原因也是母亲不宠她,凭本能带她搭伙,从不太跟她说什么要紧的话。要紧的事情,蒲月和母亲谁都不会说的,她们在别人眼里,恐怕也别着胸牌,昭示困顿、厌倦、落场。父亲犯事以后,家里真真全靠母亲一人,蒲月知道母亲也是没办法,要养活自己。

她们的晚餐十分简单,酱油豇豆、炒鸡蛋。母亲托底捧碗,弓着腰,不经意就露出半只乳房。蒲月见母亲的样子,多少有点无奈。有时她怎么也不信自己的胸口有天也会平地生起那对肉来。她见过母亲爆热疖头的力道,安静勇猛,但要多少个热疖头的爆发力,才会兴起那样的胸口,令那道浅红的指甲痕在夕阳下显得那么迷离、刺眼、秽亵。

"晚上你金姐来。"母亲捧着碗,幽幽地说。蒲月手里一条豇豆哧溜溜滑到地下。

"哦。但那个瓶子胆坏掉了,不保热,她喜欢烫水,我一会要去换个胆。"蒲月答,母亲则不置可否。

金姐是母亲的姊妹,其实不比母亲小多少,但她坚持要蒲月叫她姐。

"她不住在'凸槌'那里啦?"蒲月问。

母亲答:"这谁晓得啦。来了再说咯。"

"凸槌"一词,是蒲月从金姐那里听来的闽南话。她不太知道大致是什么意思,也许是个坏词也说不定。金姐用来说她相好的台湾老头,蒲月用来形容阿宝。反正她想,不管什么"词"不都是拿来用在嘴巴里的吗。记忆无非是无比多的词从陌生到俗常,再加上不连贯的动作而组成。蒲月没有见过"凸槌",但她对心中的"凸槌"是有记忆的。遥遥地,她曾见过小闸镇巷口停着的出租车,那么新鲜、时髦地武装着一个神秘、有钱、傻帽的异乡人。他不是别人口中更惯例指称的"台巴子",而是一个活生生的存在。勾连着金姐与自家的命运。

母亲就见过"凸槌",和金姐一道喊车去了千鹤宾馆。她们飘进车厢前,金姐还在嚷嚷,算不算上海人,有一个标准可以检验,就是喉咙里能不能发出"鹤"字。台湾人就是发不出来的,但他们也发得出很多怪音,譬方"团团"。蒲月嘴巴里学着这个声音,边又拎出炉灶生火。"鹤囝鹤囝鹤囝"。她还把两个不搭界的字音混在一起。阿峰去进货了,蒲月自然就没有热煤接济。她一直寻风向,想着阿峰的手势,想他的感觉,结果被熏得卡住咽喉,连"鹤"都要发不清楚了,嘴巴一嚼成那个"颚"形,就好想吐。对街的玉芬也没生意,摊着白面糊,生着炀火,冷冷地望她。蒲月忽然觉得自己有点傻。

母亲说"凸槌"看起来油头粉面,有点像资本家,而且肚子很大。蒲月没见过自己父亲肚子大的样子,他还没熬到发这样中年人的福就吃官司去了。让蒲月觉得开心的是,母亲拿着"凸槌"和父亲作比,说明她没有忘记这个家。

母亲还带回家"凸槌"送的凤梨酥,给蒲月当早饭吃,并且事先就评价说其实也不怎么好吃的,没有蟹壳黄啊蝴蝶酥啊好吃的。她提到"凸槌"的时候就好像他们已是相熟的朋友一样,态度并不愤狷。蒲月问,蟹壳黄是啥?母亲说是一种好吃的点心。蒲月问:"帮油墩子比呢?"母亲说:"不好比。"蒲月再问:"资本家不是坏人吗?"

母亲口拙,与蒲月辩不清楚,就有点不开心了。父亲离开后,母亲对蒲月的态度总归不算很好。她就守着这么个窝,好像个寡妇样子。又不比玉芬有底气。金姐常常说她没有出息。但蒲月不这么认为,她不喜欢金姐对母亲过低的评价,何况蒲月爱母亲,也从母亲身上习得了不少的难忘事。比方母亲从裤带上拔下一只一只紫红发硬的药水棉花跟蒲月说,一个女人要是心里不开心,裤子里就会流很多血。这些血发硬了就会牵到皮,都是最细嫩的皮,一碰就破,分不出是不开心的血,还是真的血。但这也不是很重要。蒲月虽然吓得毛骨悚然,但在那个时候,她还没有不开心到那种地步呢。

在很长的一段时间里,"凸槌"就仿佛和蒲月一家一起生活。蒲月也用到过"凸槌"送她们家的琐碎物什。有的还挺好用,可以带去学校。"凸槌"就是个不得见的亲眷,蒲月和母亲都不讨厌他。他那么不真实地存在于她们的生活中,时不时给点礼物,听说肚子又大,好像圣诞老人一样。母亲有时会有挚心,为金姐可惜。可惜,又添点担心怅惘。尤其是金姐说,"凸槌"内疚于金姐从不提结婚,也不逼他离婚,让他挺难过。他打算送金姐一个大房子。价值五十万。

"五十万。"母亲对蒲月说,"你金姐不是出卖了国家机密吧,她这个人脑子又不好用的,肯定乱说话被人家利用了,她也不想想她爸爸。哎哟,吓死人了。"

五十万。蒲月想着,玉芬家的油墩子五毛钱一只,阿峰家的鹅颈一元五一盘。整条小闸镇的油毛毡房统统加起来,会不会有五十万?

所以,蒲月突然觉得,金姐一定是个坏人啊。

3

蒲月一家刚搬到小闸镇的时候,据母亲说也是一个秋日反热的日子,非常的不舒服。后来有一年,小闸镇里突然造起来两栋新工房,突兀地立在这一簇绵延的矮破房子里面。镇上人畜的眼睛都是在望着这两栋怪房子的,只因它们和别的房子不一样,就觉得非常不舒服。再来路也戳破了,填了新的土。很有步骤与心机地造了新房,却从没有人来通知一声是为什么,镇上的日子好像和以前也没有什么不同。那么到底是什么样的人会搬进这两幢新房子里去呢?看起来周边也没有兴建工厂,真是不明白。老的人不明白,蒲月这样的更不明白了。

金姐早先就是住在离那两栋新房子最近的油毛毡房里的。母亲提到她,就说"新房子"那块的。上海人说"新房子"颇有点结婚的意味。所以蒲月一开始觉得,金姐这个名字颇有些吉祥的意味。

母亲说第一次见金姐,就是见她从家里被男人打出来。一地狼藉。隔壁玉芬家正在炸油墩子,斜着眼看她,让她走开点别挡住生意。金姐上前就踢了玉芬的油炉一脚。问她:"是打老婆了不起,还是你寡妇了不起?你现在夜里跟炉子睡就忘记早前帮低能困觉啦?"玉芬一气,舀起一勺半热油丢在金姐腿上。往后玉芬向娘家借来的医药费,一半都给金姐老公掳去日本。要没这些钱,金姐的男人没有出国,她这一生兴许也不这么走了。

所以金姐这辈子,讲起来好算是玉芬害的。玉芬这辈子,是李家的害的,李家的早就死了。再早前,小闸镇上还有鹅的时候,李家的就跳下了蒲汇塘,弄臭了一塘子水。这些事情想起来也没过去多久,却好像隔了一个世纪似的。母亲说,那天后来是蒲月爸喊的三轮车,送金姐到卫生院的。送得早,没感染。他们家救了金姐一条腿。

那阿宝真是倒霉,没赶上好时候。蒲月心想。以前自家也救人。

金姐现在搬走了,据说去了威宁路的公寓。"凸槌"的家就在那里。蒲月不知道公寓是什么,她觉得比油毛毡好一点的就是新村,她班级里好多同学都是住在新村里的。但新村里的小朋友是不会和他们玩的。只有少数几个小孩也住在小闸镇,但她和他们也不一起回家。她看起来有很多认识的人,可愿意与她说话的,除了母亲之外,也只有阿峰和金姐。

电视剧《银狐》里面那个坏女人住的不晓得是不是公寓啊。蒲月想起,那个香港女明星的梳妆桌上,还放着一瓶花露水。她洗澡时会有缭绕的蒸汽。仙得像观音。金姐住在那么好的地方,为什么又回来?蒲月很疑惑,但是只要想到金姐,她又会开小差。真是奇怪。

每天晚响饭毕,母亲都会牵着蒲月穿马路倒痰盂。越过中山西路、宜山路交接的南侧,就是一片农地。再往前走,是猪圈。蒲月很喜欢看猪猡,好几年来,母亲都随她去。蒲月玩的时候,她就索性坐在盖着马桶盖的马桶上等待。等待中的母亲总是看起来相当累,连多站一会都说腰疼。虽然有时候她也会在家里扶着床做挺大的动作练习腰力。蒲月从不问她为什么,也不晓得她是不是真的有病。她只祈祷母亲健康,就像祈祷父亲快些回来,皆是惘惘的宏愿。

蒲月去逗弄猪猡的时候,母亲便有足够的时间,不经意地、缓缓地、没事找事地将头发箍好,也将衣裳拉扯好。她就心甘情愿地等着蒲月,好像一贯心甘情愿慵逸地过活。晒着低落的夕阳,一声不吭。

要到很晚的时候,农人才会出来收粪便。母亲就耐心地坐着,看起来那样寂寞,多少有点守候的意思。蒲月家的马桶虽小,却是个公共厕所。稍长大一点,当蒲月自己提这样分量的粪桶,独自穿越这片田地,会觉得母亲很可怜。

从小的时候起,蒲月每天都很期待和母亲去倒马桶,似乎只有在那个时候,蒲月才怀有一种清澈的开心。她觉得母亲坐在夕阳里那个马桶上干干净净的样子好看得不得了,比香喷喷的金姐还要好看。虽然她不说话,眉眼都闪着金光。这和她蹲在矮凳上,捧着碗吃豇豆的样子可不好比,也看不到变形的乳房。总之只要一回到小闸镇,母亲的美就会被消解掉一大半,且沾染上一股腥味。一股鹅嘴上的人血味,墙角的药水棉花味。

蒲月对母亲的想象,与对金姐的就正好相反。

金姐看起来一生都用不到药水棉花,欢乐得不得了。但她再得意,每隔一阵总有几天会踏着五寸高的高跟皮鞋回来,一把将裙子拉下抢坐蒲月家的干净马桶上,心机真是深不可测。蒲月不喜欢金姐,母亲却要她对金姐好。说金姐送了很多好东西给她们家,母亲的丝袜、口红,蒲月可以插在雪泥冰沙上的纸头小阳伞、长长的塑料小勺子、进口的棉花糖、高级的可乐汽水都是拜她所赐。蒲月当然知道这些东西来之不易,任何人要走出小闸镇再带一些好东西回来都那么不容易。但蒲月还是讨厌金姐自私。

金姐总要过了凌晨三点才会敲门。母亲替她开门,两人默契地一阵打量,伴着无穷无尽窸窸窣窣的声响。

蒲月背过身,向着最里的墙,假装睡得死去一样。但蒲月闻得到那股味,香气袭人。她想着金姐一定在用那只新胆热水瓶洗漱,但她无论怎么洗都洗不掉那股香劲。舍不得的东西,总归洗不干净。蒲月听到金姐和母亲热络地寒暄,想象她一定边脱下裙子边打开马桶盖,看见里面什么都没有,于是满意地一屁股坐上去。拉屎。若无其事。小便。蒲月听着这声,就跟金姐拉在她脑门上似的。她觉得这件事金姐一定是有预谋,因为隔日她即使到下午才化妆走人,在那漫长的十几小时中,她再也不会用到那只攒着蒲月和母亲排泄物的粪桶。

她分明是从小闸镇出去的,还那么计较。真是可恨。

蒲月心里烦,默默听着声响,喘气夹杂着叹息,又兢惕着。多少,蒲月对金姐还是挺好奇。

但显然,当夜母亲和金姐并未直接说起什么重要的事情。待金姐洗完脸、洗完脚后,灯才灭了。她们三人一起躺在床上,谁都没有真正睡着。

金姐似和母亲咬着耳朵说了些话,蒲月听到母亲说"真是十三点啊",心里突然痒了起来。蒲月知道,母亲喜欢和金姐说话。譬如金姐趁着"凸榧"不在上海,拿着他的钱开完双眼皮那会,也是回到蒲月家休养。那几天她就跟个水泡眼瞎子一样,生活不自理。好在她是上路的人,不忘丢给母亲一些外汇券,边撒娇着哇哇喊疼。母亲那会也是说她"十三点"。十分亲昵。

从金姐那里,蒲月第一次知道人要开双眼皮。虽然她开好以后看起来那么骄矜、滑稽,但蒲月觉得,金姐开完眼皮后,的确比从前好看得多。她得志便猖狂,消肿后即带着嫌鄙的口气瞅着蒲月,说:"侬也是肉里眼呀,眼皮一挤就会变成三角眼。"她肿虽消了,眼皮上线脚还在,她自己看不到,就好像已经再度变成"蓝带"首席领班。总之说到这种事,蒲月真是恨她。

金姐下海以后,蒲月从她身上也开始学到生活的细节,那是一个比小闸镇更有生机、更有画面的新世界。好几次她都梦到自己在"蓝带"的包房醒来,地毯上升腾的全是金姐嘴中公主们吐的酒气,仙得像一位位观音菩萨。她依稀见得到那些跪着斟酒的女孩子,凌晨四点依然腿软站不起身、兢兢坐在原地微笑的面孔,说,"来,给我签单",却眼花缭乱,数字满天飞。

她们不及卸妆,喝到通体麻痹,幽幽坐着,稀释着幻觉,好像假人。这些场景,全都生成于金姐的唇齿之间,蒲月却在幻缈中亲历。但金姐教育蒲月要早点穿起胸罩的话,却一下就会将她惊醒,被母亲听见,直说金姐是"神经病"。金姐说:"你又不是不懂。你还望她当知识分子啊。现在知识分子算啥啦。还不如对面卖'白乌鬼'的老李呢。"

"十三点。"母亲还是这么说她。但也不动气。她只叫蒲月不要听。听了脑子会坏。

显然母亲比蒲月更理解金姐的苦,听到那些奇异的故事,也不会做梦。她从不劝金姐早些收手,这仿佛是她们之间温暖的默契。反正分手又不能使金姐再度嫁人。总之,想来想去,金姐有运无命,百折千回,都是绝境。在母亲心里,金姐是经过风浪的人。而自己和蒲月,则都是走不出的人。福兮祸兮。人的生机,往往都是在绝境滋生。日子低落得四平八稳,反倒有无涯的倦闷。

蒲月问金姐老早家里是怎样的,母亲说,金姐父亲是冶专里一个老"右派",他其实不是一个真正的"右派"。他最大的问题与"左""右"无关,而是他从来都不认金姐的。好在他也没有被平反,金姐说,"右派"那么多,平反是要平反的,但是正好漏掉了他怎么办啦,人世间总有几个人特别触霉头。天地茫茫,漏掉一个没良心的假"右派"有什么了不起的,她作为家属都能理解。"作为家属"一词刚从她嘴里说出来,蒲月母亲就笑死了,又说她神经病,一天到晚自作多情。肚子比脑袋大的动物都是如此,鹅是,人也是。这些事情金姐总当笑话讲的,一点也不动感情。说到自己母亲,金姐的话会更少,只有两个字,"她戆"。

蒲月母亲说如果金姐她娘能看到今天,多少也会好过些。金姐算能吃苦,小时候遭多少白眼都清清白白熬到嫁人。金姐的前半生,跟蒲月也差不多。她的未来,比蒲月母亲看起来的,还要更像未来呢。谁知社会开放了,反倒是日子越来越过不下去。没有什么盼头。

嫁人时候戆母亲留给金姐的黄货,金姐后来拿到黑市上当掉了。随即经人介绍去了一个叫作"蓝带"的夜总会,认识了淘金的台湾人、香港人、从日本回来的上海人,开了眼界。金姐说"凸槌"这个词,意思是上海话的"喇叭腔"。这件事蒲月真是弄不懂,为什么上海人和台湾人要解释这个意思都要借用到物体,譬如"槌""喇叭"。那究竟是个啥意思。

还有啊,蒲月问母亲,什么叫"右派"。

母亲说,过时了,以前反正是……一种坏人。

4

由于金姐与母亲的友情,蒲月常常猫在她们身边偷听她们讲话,随后没法自控地做起怪梦。梦中不是自己用手指兢兢点着地板,手指尖涌起清澈的酒水来,就是母亲把着床板一蹲一起做康复练习似的姿势。关于这些,她都带着疑惑、惊喜,同时又夹杂着未明的忐忑。

不仅是蒲月。金姐只要来过,人人就都知道了。她是小闸镇出去的,人们就惦记着她回来。她十八岁时就嫁给了一个船夫。所以阿金家就晓得她,往前的日子两家还走得近。好像阿金说过,孽都是岸上造,虽然看起来落场在水中。往后金姐男人随大流去了日本,黑在那儿,也不知是死了还是当流氓。所以离婚二字是金姐自己说的,她从没有离过婚,也没法再结婚。就这一点使得她坦荡得要命,反而让其他人不知所措。时光流逝,许多重要的事情都会慢慢变得不重要,对金姐来说那个爱打人的丈夫,就好像卡在喉头的一根不打紧的鱼骨,被岁月酸化得快要消亡了。

金姐跟蒲月母亲还是有区别,至少小闸镇的男人只有一个碰过她。那个人还没了。魂不在蒲汇塘底,不晓得被勾去了哪里。如今是好些,社会风气解放了点,再加上金姐的确旧貌换新颜。落难时,旁的人都不搭救,唯有蒲月母亲念着同病相怜的苦,收留她几日。她也歇斯底里对蒲月母亲好着,还带她去田林路上台商开的千鹤宾馆吃咖啡,带她坐出租车,劝她早点帮那个流氓犯离婚。痴等这种事,原谅这种事,一旦穿上金姐这身行头,就都不作兴了。她试图将这种不作兴带给蒲月母亲,也不介意是不是带给蒲月。

金姐对蒲月母亲说:"我是没办法,你有办法,你可以离掉了出来跟我去'蓝带',到底还能做几年的。"母亲不肯,她即使知道与蒲月父亲早晚也是没个好下场,但她还在等。心里在等,说出来总归不体面。母亲觉得自己比蒲月父亲的罪重多了,但进去的却是他。她只好对金姐说:"我不好跟你做,我不比你,我矮。"蒲月在一边听着,突然觉得很想自己往后能长得高些。长得高或许就能住上公寓,即使腿上有密密麻麻的疤,都不要紧。

但如今世风已变,整个小闸镇,就最爱吹金姐身上刮来的风。大家都觉得金姐时髦,现下住上的房子一定会比桥边那两个工房里职工住的还要好。但具体怎么个好法,谁也说不清。人们看金姐的眼光,多少要好过看蒲月家。当她和蒲月家走得近了,旁的便都觉得,这也没有什么不好,总要有个同病相怜的伴。外加物以类聚也是人之常情。

正因如此,蒲月也自然而然被邪气不明朗地打量着,疏远着。但此刻她还没感受到什么冤枉,只是心里净得很,仿佛有一望无尽的农地,一盏落日样的明灯,一个伺望着秽荒的身影,连成一幅无着的心景。生个火,熏成个不确切的泪人。煮个水,将世界滚烫地颠倒个。闭上眼,蒲月仿佛就能见到童年,床单上的四只脚,欢乐生机的鹅群,与不及被攻击、正在如痴如醉挖泥的胖阿宝。

而独独在这样的时候,蒲月会觉得,所有能待她如普通孩子的人,心地都好得不得了。

金姐往蒲月家跑得勤,两家东西也不太分。金姐穿旧了的有一双红皮鞋,是刚认识"凸槌"时候买的。"凸槌"比她矮,私下见面时候,金姐都不穿高跟鞋。如今恐怕早就淘汰掉了,她弃在蒲月家。蒲月见这双鞋,漆皮没跟的,鞋头镶着蝴蝶。当时蒲月不知道那是双坏鞋,心里好喜欢,一次见母亲要忙,便偷偷夹带着到门外,再穿上。得意扬扬。阿峰倚着店门口,见她出来又问:"姆妈有生意啊?"蒲月穿着红鞋子紧张得不得了。那日阿峰说完这话就说要去镇域东面水果批发市场买货什做水果沙拉,问蒲月要不要去。蒲月穿着红鞋子,当然就要去的。反正闲着也是闲着。

去时还好,她紧跟着他走,阿峰问啥她就答。待阿峰买完东西打回转时,突然下起大雨来,小闸镇虽然修过路,但到底泥泞乌糟。蒲月随着他越走越慢,走过那两栋"新房子",突然变得甜蜜又哀伤。她的鞋子本来就不合脚,大上一圈,一分心,更是打滑到不行。稍不留神就是一个踉跄。蒲月紧张起来,想着要不要索性脱掉鞋子算了,又觉得赤脚好脏。她很想跟上前面那个身影,走得快一些,但脚实在不听话。不仅不听话,好看的鞋子还弄脏了,回去一定会被母亲发现。怎么办好。

阿峰此时回头也发现了掉队的她,一如既往笑晏晏的,通体挂着雨滴。他们两个真是不知说什么好。他就远远看她,见她真的走不动了,只得回转来。

蒲月那时才五年级,阿峰走到她跟前时候,她个头只到他胸口那里。他们就这样站了一会,阿峰一手提着马甲袋,马甲袋内外都透着水,勒着他的手指,湿红湿红。

蒲月想了一会,胸口涌起一阵热,最后拉起了阿峰另一只手。阿峰自然也接过她的手指。

这一下,蒲月的鞋子仿佛顿时合脚了起来。心里满是各种自问自答的语句。她虽觉得第一次和人拉手很重要,但又告诉自己,这一次不算的。这一次是因为没办法。她虽觉得穿一双不合脚的鞋子是做错了,但又告诉自己,这也没有什么不好。

这是蒲月第一次湿着头发却没有从裤裆下面颠倒着看世界,感觉真是不错。她腰板直挺挺地拖着一双红皮鞋,蹚着水,一步一拖,带着陌生的安然,心中满是清丽。他们两个拖着手,走过新房子,走过桥,走过淹死过人的蒲汇塘,走过许多人家。心里没有一丝怨气。

他们还走过了正狼狈收摊的玉芬,她正丧气地收炉子呢,白面糊落了雨也不好吃了。蒲月忽然有点得意,瞟了玉芬一眼。发现玉芬也在瞟她。

阿峰问:"蒲月,你为啥要穿妈妈的鞋啦?"

蒲月笑起来。却答不出。

那天真难忘。好像一个梦。这回蒲月躺在母亲和金姐旁边迷迷糊糊困觉,不自觉又梦见阿峰问了一遍:"蒲月,你为啥要穿妈妈的鞋啦?"

5

第二天大早,母亲和蒲月就起了床。蒲月煮了泡饭,而后打算去上课。母亲撑着腰,帮全家洗衣服,包括金姐的丝袜、内裤、胸罩。这也是一种常态,令蒲月觉得,金姐是她们家一种特殊的存在。父亲走了,她们家还是三人。她们彼此都不嫌鄙彼此,都依赖彼此。

金姐性格好,天大的事都能横在床上,睡相很嚣张。这会天热,被子没盖满,只露出一条地图一样的小腿,爬满了被烫伤的遗迹。没有这些遗迹,过去的风雨就好像孙悟空手里的芭蕉扇,一扇就将是非甩出十万八千里。出社会,这些遗忘的疼痛总也是个麻烦。所以金姐一年四季,上工放工,都穿灰黑丝袜,长裙子,从不管什么反热、酷热。她也只在蒲月家,显得那么自在洒脱。

金姐那些好看的长裙子有一半寄养在蒲月家。她走了就不要了,小闸镇上的裁缝已经满足不了她的要求。母亲也吃不准她到底要不要,心情好的时候就拿出来穿,但她屁股不及金姐大,腰身比她细,人没有她高,硬要束着金姐的行头就好像华丽的烧香婆。唯有金姐用剩下的胸罩母亲接着用挺好,裤子她则自己搭,因而总是凑不成一套。总之母亲有的计较,有的不计较,好像有着特别清楚的分寸。

金姐睡相不好,招贼。以前李家的儿子也爬到过她床上,被她一脚踢翻,却没死,跑了。金姐不比玉芬,那会早不是黄花闺女。她全当没这回事,继续又睡。再到李家的死时,金姐说他跟着广播里那个"李,李,李先念"一道回老家了吧,李家还真是流年不利。这话不周全,当年头还死了邓颖超。蒲月对广播里的事没有兴趣,李家的事,她只记住了田林二中的名字,知道那是个不好的学校,男的女的都很坏,比金姐还坏,会联手起来逼死人。

以致真的被计算机派位,要到那里上中学,蒲月反而平静了。她只记得派位公布那日,她回家洗了个头,又是阿峰给添的热煤。阿峰惯例说:"妈妈来人啦?"从未那么刺耳。

蒲月不响。

阿峰又说:"哟,哭啥?阿是被熏到了?"

蒲月还是不响。

煮完水时,蒲月立着洗头,她弓着腰,忽然从荡下的T恤衫里见到自己胸脯上立起的乳头。一阵惊慌,捂起胸口,结果满手肥皂水都扑在身上。阿峰在一旁,定是没错过这一幕。他微微一笑,走了。

那一幕可真难忘。蒲月满头肥皂,还捂着胸口。就好像一只失魂落魄的鸡。

他又出来,端出板凳砧板,斩起鹅来。做起生意,都不带看蒲月一眼。

不看也好,蒲月心想。她不总希望阿峰看她,虽然在心里,她一直是赤膊对着他的。那么羞赧又无奈。

人生都是事到临头的妥协,现实总不及想起来的那样迫人。毕

163

竟,对蒲月而言,她并不算太明白田林二中和田林三中有什么区别,和别的中学又有什么区别。她去念了以后,好像也没有人硬要逼死她。尤其她还挺喜欢从小闸镇走到田林路。有好多种走法,上课放课,多了好多值得考虑的事情,譬如母亲说好有工作,她就绕得远一些。去冶专、桂林公园,坐一会,等太阳下山,好像母亲一屁股坐在马桶上,那么幽静,心里空阔得连根针落下都听得见。

在这条长路上,蒲月没有搭伴,似也没有人要和她搭伴。她有时知道为什么,有时不知道。她趴在桥上望望蒲汇塘,见金家的船已经发不动,见李家的店愈发红火,见玉芬已经连瞟都不带瞟她了,会有一种挺不是滋味的惆怅。她分不清什么好人坏人,但已经知道"过时"无处不在。譬如,母亲当宝贝似的保存起金姐送她的"卫生巾"。蒲月偷出一个来看过,好像蝴蝶。

她觉得自己也要变成"过时"的人。她的脚长得大一些后,却越来越不敢面对那双红鞋。

6

整夜都兢惕着睡,心里有猜忌,有不安。外加梦到阿峰的话,有些怅然。蒲月整天都没有心思念书。游荡间,她甚至掐指算着,父亲还有多久会回来。这件事情在她们家,仿佛是不可言说的禁忌。就连想,都不好想得太多。

蒲月直到太阳落山才回到家,见炉子里蕴着火,自然而然望了一眼隔壁阿峰空荡荡的炒菜店。不知何故,却隐隐牵起了神秘的关联。

她忽然有些紧张,胸口仿佛被白鹅噬了一口,想拐去阿峰店张望下。

就在这当口,却陡然见到一个熟悉的影子,奥特曼变成怪兽似的。掠过蒲月跟前,带着疲惫又满足的神情。他见到她,忽然有些尴尬,又微笑起来,笑得那么干,和蒲月心里存着的湿润的笑容完全不同。

更重要的是,他竟没有问她任何问题。

蒲月推开自家门时,母亲正兑水要洗屁股,铜壶放在一边。见到女儿,她不声不响挪到背光处,说"放课啦"。蒲月见到水盆边上丢着几只没有血色的药水棉花。

她已有些丧气,鼻头一阵酸。又有些疲累,她从来都不喜欢小闸镇里的母亲,觉得眼前这个在洗屁股的女人与穿越宜山路那头的童年的母亲,不是一个人。今日更甚,觉得她好惹气。

蒲月搬弄了一下马桶,好沉。母亲顺势说:"'凸槌'人真好,他真的给了你金姐房子,回到他台湾老婆家里了。你金姐说,以后我们可以去她那儿白相。我还是为她担心的,总觉得她出卖了我们国家。嘿嘿嘿,我真傻。现在很多事都弄不懂了。你开心哇?以后我们可以去新房子看她了。"母亲看来心情真是不错。话都变多了。

新房子。

蒲月心里是应该为金姐开心的。金姐待她不错,她踢翻过玉芬的炉子,玉芬从来就看不起她们家的。一个人看到另一个人苦尽甘来,这在小闸镇还是不常见的事呢。母亲就守不到这一天,真是讨厌。

蒲月突然叫了一声:"姆妈。"

母亲立起,正系着裤子。

蒲月问:"刚才是……隔壁阿峰来过吗?"

母亲问:"怎么?"

蒲月答:"我要找他借个煤饼。"

母亲问:"做啥?"

蒲月答:"洗头。"

"明天洗好咪,你那么爱洗头做啥,我们老早都两个礼拜洗一次。"母亲答。

蒲月问:"他真的进我们家来啦?他来干吗啊?那么晚了他生意不要做啦?"

母亲答:"……侬哭啥啦!"

最慢的是追忆

1

"我是再也睡不好了。"夏冰冰心想,一边吃力地提起灶头上的水壶,往水瓶里灌开水。她站得有些吃力,腿不住发软。瓶口涌出的热气将她的拇指熏得像只剥皮老鼠,粉粉红。水壶还是从老家带出来的,十多年了,上海话还叫"铜雕",听起来很适合,黄哈哈的。沟沟缝缝里都挤满了黑黄的老垢,沿口最外一层,还有被钢丝绒划过的不均匀的刮痕。夏冰冰最讨厌这个声音了,钢丝绒摩擦铜雕,她只要一想到那个动作,头皮就过电一般"刺啦啦"地麻。对着灶头的,是周叔家陈年的纱窗,密布着黑黄的污渣,夏冰冰的视线本能地避开了这些煞风景的脏东西,她掉转了身体,给周叔的茶杯里灌好人参茶,随后又往面盆里兑了洗脸水。

天怎么突然就热成这样了,不舍昼夜。夏冰冰相信,他们中没有一个人能真正睡得踏实,虽然夜里大家都没有起身。就这么固执地、小心地硬挺着。吊扇嘎吱嘎吱地轮转,它毫不用情,却仍然甩不掉痴缠的尘埃。天很早就开始蒙亮,而对夏冰冰来说,每日凝视太阳升起的时候,是最绝望不过的。那种新鲜的、蓬勃的失意较之夜里的孤独更令人心阻塞不已。她很想习惯这一切,以至于不必要事事都过问情感,可惜她仅仅与之产生了知根知底的、体己的相熟而已,而从未断绝过挣脱这一切的念头。

　　即使在大热天,夏冰冰仍然欢喜用热水洗脸。埋在热腾腾的蒸汽中,伴随着温度而艰难呼吸。尽管一点难过的事情都没有,仍然会莫名其妙地眼睛一湿。

　　周雷这会儿已经不住在家里了。

　　第一个离开的人总是容易些,他是他们四个人中最早退出的。不知道为什么,他走了以后,夏冰冰反倒是有点舒服,虽然她之前也想过不要他走的。周叔在他离开以后就把沙发卖了,这沙发本就是他多管闲事被撬边模子花牢兜回来的。为此他还和冰冰妈吵了一架。其实罪过的倒不是他,倒是周雷,莫名其妙在这破沙发上,一睡就是七八年。家里实在是太小了。小到谁倒了霉都在众目睽睽之下,反倒因此坦坦荡荡,没有了私隐。不过周雷走了以后,夏冰冰自然而然马虎了起来。她也不那么在意周叔总是念啊念啊"汰只碗哦哟还要两块揩布,侬当阿拉是啥登样人家啦"。话虽还是这么说,周雷腾出了地方之后,周叔的心境也开阔了许多,偶尔还会对她开点下作的玩笑,好过原本愁眉苦脸的娘。反正夏冰冰的性子他自信是捏得牢的,他并不存心压她,他不过是盘算着她还能到她爹那里再去捞点什么好处来。关于这点,母亲是一致意见。十多年不见,她早就不会为个旧人肉痛了,虽然她也顾不及为夏冰冰肉痛。但周雷跑脱,不要太合她意哦。夏冰冰是很久没看她这么喜滋滋了。

夏冰冰最最欢喜看到周叔被人家花牢骗进之后回来的样子了,话说他怎么这么多年都没有学会演戏,连装都装不像。眼神么定快快,问他句什么,立马就狠三狠四地跳起来,但又夹杂着发狠的媚劲。夏冰冰知道,她娘是吃这套的,虽然看起来很好笑。周雷也受不了他那套娘娘腔的气焰,懒得同他理论,这大约就是所谓冤家。你同冤家是说不清道理的,就算内心排演好几百遍振振有词的说辞,一见面还是一贴药。套用冰冰妈的话,他就是"无赖坯",你又能对他怎样,他动不动就啪嚓一跪,鼻涕眼泪。你看不下去,他还觉得是自己赢了,靠的是噱头,是腔调。

周叔起来以后,牙都没刷,就油光光地挤到灶头间,抿了口夏冰冰泡好的茶,眯眯笑说:"哟,冰冰啊,昨天困得好哦,热来,哦?"

夏冰冰寒丝丝地干笑:"阿叔,早饭吃啥?"

"我想吃咸饼。两只好了。咸浆。"

"姆妈呢?"

"咦?怪了,我又有点想吃甜的。那么就买甜饼吧。甜浆。"

"姆妈呢?"

"帮伊买只咸的好了,待会好一道吃吃。"

2

夏母每天都起得晚,但起来之后还是能干的,她只是没有早起的习惯,因为睡眠不好。因而,清晨,倒是真正属于夏冰冰的。每天出去买早饭,她都会故意晃远一点,她希望她回去的时候,家里的两个人至少都穿戴齐整了。夜晚的湿热常令夏冰冰觉得难熬,只是她并不孤独,因为躺在她附近的两人同样难熬。他们都在默默等待着彼此睡着,心照不宣,彼此侦察着各自的动向,以致任何细小的声响,都听来挠人。当然,有些欲望,仅仅靠听是听不清楚的。每到此时,夏冰冰都很想要搬出去住,和周雷一样。

但周雷并不是因为这个就能走的。他也是交出了他母亲留给他的一份补贴工资,才顺利脱身。他母亲是落难华侨,早年被周叔收留过,生下了周雷,但如今已经出国。他们现在住的破房子,还是周雷母亲留下的。如今穷人翻身靠拆迁,周雷留下了户口,并且说好了,走了便不好动房子的主意。

夏冰冰的一切都在母亲手里,她没有什么可留下的,所以她甚至是相对自由的。只是她并不知道自己能去哪。她想过的,她没有财产,想要脱胎换骨,一是靠自己,二是靠男人。只有这两条路,但是靠自己似乎是太难了。靠男人,她已经……想到这里,夏冰冰总是有些失意的。

她提着大饼豆浆到家的时候,母亲已经起来了,一脸舒爽地咋呼道:"囡囡啊,侬又晃到啥地方去啦?那么晚回来,我肚皮也要饿死了。"她的额上沁着和夏冰冰一般多的汗,身上已经换上一件钩花的真丝连衣裙,贴肉胀鼓鼓的。

她抽走了一块饼,腻腻地踱回房内。

"诶哟,侬哪能吃掉了我的甜饼?"

"娘的,一块饼侬还要啰唆,小家败气,人家什么好处漏掉过你啦?"

"呵呵,我是说甜的好甜的好,蜜里调油,蜜里调油。"

夏冰冰拧开了水龙头,洗了把脸,水已经差不多晒温了。今日看来真不是一般的热,一大早就轰轰响。她轻微地叹了口气,想着今日还要出去的,真是遭罪。

周叔出来拿走了甜浆,不一会,手腕上绕好只马甲袋,出门准备上工了。夏冰冰刚打算进屋,不想他又折了回来,拎走了她给泡的茶。

"咦?冰冰啊,侬待在灶头间做啥?阿是身体不舒服啊?"

"有点。"夏冰冰干笑道。话一出口,她又有些后悔,想添上一句,"有点……热。"

"嘿,小姑娘啊,侬不会是肚皮被人家搞大了吧?"夏冰冰一震,但这微弱的气很快就蒸发了。她不过是厌恶地瞪着他。

周叔滑溜溜地从她身边蹭过:"周叔有数的!"他笑盈盈地眯了她一眼,沾沾自喜地撂了句,"阿拉孵空调去喽!"

退休以后,周叔一直在隔壁印刷研究所当保安。

171

3

夏冰冰进屋以后,发觉母亲已经把她出门要穿的衣服给她拿好了。那还是她六年前读中专时穿去上学的汗衫短裤。

"妈,这个,我没鞋子配。我穿我的白拖鞋、蓝拖鞋都不像的。"

"哦哟烦唻,鞋子也帮侬拿好了。"

夏冰冰往床下一瞟,是一双印着浅绿花纹的白底跑鞋。没想到还真能给她找出来。

"姆妈,人家不是说要穿黑衣服的吗?"

"黑依只浑,我本来还找了件红的,也是老早的。结果侬现在胸脯大了,着不进了。穿了那么好去做什么?他们觉得你日子过得好,所以合起伙来欺负你。我帮你说,他们家里的事,我不参与,但有一条,死人你一定要到,晓得吗?侬现在也大了,侬自己想,那么多年,到底谁对侬好。只老太婆毒也真是毒,早不死晚不死,天热到这副腔调,她要你们都去报到。好了好了,侬快去吧,撑把伞,有两部车子好换了,远得唻……对了,吃好再回来哦!"

顶着烈日,夏冰冰出发了。上半年爷爷死的时候,她也是这条路线,所以心里十分有底。这对老夫妻,一个寒冬腊月,一个炎炎三伏,前脚后脚,今年都算走脱了。但和爷爷相比,夏冰冰这回还是有点难过的。仅仅半年的时间,通知她去追悼会的,已经不是她的父亲,而是她父亲的女朋友。那个嗲女人在电话里一个劲地哭哭啼啼,说老太婆作孽啊,横作孽竖作孽,还说她爹不在家里,让她陪她一道去。

这事在冰冰妈看来就绝对算"做得出","装腔作势"至了极。她隔空炮轰了那个她们谁都没见过的女人整整一个晚上,直至半夜里,夏冰冰听得很清楚,她还甩开了周叔那只活络的肉手。

其实爸爸和妈妈这点还是很像的,夏冰冰心想。也只怪自己的分量太弱,她又怎能抗衡得了床上的那位。她明白的,她伤心的只是,竟然是由一个外人通知她这样的事。或者,很久以后,都是要由某个外人来通知她至亲的事了。

追悼会的场子不小,来来往往都是些过分热情的人,自顾自寒暄,俨然一场难得的聚会。阿奶的遗像悬在远处,笑得很阴森。阿奶也算生相不好的那种面孔,半点不慈祥。小辈的名字叫不太全,也不知道是真糊涂还是假糊涂。她从前就撂话说"我把你们生出来就已经很好了",所以也怨不得如今子女纷纷落落、貌合神离。夏家人丁算得上兴旺,与她平辈的至少有二十来个,不过更多归因于父母离异的原因,彼此都生分得很。夏冰冰对他们,也都只有童年时模糊的印象了。她认得出的那些伯伯姑姑,缺倒是不缺,但都老了不少。许多寂寞的老人都儿孙满堂,她想到这里,觉得挺可笑的。

夏冰冰站不动了,随便找了个位置坐下,顶住了那个不舒服的位置。透过窗子,她看到自己的模样,有点做作,一套六年前的破行头,装着一个六年后的她。

凭直觉,夏冰冰发觉远处有个八面玲珑的角色有些可疑。她利落地满场飞,仿佛谁都认识。最奇怪的是,仿佛谁都认识她。长得倒还不错,忽近忽远的声音听来很耳熟。

"哟,这不是冰冰嘛!冰冰侬真是跟照片上长得一模一样……连衣服都是……一样的。"说到这里,她意外地吃了只螺蛳,"冰冰啊,你要不要去见一下你爸单位的领导,啊呀他不在上海,忙是忙得咪。我刚刚是已经见过了。"

"你去过了,那我就不去了。"夏冰冰轻声说。

你代表过他了,那我去代表谁？夏冰冰心想。

她自说自话地挨到夏冰冰的座椅边,说:"冰冰啊,"她偷笑了下,"我刚跑了一圈哦,发觉你们家里人好像就你不是龅牙……你说是吗,嘿嘿嘿……你说话呀……嘿嘿。"

顿时,对面有道锋利的眼神直射了过来。夏冰冰这才发现,原来对面坐着她的婶婶和妹妹。不过这位婶婶也不是她小时候的那位了,是个新的,她见过喜帖上的照片。一旁的丫头还小,夏冰冰头一次见,箍着副钢牙套。

她想起很久很久以前,她也是这样乖巧地坐在母亲身旁,出席夏家的红白喜事。那会父亲也是忙,但她们可以无可争议地代表他。父亲和母亲出事之后,很长一段时间,她就只能一个人来,直至如今,她和另一个人坐在一起,也并没有人表示有什么异议。也许是她将自己的感受想得太过重要,循着牙套妹,夏冰冰环顾四周,果然远处还有一个女孩子,那才是她愿意承认的那个小时候的妹妹,虽然牙不好看,但夏冰冰猜,她至少是能懂她的。只是,希望她不要变成她现在这样。

4

小辈里只有夏冰冰不是龅牙,因为父亲那辈只有父亲不是龅牙。周雷倒是有点龅,但周叔不龅,难道是那个神秘的周雷姆妈的遗传?夏冰冰于是走了神,以致回家汇报敌情的时候,被母亲骂得七荤八素。

"侬说侬没用场么,连点事情都记不下来,真是白养侬那么多年!"

"他帮这个女人领证了吗?"

"不大清楚。说是女朋友。"

"他们预备婚结在哪里?是你爹的老房子里,还是准备买新的?"

"不大清楚。听说等拆迁。"

"拆迁?只女人门槛倒是有点的。看来这下是豁上你爹了。她还帮你说了啥?"

"没说啥,就是总是挤牢我,勾牢我手。"

"哟,真是'做得出'的,做给人家看呀。我跟你说冰冰,侬还是要到你爹那里去问问清楚的。那套房子上有你名字的你知道吗?你不同意他们不好动的。你尽快去一次,他什么时候回来?"

"姆妈,我肚皮痛。"

"我还头痛咧。你说说你哦,什么事都做不成。做做幼儿园老师么,被家长投诉;做做前台么,又弄丢老板物什。你说你有什么用,就知道赖在家里白吃白喝。我还是要去帮你说个工作的,现在这样哪能行,我台都被你坍光了。"

"冰冰啊,我帮你说,如果你爸跟你提要动房子,你就跟他要30万,一分都不能少,你知道吗?少了一分你就帮我滚出去,这房子是我当初嫁给你爸的时候,你外公单位分的,是我的,你记牢了没有啊?"

"嗯,30万。"

周叔回来的时候,提了袋小花生米。脸上挂满了黄豆大的汗珠,顺着他脸上坑坑洼洼的褶皱,一路蜿蜒至脖颈。

"哦哟,你们晓得么,今天天气预报报40度,从来没有过的哦。你们热吗?"

冰冰妈用力抹去了鼻头上的汗珠说:"废话,侬又买了啥东西?只馋痨坯!"她起身从周叔手中的塑料袋里挖出几粒花生,嗑了起来。

"今天周雷来了一趟。"周叔瞟了夏冰冰一眼,候着冰冰妈说。

"他要干什么?"冰冰妈问。

"望望我可不可以啊,哦,就你宝贝女儿亲,我宝贝儿子亲不可以啊,哼。"

"侬帮我关忒,少来这套,我还不知道你,他是不是塞钱给你了?我想你怎么突然乐惠起来了。帮我交出来。"冰冰妈熟稔地白了他一眼,向着夏冰冰说,"去端菜出来,吃饭了。"

夏冰冰艰难地起身挪到了灶头间。她不时有些恶心,尤其是看到那一桌菜肉模糊的小菜。脸上油得起腻,臂上的毛孔又胀得发酸,她吃力地提了提热水瓶,往面盆里灌水。

"周雷说要去东莞……"周叔说。

"去做什么?当民工啊?脑子坏了真是。"

"他还问你好,你和冰冰。"

"呵,算他有点良心,当初他去当兵,去做啥做啥,还不是都是我帮他弄,他娘是外国人又怎样?又不管他的咯。他要是拎得清,以后要好好孝敬孝敬我们……"

夏冰冰下意识调小了冷水龙头。扯下了毛巾,轻轻地挤去水分,倚在了水斗旁。

冰冰?……冰冰?

夏冰冰猛地一回头,发现母亲正冷陌生头站在她身后。

"去换条裤子,弄在裤子上了。"

"哦。"冰冰这才恍惚意识到什么。

这一餐,母亲和周叔都挺得意。他们的这种默契,在夏冰冰看起来,真是令人颓丧的幸福图景。但是她总是觉得,就是这样看似臭味相投的二人,突然有一天为了钱或者别的什么翻脸不认人,也不是完全不能想象。

周叔托人又帮夏冰冰说了个帮人看店的活,说是秋天就好去上工。他对她倒算是照顾,讲实话总体也算有分寸。夏冰冰知道,他贱是贱,但并不坏极。他们之间不可能有父女的情谊,也不算忘年的朋友,比路人再碍眼一点,又没有仇人那种恨。可这到底算是什么样的

177

感情,夏冰冰又说不清。

过午夜的时候,钟鸣了一下,夏冰冰的心熟稔地一阵痒。直至如今,她已经无法回避这样的等待与煎熬。随着高处风扇轮转的声响,随着身体与凉席的摩擦,她又听见那一只手是怎样贪婪地滑到另一个人身上。她可以听到虚假的推诿,伴着花露水的气味,恍惚是无声的调情。知了在窗外声嘶力竭,他们看不见她,她却完全可以睁大眼睛,直瞪着纱窗的小方格,看那些不知名的小虫,一点一点想要爬进来。她此时只能小声地呼吸,因为任凭一个有动静的转身,都能让上面的人停止。她有时也不想他们停止,虽然只要想到他们每个人的脸,就会觉得很恶心。

周雷不在以后,她必须独自面对这样的夜晚。她还记得第一次与周雷对视,也是在夜里,他从那个塌陷的沙发里,兢兢地、兢兢地掉过头,被释放的部分头发也识趣地扭得艰难。他看着地铺上的她,她第一次看到这样灵犀的眼神,很惊诧,也很温暖。夏冰冰觉得,无论如何,在这个世界上,都不再有人会掷给她这样明亮和懂得的目光了。这样的感觉,一生只有一次,第一次也是唯一一次,他以后再看她,也不会是头一回那样。虽然那时,她才十三岁,周雷十五岁。

她原来以为,周雷是这个家唯一会对她好的人,他曾经也这么说过的。但他最后还是先走了。也许他是对的。

要是能死在那天就好了,夏冰冰常常这样想,越这样想,就越用劲。下腹还隐隐作痛,有种难以名状的塌陷之感,仿佛要强硬地挣脱她的身体。那本是她的一部分,如今却努力地想要背叛她。

5

夏冰冰收到父亲电话的时候,方才挣扎着起床。清晨都热得迫人,她提起电话,一拐一拐地移到厨房……照例是冲钢丝绒、煮水、洗脸、泡茶。囿于湿热的毛巾内,夏冰冰觉得自己快要熔化了,被这灼热的气息,烧得生疼生疼。

清晨至少是属于她的,她可以在他们面前做任何事,他们都无意识,看起来对她丝毫没有情感,置她的生死于不顾。不是母女,也不是任何必须相处的男人。

准备出门买早餐的时候,母亲慵懒地起身尿尿,看到了什么,立即嚷嚷开了:"侬看看侬,侬看看侬,龌龊哦,侬自己看,这一地……"

夏冰冰提了下裤子,赶紧蹲下身来,沿地擦过去。

"侬拿的是揩布,擦台子的,哦哟,老清老早你到底在想什么,你都二十多岁的人了,坍台哦……"

夏冰冰笑着抬起头,说:"妈,爸说给30万。"

母亲一怔,半晌捋了捋头发,扭头去了厕所间:"早知道多要点了。"她撂下一句。

夏冰冰用力搓洗揩布,血水溅在她的手臂上,又自顾自地滑落。

6

　　父亲要结婚了。夏冰冰在父亲家看到了两只新的枕头,和一床新被子。她忽然有冲动想睡在他们的床边,只要躺在相邻的地板就好。只是那不是她熟悉的味道,不是她熟悉的位置。

　　夏冰冰本来和父亲约在银行见,父亲说,还是先来家里吧。进门见父亲已经穿戴整齐,正用一根不太顺手的鞋拔吃力地穿鞋,夏冰冰突然有冲动想哭。她想起很久很久以前,当她真的还穿着那套小时候衣服的时候,有一次来父亲家要钱。临走的时候,父亲问她,冰冰,你有车钱吗?她摇摇头,于是父亲便低头在皮包里、屁股口袋里、衣服内侧袋里拼命找钱,他的香烟盒子旁边分明有灰灰的青皮蛋和黄黄的50块的,就这么显眼地叠在旁边。但是父亲找得满头大汗,硬是要找到一张10块钱给她。

　　那时候她也是和现在一样,非常想哭。因为她实在是无法确定,眼前的这个人是不是爱她。

　　父亲在电话里说,这次是最后一次了,以后不能再要钱了,这次的钱,连她结婚都算上了,现在他自己也要结婚了,不像以前那么有钱了。

　　夏冰冰说:"嗯。"

　　父亲问:"是不是你妈妈让你问我要的?"

　　夏冰冰说:"嗯。"

父亲说:"我知道你不会要的。"

夏冰冰说:"……其实我要的。"

父亲说:"好吧,那你有空过来家里吧。"

夏冰冰想,那些话,如果面对面,他们两个大概都是说不出来的。但她也不过是猜。

她看见父亲正朝她走来,毫无表情,突然一下又扶住了她。

"冰冰?冰冰?你没事吧,你身上怎么有血的……"

"那……那好,我们快去银行,你早点回去休息吧。"

7

夏冰冰恢复意识的那天,东莞发生雷暴,还死了一个人,她是在病床前母亲带来的收音机那里听到这个消息的,不禁有些担心。

母亲一直感到庆幸的是,好在她是在划完账回家之后倒下的。到底她丢不起这个人。不过她后来想想也无所谓,时代到底是不一样了,她现在唯一想的是,等冰冰出院了,早点让她嫁个人。周叔建议找个郊县的,有地有房子,城市里都窝在一起,越窝越穷。再说她现在的条件,也找不了更好的人。

至于从夏冰冰下体取出的钢丝绒,周叔偷偷说给母亲听,也许是太想要的关系。夏冰冰后来听到过的,他们还说了好几次,但是她知道周叔这个人,也并不是坏极。

丰 年 记

1

我第一次带卓然回家,是在去年二月。事先没有通知母亲,也不知道该怎么通知。我只是在一个清晨对她说:"这两天我要带个朋友回家,你中午能抽空回家吗?"母亲正伏在地板上,专心致志地擦洗,她不假思索地说:"不行,快过年了,店里忙。"

彼时,她正在一间私营的照相馆里做事,帮忙裁相纸、打灯、看店及清扫。提前退休后,她将大量的精力都转移到了这间照相馆中,但我依然看不出她与摄影之间,能有多深刻的联系。不过她爱拍照,至今仍保留着自己大量的照片,来自不同时期、不同的摄影师。有的是工厂工会的文艺爱好者,有的是隔壁车间的男青年,有的是家里远房亲戚,有的是插队时认识的文艺小分队骨干。她说,拍这些照片是要特地留给我以后看的,怕我在她过世后过于思念。不过,她似乎从少女时就做好了这样的准备。旧年没有上色的技术,照片印得只有指甲瓣大小,可她依然将这些小照片一张一张贴到相册,并在旁边注好标记,时间、地点、摄影师,穿着的衣服、颜色。我问她那些摄影师后来的去向,她语焉不详,带着些许迷惘。可一旦说到拍照时的趣事,如何摆 pose,她又滔滔不绝。即使她至今都不会打开数码相机,也不懂得修片技术已经普及,但我想,那些影像与经验,已是她生命重要的一部分了。

见她斩钉截铁,我不忍打乱她的节奏,于是只得对卓然说:"不然你就晚上来吧,我妈忙,恐怕只能招待你吃个便饭了。"卓然默默应允,只说要知会父母一声,来我家由中午改到晚上的事。我有时会希望他能就此多说些什么话,奈何他总是不"接翎子"。按部就班,宛若一个十分听话却木讷的小男孩。

"对了,钱的事,你跟她说了吧?"

隔着电话线,我看不到卓然的表情,内心却翻腾着复杂的滋味。说好不好,说坏,也非坏极。

"青青,如果你没有钱,我也可以给你的,只说是你妈给我的就好。这样我妈会觉得心里舒服些,有面子,也许就会喜欢你的。"卓然又补充道。

但关于这一点,或许卓然不应该怪我。其实我一直都在找寻着所谓"开口"的机会,却不知怎么的,如鲠在喉。在这个家里,我与母亲,虽然相依为命,却仿佛是两个星球的人,各自运行各自的忙碌,只在稀少的时刻互相烛照。许多事,我不必繁文缛节地向她汇报、与她商榷、征求她的建议,她也极少过问我。但这似乎与卓然的家庭或者说健全家庭的认知大不同。

其实背着母亲,我已去卓然家吃过两次饭。卓然的家庭特别符合上海人"丑话说在前面"的作风,颇凌厉,倒也不显得伪饰。但从头至尾,卓然母亲都没有对我说过一句话,倒是他父亲表现得略微亲切,问了一些我家庭的状况。

"为什么不让卓然去你家?"他父亲问。

"有什么好去的。"我心想。

"那下次吧。"我却说。

"其实……"他父亲看着我手中的筷子,继续说道,"就算你家里住在棚户区,也该让卓然走一趟吧。"

我这才意识到,原来在他们家每一个碗碟旁,都放着一对公筷。

2

"要来的是什么朋友啊?"母亲问我。

"男朋友呀。"我回答。

我正随母亲收拾着碗筷,她突然问我,又听到我的回答,愣住了。转而又问:"啊,那他是来我们家里做什么啊?是上门吗?"

"也不是吧,"我笑道,"其实我也不知道为什么。你就当他是来玩好了呀。"

母亲意味深长地看了我一眼,带着些许调皮与轻盈。"怪不得你最近都不太理我,原来是要嫁人啦!"

"没有没有!"我赶紧撇清,"你不要瞎说,没那么快……"

"快也没有什么不好呀,都是好事。"她侧身走到灶头间,示意我收拾桌子,倒也不怎么将我的话放在心上的样子。这令我感到暂时的安心。我与卓然相识于中学,从一开始躲躲闪闪,到后来的顺理成章;从无限忐忑,到如今被各种琐事折磨得日益寡淡,个中忧虑与哀愁,我从未试图与母亲分享,也不知道该如何分享。不过我知道,无论我做什么决定,母亲都会尊重我。她只希望我能过得开心。

"青青,看来真是到了要准备准备的时候了。不过,你朋友来,要不要到店里来拍个照片呀,我可以叫林叔叔帮你们拍个合照的。"母亲端着一碟苹果走进客厅。

"结婚照吗?"我嬉皮笑脸地问。

"不是不是!"她也赶紧撇清,"这当结婚照怎么拿得出手,你林叔叔是真正的小作坊,慢点叫人家看不起。但其实呢,外面什么米兰啊巴黎啊的影楼,都没有你林叔叔拍的照片好。他到现在还用着胶片,真是很厉害,都是硬档的技术活,能拍出人的层次。这你们小青年都不懂的啦。"

"妈,你能不能准备两千块钱给卓然。"我斗胆着问。

"啊?为什么啊?"她一惊。

其实我也不知道为什么。

"也许,他会开心一下,说明你喜欢他。"我故作镇定地回答。

"我还没有见过他,怎么知道喜不喜欢他。你刚不是说,他只是来我们家玩玩的吗?"

"青青,到底发生什么事了,你好好跟妈妈说。"母亲突然紧张起来,令到我也莫名升腾起焦虑。

"你们是不是有了?……"她紧逼着问,就仿佛《雷雨》中的梅侍萍。吓死人了。

"你瞎说什么啊,当然不是啦。你不肯给就算了,我也就是随便说说的。我也知道你不会肯的,其实我也觉得没有什么意思,给钱什么的最没有意思。但是我也很为难的啊,妈,我也是很烦的呀!"说着说着,不知为什么,我突然有些激动。但我知道,这激动是有害的。于是转身踱进了自己的房间,不再与她说道。刹那间,其实我有冲动想要哭泣,但很快就压制了。哭又有什么用呢。

好在,那个晚上她竟也不来扰我,一切如旧,我们各自一个星球,担忧各自的担忧。

3

翌日,我醒来的时候,看见桌上放着一个信封,里面塞着两千块钱。我拿起来,觉得沉重得很。底下还垫着一张纸条,上面用歪歪扭扭的字写着:"妈有钱。"十分工整,颇令人心疼。其实我也有钱,卓然也有钱,他有很多钱。但是他却坚定地觉得,这两千元,对我来说,对他母亲来说,会有着无可替代的意义。我想了想,最终将钱收好,放在了母亲的抽屉里。

卓然是傍晚时分到的,提着一个"东方商厦"的纸袋。我问里面是什么,他说:"我妈买的衣服,羊绒衫,三千块,打半折。"

"那我爸的呢?你倒索性省了去。"

他显得有些尴尬,不知说什么好。"不是不在一起了吗?"他颤颤地说。

"那也是我爸,他又没有死。"我没好气地说。

"是是是,以后补以后补,你不要生气嘛……我来你家,你应该开心才对啊。"卓然赔笑道。

开心。

我确实已经很久没有多开心过了,总觉得肩上隐隐压着重担。卓然在我家东张西望的时候,我替他倒了一杯热水。本来想要开个空调,后来也不大高兴去找遥控器。他咳嗽两声,我也假装没有听见。哪有那么娇弱,冻一冻又不会死。真不想为他搞特殊啊,钱也不想给他,暖气也不想给他。见他瑟瑟地饮水,我递给他一只热水袋,说:"我都用这个,很暖和。"

"谢谢。"他兢兢地看着我,客气地说,我很久不见他礼貌。此次他道谢,反倒煽动了我恻隐。

母亲回来的时候,我与卓然一同站到门口迎接。这阵势将她吓了一跳。

"坐坐坐,去坐。"她头也不抬,连珠炮似的对卓然说,卓然听罢一愣,随即就笑了出来。我猜母亲是害羞,毕竟我还从未带过男朋友回家。

"一会还有人来,正好一起吃个饭,我买了很多好东西哦!"母亲说。

还有人来。我心想,这倒是稀奇。

"谁呀?"卓然问。

其实我也不清楚。只见卓然在我家小心地踱来踱去,偶尔翻弄我的书,却也心不在焉。他细细打量着我们的家具,相片,当然大部分都是我母亲年轻时候影像的陈列。就连一张我的照片都没有。旧年的全家福中似乎多出了一人,我们都小心避开;我与母亲的合照又总是显得我瘠薄呆滞,她却神采飞扬。索性统统没有我,家中便只留她的青春当作风景。

母亲洗菜的时候,招呼我去帮忙。我洗了葱、削了姜,问,到底谁要来?

母亲神秘兮兮地说:"今天下午,我们照相馆门口走过来一只鸽子,真的很有劲的,它就定快快定快快地站在我们店门口,想了好久好久,往前走两步,又退回去,又走两步……最后终于走进来,我觉得它一定累坏了,飞不动,就一把抓住了它,把它手脚绑住。晚上让你林叔叔来杀,正好你也有朋友要来。"她得意地说道,似乎是打赢了一场胜仗。那只可怜的鸽子,就被手脚束缚着扔到了水盆中。

"我也很喜欢吃鸽子的。"卓然凑过来说。

"炖鸽子里加点瑶柱、当归、党参就更好啦!"他又补充道。

4

林叔叔推门进来的时候,眼神中布满杀气,吓了我一跳。他见到我,只咧开嘴笑道:"青青,鸽子呢?"卓然听罢就笑出了声,"这杀气腾腾的",我猜他一定心想。

"在厨房呢,我看都不敢看它啊,你现在要杀了它吗?"我问。

"是啊,叔叔带它来见你最后一面好了,哈哈。对了,这位就是卓然吧?"

所以真是没有想到,卓然第一次来我家,就见到了林叔叔。我原想晚些同他说起林的,也好延宕些时日令卓然向他家人汇报。林叔叔是照相馆的店主,如今我妈妈就在他店里工作。并且我想,他会是她最后一任摄影师,这理当是一件十分美好的事。其实我与林叔叔相识已久,确切说,在我父亲还没有离开家的时候,我们就在我外公的追悼会上见过面。母亲找他来为我家拍照,他拉镜头时朝我微笑,我看不到他眼睛,却觉得这笑容背后充满了威胁。伴着哀乐,令我感觉到惘惘的恐惧。

他并不是坏人。若不是他的存在最终送走了我的父亲,我一定会觉得,他是这个世界上顶好顶好的中年人。

卓然面临这突如其来的局面,颇有些不知所措,可这不知所措中,似又带着好奇的兴奋。我讨厌他这种兴奋,因他总能够轻而易举向我展示他最好的一面,而我却不得不袒露最不愿意袒露的那些。但或者婚姻就是这么回事,容不得半点遮掩。两人赤裸相对,除了可供谅解的不完美之外,还有刺眼的缺陷。

林叔叔将鸽子带到天井中,解开绳子,它孱弱地瘫软到地面,毫无挣扎的气力。

"给它吃点东西吧。"我说,"怪可怜的,长得还这么好看。"我说。

"长得不好看你就无所谓了是吧。不就是吃个鸽子嘛,多补啊。"卓然说。

"哼,你那瑶柱、当归、党参还没有吃够吗?这是一条命啊,它又没有犯错!"我突然有些愠怒。

卓然怔怔地看着我,不言语。只静静地勾起我的手指。刹那间,我的心也融化了一半。其实我并没有任何生气的意思,只是焦虑,或者说紧张,再或者说……是不安。他也挺无辜的,谁不是呢。

"是只信鸽啊。"林叔叔说,"脚上还写着字呢,应该飞了不少路。是只好鸽子。"

此时,厨房里已经飘出香味,母亲似开始做她最拿手的茄子煲,以及红烧黄鱼,一阵馥郁的酱油味,差点令我想起了童年时的记忆。家里已经很久没有那么热闹了。我仿佛置身于梦中一般,可以重温,亦可以憧憬。这样美妙的四口之家,以及平凡的天伦。

"林叔叔,"我说,"放了它吧。"

5

看得出来,这饭局令我母亲十分紧张,她并没有做好准备说话。或许这也是她临时起意,带林叔叔回家来的原因,却颇使我尴尬。林叔叔将鸽子罩在天井中,伴随着我们酱油味十足的晚餐,它不停啄米,饮水,发出"哆哆哆"的声音,好不欢腾。母亲似有些不甘心,一个劲说"好好的鸽子为什么不吃"。卓然紧跟着夸我善良,但这一听就是客气的恭维。

林叔叔对卓然说:"青青这孩子脾气不好,时阴时雨,变化多端。但她一点坏心没有,我从小看她长大。她太敏感,你要多包容她啊。"

卓然连连点头,我母亲竟也跟着连连点头。

母亲问卓然:"好吃吗?"随手就夹了一筷子到他碗中。

我这就急了:"他自己会吃,你不要帮他弄。"

"没关系的。"卓然客气地说。

讨厌的"公筷人"。我心想。

"好吃吗?"我却问。

但对我来说,卓然的回答一点也不重要。

"林叔叔人也好,我们早就是朋友。你以后也要对林叔叔好。"我没有抬头,见不到卓然表情,却冷冷对他说道。

夜了,母亲收拾东西,切水果。我与卓然、林叔叔一起看电视,又打了一副纸牌。我从未料想到我们三人会坐在一起,看起来是那么和谐、温馨、充满情趣,十分难得,好像幻觉一样。但不知怎么的,我总有预感,这是第一次,也会是唯一一次。太美好的一切都带着遮掩,转瞬即逝。

"看到你们年轻人,就总觉得自己已经老了。"林叔叔说,"你们还有大好的青春,大好的人生,什么都是好的。"

"林叔叔,您今年贵庚?"卓然问。

"我和青青今年都是本命年,所以我……大她12岁吧。"林叔叔悠悠地回答。

"哈……"

"是24啦。"我纠正道。

"啊哈哈哈,搞错了搞错了。老糊涂了。"林叔叔笑道。我母亲似也听到了我们的谈话,热烈地迎了进来。她用湿漉漉的手指点了一下林叔叔的肩膀。

"哦,对了。"林叔叔看看我妈,又抱歉地看看我们,对卓然说道:"青青妈只有青青一个孩子,我也没有小孩,一直当青青是自己女儿。她妈妈的意思是……"

6

那只信鸽在我们家住了数日,林叔叔打了许多电话给信鸽协会,却总找不到人来收养。养鸽子的人都蹊跷地拒绝我们赠送的愿望,也许是怕我们索要高价。照相馆来来往往的邻居,都对我们最终要送走鸽子表示疑惑。有人说,不如卖给我,我来吃。但林叔叔都予以拒绝。最后,林叔叔铁了心要自己来养,恐怕是为了讨我开心,我心里明白,带着难以言喻的酸楚。他还特意去花鸟市场买来一只很大的鸽笼。刚踏踏实实与之共处第一日,不想却又有人来电,说想要收。

林叔叔让母亲来问我的意见,我说,"那就送人吧。"于是,那只鸽笼最终带回我家,空空荡荡地放在天井中。似热闹过,充实过,又似是幻觉。

至于那天晚上后来激烈的争吵,我们后来谁都没有提及。

母亲原想让出自己的房子,住到林叔叔家里,好让我卖了自己家,与卓然一起买房。卓然的意思,带着父母的授意,希望与他家人同住,与此同时,将我家的房子当作嫁妆。我的意思,是要能守住这个住过我父亲的家。多一天,恐怕也是好的。

卓然父亲在电话里对我说:"我以为像你这样条件的女孩子,能嫁到我们家,一定会感到很珍惜。"那一刻我突然觉得,我尚有机会保护我的家人,就像卓然的家人保护他。

母亲对我说:"妈妈除了这些,真没有别的可以给你。妈妈对不起你,也对不起你爸爸。但是我不希望你觉得自己很差,因为我们都爱你。你要和你喜欢的人在一起,这和钱,和房子都没有关系。没有条件,都可以创造的呀。"

"你也要和你喜欢的人在一起,不要为了我,而要为了你自己。"我对母亲说。

"青青,妈有钱。"她若有所思后,又突然补充道。

但我好听不得这三个字啊,我觉得,这三个字似乎是这个世界上最刺耳、最剜心的字了。每当她说出这三个字时,我的生命,就像可以舍弃一切一般。应当是不会有爱情可以弥合这道心上陈旧的伤。

过完年,林叔叔与我妈去领了结婚证,那日大雪纷飞,就说会有好事来。我夸我妈是"雪中的新娘",她笑得十分腼腆,又动人。我从未见过她这样腼腆,也从未见过她这样笑。

他们的结婚照,也是我替他俩拍的。在林叔叔的照相馆,我们三人一起打灯、调光。我就好像是电影中古老的摄影师一样,对他们说:"往左,往右,靠近一点,笑一个哟!"

并且,我用的是胶卷,硬档的技术活。这张照片后来被我挂在家中的照片墙上,左拼右挪的。那里实在已经挤不下另一对新人。

好在,瑞雪兆丰年。

今日不选

1

  1993年的一个清晨,我开始独自穿过田林东路去上学。也就是从那一天开始,我们班级的教室门口开始挂起一块小黑板。那是一块名副其实黑色的、薄薄的小黑板,与如今相对高级的、墨绿玻璃做的"黑"板不同。小黑板的上面用白色粉笔写着我的名字,以及每日会轮换的其他人的名字,诸如:"今日迟到:郑小洁,马丽君""今日迟到:郑小洁,刘琼琼"……它仿佛还写着"明日迟到:郑小洁,×××"。我也因此开始有了一个称号,叫作"迟到大王"。

  对此不好看的记名批评,我的心里毫不愧赧。我并没有晚于从前起床,亦没有在上学路上张望。依然是听到闹铃就十分紧张地睁开眼,刷牙,吃泡饭,出门,走过十三村的巷子,从一个山东裹饼摊头经过,到平成阁豪宅(据说那里的房子每平方米要 100 美金,简直太可怕了),过马路,走过菜场,再到学校大门口时恰好打完铃。若是我母亲愿意骑脚踏车送我,那么我就能早到 5 分钟。

她不但没有,还常常忘记叫我早些起床。

我母亲是为了回避一个人才不再送我上学,她在我的脖颈上用红绳子挂了一把钥匙,嘱咐我走到田林东路时,脑子活络点,跟着阿姨爷叔一道过马路。每次放学路上总有好心的阿婆看看我胸口的钥匙,问我:"妹妹自己开门啊!"我便很骄傲地回答:"嗯!"

"人小得一点点,就要自己回家,作孽哎!"阿婆喜欢补充道,"要不要吃一串里脊肉,便宜哦!"

我母亲躲避的那个人后来我每天都能见到。他长相有点凶猛,脸上的纹路好像烟火随着鼻梁盛开。我不喜欢他,因为我母亲也不喜欢他。他有个胖墩儿子,在我教室楼下念一年级,我们在小荧星艺术团画画时候认识,但也没有什么交情。那个时候我觉得小胖子都有点呆。

我同意去学画画缘于父母亲的一场吵架。父亲抱着我到浩清图书馆门口散步,禁不住好看阿姨的游说,突然就为我报了名。回来被我母亲臭骂,虽然她并不知道好看阿姨的事,她只是更属意我去学个钢琴,且已经托人付了钢琴的定金。后果可想而知,我只能大声说,我一定要画画,也一定要弹琴,这才平息一场风波。

　　至此我的整个童年彻底丧失了礼拜天。长期奔波学习的劳累又几乎令我母亲变得十分暴躁,那是温婉外表下吓死人的火山岩浆,可惜这种危险只有我和我父亲看得到。于是我的艺术学习,一开始就带有了某种赎罪的意味,仿佛践行一个我原本也不太理解的承诺。但事实证明,我母亲的选择是对的,首先我操琴的声音在家里刺耳地回荡,这便减少了大人们大声说话的几率。其次,因为我父亲一时糊涂导致我开始画画还给我母亲惹了些小麻烦。

　　"那个人"认识我们以后,硬是把儿子送到我的小学念书,我母亲决定至此不再送我上学。

　　我不知道他们是从哪天开始决裂,但每日,"那个人"只是远远看看我,又望望我身后,没有表情,也从来没有问过我问题。我知道他也许有些问题想要问我,于是感到慌张。越是慌张,越是不敢走快一步、走慢一步。就是刚好那个点,我可以远远看到他看我,他骑着28寸的黑色脚踏车,在我们校门口的右拐道,看我一眼,然后,踏上就走。我心里想,今年我上二年级,所以,我和这个人就这样对望着,起码还要望三年。真吓人。而那个小胖墩阿呆看起来,一直不知道这件事。他每天都好像一个肉球一样从大自行车后头的竹编座椅上跳下来滚进学校,速度比我快个一分半。而他一进校门,大门就关了。所以,他们班级的小黑板上,我还没看到过他的名字。

　　但他也没有当上过升旗手。

我的小学，位于田林东路十一村的小菜场尽头，一块小小的地，盖着小小的房屋，外墙被漆成红色，好像颤颤的腐乳。那时我"最大的愿望"，就是能当上班级的升旗手。这个愿望竟然很快就实现了。后来我又有了一个"最大的愿望"，是能当上班干部。这个愿望也很快就实现了，我当上了班级的小队长，负责大扫除时本小组的指挥，以及午餐时去食堂拎一铅桶汤。

因为什么愿望都能轻易实现，令我挺喜欢我的小学，赛过什么愿望都实现不了的家。

上了二年级以后，我最大的愿望，变成了能成为学校广播台的主持人，可以每天放国歌、放眼保健操。我的朋友琪琪，就住在我们家前面一栋房子里，是我们班上的大队长，大红人。她不仅当过十几次升旗手，还是那种可以真的摸到绳索升旗的人。每次交接仪式上，大队主席老师都说，能不能摸到那根绳索都一样，五星红旗带给大家的光荣是同等的。我觉得大队主席说出了我最想知道的话，也十分到位地安抚了我的心。那根绳索，每周一清晨升旗完毕之后，其实谁都可以走去摸。我摸过那条绳子的次数远远胜过琪琪。虽然我们的光荣依然是同等的。

我和琪琪在二年级下的一次烈士陵园扫墓活动中，正式成为了朋友。琪琪浓眉大眼，还绑着两条很紧实的麻花辫，跑步快、嘴巴甜、会跳舞、识字多。最重要的是，她和我住得一样近，每天都不迟到。

我问她：“烈士陵园的人怎么那么少？”她答：“那是烈士陵园呀，为了建设新中国他们都死啦！你见到的死人多，还是活人多啦？”我心想，那当然是活人多，我问她：“这石头下面埋的真的是人吗？”她说："是啊！"我又问她：“那他们的鲜血都拿去做五星红旗和红领巾了吗？”她斩钉截铁说：“是啊！”我吓了一跳，心想那么多少先队员都有红领巾，要花那么多烈士的血啊！但我觉得琪琪不会骗我，于是又问："那怎么样可以成为广播台主持人？"琪琪说："送一支口红给刘老师就可以啦！"

琪琪也画画。但我们并不在同一个地方学习，她在市少年宫。她说她画的画被贴在少年宫的门口，那个图画上还写着"张英琪，7岁"。为此，每次母亲说要带我去少年宫玩，我都不愿意。怕她看到那幅画。但我心里还是很喜欢琪琪的。我觉得她是我们二(3)班最优秀的女孩子。

2

每天放学时回到十四村，我都能看到琪琪的爸爸。他在我们新村正门口开了一家熟菜店。那是一个玻璃房子，只留一个长方形的小窗口，放着一台秤。琪琪的爸爸坐在那个玻璃房子的外面，也就是小窗口的旁边。他手里捧着一只木头小盒子，有可以移动的木板，放着营业的钞票。

我每天都和他说话，但从来没有胆量仔细看看那只小盒子里的钞票到底有多少，也不知道和母亲塞在地毯下面的那些比起来谁藏的会更多。但我心里隐隐觉得，琪琪家比我们家要有钱。琪琪家是个体户的事情虽然很新鲜，但整个新村的人都心照不宣。它甚至还影响到了我家的秩序。彼时我母亲还在无线电厂上班，她每天的工作，就是把头发丝一样的线路放在一块白色灯光板上装模作样看一看，再敲上一个"检验"的蓝章，一个月赚800块钱。我去过厂里玩，看母亲整个下午都做同样的事，问她："你不戴眼镜真的看得清楚吗，妈妈？"

"要你管。"她答，"眼睛大的女孩子都不喜欢戴眼镜的。"

也许她是对的。于是我只好小心望了一眼那些复杂的线路，它们镶嵌在绿色的硬板上，据说会抵达千家万户。也就是在我每天和"那个人"相逢打心理战的时候，我母亲跳槽去了合资企业上班，每月收入到了2000块，很多人都羡慕她，她却假装淡淡地说"啊呀老厂效益不好，只能过去先做起来看看"。"合资"二字在上海话听来，就是"盒子"。"盒子"又令我想起琪琪爸爸手中捧着的木头方块。这样的盒子也许象征着某种命运。至少，我们的生活会变得好一点。

可父亲却不这么看。许多日子以来，他都闷闷不乐，成天猫在家里打手掌机。我在心里很希望他能够来接我放学，他却总似在生我的气。只有在母亲回家前20分钟，他才舍得放下手头的俄罗斯方块，或者在电视上搏击的魂斗罗，用一只湿漉漉的拖把把地板弄湿。这样，母亲回来时看到地板上有水渍，便不会怪他好吃懒做。

糟糕的是,母亲到了"盒子"上班后,越来越没机会准时回家看到父亲精心布置的那些水印。她每天回来时,地板早已经干透了。我的心情总是随着水的蒸发而变得越发惶恐,我虽然觉得父亲装模作样不好,却也不喜欢母亲加班。每到那时,父亲也与我一起发呆,我们一起守着热腾腾的饭菜看完晚间新闻、新闻透视,直到天气预报都播完,父亲才会沉沉地对我说"丫头,你先去吃",每到那时,我会突然觉得他有点可怜。然后我只能开始胡乱弹琴,叮叮咚,以搪塞他的叹息。叮叮咚。

但我并没有像外婆那样劝他去找一个工作。他也没有像外婆一样劝我不要再和妈妈睡一张床。

在无数个等待的时间里,随着父亲,我看了风风火火的甲A联赛(十几年后我发现他妈的原来场场都是假球),也看了无数场红歌演唱会。我父亲总说,还是毛主席的时代好啊,而后嘴里就哼上一段。我说我们学校也要表演《红灯记》的,他便要我唱出来听听,但我一开口,他就笑翻,说我演得一点不像李铁梅。他说自己要是到了日本就改名叫鸠山峰,因为他在假肢厂表演时,就老被分配演鸠山。

可鸠山是个坏人啊。在我心里,只有像"那个人"一样的人,才能叫作鸠山。但我却不能和父亲这样说。他下岗以后,我总是没法开头同他说些要紧的话。

201

3

在那个清晨,当我看到"那个人"终于向我走来的时候,脑子一片空白,虽然我早就觉得这一天会到来,但真的身临其境,依然觉得惊心动魄。"那个人"没有骑车,他目送满头臭汗的胖墩滚进大门后,我看到他手里擎着一只砖头似的大哥大。于是我突然想他在小便时,难道还一手擎着那个黑玩意,一手把着那什么吗?那真是太滑稽了。当他那张盛开烟花般的脸向我行来时,我竟然满脑子都是小便和大哥大之间关系的事。以至于不自觉还尿了裤子。

我知道"那个人"为什么到我面前后不由分说揪起我就走,也知道他知道我没有喊叫的原因是因为根本就认识他好久。我看着他粗壮的胳膊,脑子里过电影一般想象出了许多英烈牺牲的画面,包括刘胡兰、董存瑞、邱少云、雷锋。总之他们的血被染成了我脖子上的红领巾,现在我的血恐怕也要染上一条,到那时,我脖子上的钥匙圈也会成为壮烈的象征。而后许许多多中小学走廊里,都会挂起我微笑的海报,注释着我说过的语录。

"那个人"把我安放在学校门口的小树林里后,不停搓手。半晌问了我一句话:"你现在晚上和谁睡?"

"芬迪克……"我颤颤地回答。

"那是什么玩意!?"他没好气地问。

"我的大象。"我答。

"就你和它吗?"他又问。

"还有妈妈。"

他想了会,又问:"那你爸睡哪儿呢?"

"妈妈旁边!"我假装不假思索。但其实我撒了谎。

而后我看到他的表情变得有些狰狞,狰狞中又带着为难。他突然放开了我,示意我快点走,又陡然叫住我,说:"你爸妈要离婚了你知不知道啊?"我湿着裤子,箭一样地奔向校门口,但已经来不及。因而那天的小黑板上,又赫然写下了我的名字,好像一切都是我的错。

4

从那个梦一般的早晨之后,我开始变得非常讨厌胖子。我喜欢在体育课上看胖子跑步,跑得快要厥过去的面目,会让我觉得好安心。我甚至怀疑是不是真的有过那么一个早晨,我竟然和"那个人"单独说了几句话。但事实是有过的,至少我尿湿的裤子可以作证。那种湿漉漉的感受,往后似乎绵延了我整个童年。我回去以后,还丢了并没有与我睡觉的芬迪克,抽出了它肚子里的棉花。

每天,我依然和父亲一起等地板上的水干,在他去厕所小便的时候,我会故意把地板再拖一遍。我母亲的桌上有时会出现口红,有时是香水,她第一次带我去逛徐家汇新建的东方商厦时,我觉得一点也不开心。吃了肯德基,也觉得很难过。

中秋节的时候,我打翻了班级的一锅汤,后来被免职。琪琪很同情我,对我说,没关系,你可以送老师一瓶香水,这样就没事了。我觉得琪琪真好,她总能给我指一条明道,但在那个湿漉漉的早晨以后,我也不太愿意听她的建议了,主题班会她要跳《我的祖国》,让我当伴舞,我也不太高兴。没有什么原因,或许我只是觉得,和升旗、当英烈、当干部相比,还是爸爸比较重要。

我每天依旧会路过琪琪爸爸开的熟菜店。但琪琪的爸爸似乎也是在那一天过后,变得对我异常关心。他常常用油纸包一块红肠、方腿给我,他店对面的里脊肉阿婆,常常也会卖我三根,只收我两根的钱。我很感激他们,却也极想踢翻他们手里的木盒子。

在琪琪的推荐下,我成为了一名光荣的、可以摸到绳索升旗的真正的升旗手。时隔不久,我也恢复了继续拎汤的职务。一切仿佛一点都没有变,回到原点,又仿佛彻底变透透,再也没有转机。

在我要升四年级的时候,学校里出了一件大事。"那个人"的儿子,被怀疑受到家庭虐待,引起了八方注意。我心里很疑惑,为什么他饱受虐待还能这么胖,但后来报纸上说,他"被服用"大量避孕药,导致激素紊乱。我母亲也从报纸上知道了这件事,她冷冷地说:"我就说画画有什么好学的,以后就停了吧,弹弹琴就好了。"

父亲只顾玩手掌机,头也不抬。

"你听到没有啊?"母亲说。
"嗯。"我答。
"呃。"父亲答。

父亲突然问:"你以前不是说他人挺好吗?不是说他儿子画画也好吗?不是说他们家都用上大哥大,很有本事吗?不是说你们没有联络了吗?这报纸上并没有说学校人名,你怎么知道是他,是他儿子,是画画出的事……"

我的心逐着父亲的声音一点点变凉,就好像地板上逐渐干涸的水渍。关键是,我到底该帮谁,该站在哪边,该怎么变成水汽消失在这恐怖的氛围里。

5

四年级学期末,父亲问我要跟谁一起生活,我哭了。母亲问我要跟谁一起生活,我也哭了。其实我心里一点也不难过,因为我在很久以前的小树林里就知道了这件事。但我不能让他们知道我并没有因此而不开心,还光荣地度过了一整年。在这一年中,我每次听到国歌声都心潮澎湃,每次去烈士陵园扫墓都最积极。我虽然已经不想当英雄了,但还是好想英勇地死一死。临死前从兜里掏出一张入党申请书,交给泪眼模糊的父母说:"请帮我交给组织,这是我最大的愿望。我还有一个最大的愿望,就是你们不要离婚。"

我一直记得父亲离开家前,问我要了一本《新华字典》。他是提着箱子走到门口,突然又折回来。把我抱到床沿上,从书架上抽出两个版本的字典,左手一本1985年版,右手一本1992年版,问我想留下哪一本。

"丫头,1985年啊,是你的生日年;1992年呢,是你要上小学,爸爸给你买的。你说,你要哪一本,爸爸就拿另一本走。"

那一刻我看着他的脸,是真的有点难过。我想,我再也不能和他一起看球、唱戏、装模作样拖地板,其实是等母亲回心转意了。我甚至不知道,他这样整装待发,究竟要去哪儿。他到底有没有打算好好找一份工作,其实,这也没有什么不好。我最讨厌别的同学问我爸爸的工作是什么,我不喜欢假肢厂,这听起来好滑稽,所以,下岗也没什么,我一点也没有因此不喜欢他。但这些话,他都没有问过我啊。他只问我好几遍,是喜欢红的,还是白的;是喜欢85年的,还是92年的。我作为一个选择障碍人,真适合把名字写在黑板上,挂在家门口、学校里、脖颈中:

"今日不选,郑小洁"云云。

呵,爱

1

"啧,怎么开不开的啦!你来试试看。"

我第一次带男生回家的时候,就撞上了隔壁邻舍阿金。她一开门,她们家约克夏就像强奸犯一样急吼吼地窜到我腿边,把着我的小腿。我尖叫一小声,心里倒不怎么害怕,反正这种事也不是第一次发生了。

"小惹气!快点帮我死回来!"阿金于是佯装抱歉地对它凶两声,再将它捧回屋内,都不带看我一眼的。

"啊呀,阿哥,你怎么连扇门都开不开。"我踹了铁门一脚,故意嚷嚷一声。那时候公房的铁门不比公寓,贱格得很,你别看它不经踹,嘎吱嘎吱乱响,它有时也不容易打开。防主人比防坏人还上心。

我看见艾达听着我说的话,眼睛里闪过一丝不明了的光晕,手中颤动的锁匙停顿了半秒。

"你为什么要叫我阿哥?"他看着我,仿佛在这么问。

"我也不知道,就是心里头突然一慌。"我望着他,仿佛这么回答了。

推门进房间的时候,我瞥见对面阿金隔着纱窗,正幽幽地望我们,心底涌起一股躁愤。手脚也变得重了起来。"十三点",我一甩门,不轻不响地咕哝了一句,倒是又惊到了艾达。"她老公一直在外头轧姘头,我亲眼都看到过几趟,所以她气得脑子坏掉了,看谁都像在轧姘头,搞得自己像联防队一样。"我没好气地说道。但我讨厌阿金,并不是因为她撞上我和艾达,而是她总能撞上我们家很多人。在所有非正常的状况中,她的眼神都高调地出席,从不遗漏。有时我真是吃不准,这种糟糕的敌意,究竟是出于我心中有鬼,还是她居心难测。

趁着我关门的时候,艾达利索地换了鞋,好像懂礼数的客人。待我转身,他已经乖巧地立在客厅中央,头顶差半点就能碰到电风扇。这在我们家可是从未发生过的景观,我母亲找的男人都不高,但她毕生的愿望就是能嫁个长脚老公。后来,她只得把这个任务转交给了我。

看着艾达兢兢地立在吊扇下,我心内涌起一阵难以细表的欢喜。因为他的身高,给我家的面貌带来了新气象。好像他甫一进入,整间屋子都变得局促、警醒了起来。这是我从未有过的感觉,好似走进空调间,毛孔自行苏醒,透起了第一口新鲜气。

那年初夏来得出奇早,总之我和艾达乘着隧道二线慢悠悠探出路面时,他全身已经黏腻腻了。我没有靠在他身上,也没有说出什么要紧的话。几次想要碰碰他的手指,好像电影里演的那样,又突然觉得来日方长。

我想,或许我该等到他说欢喜我的时候吧。

我在逃课时遇到了艾达,这在我们学校也不算什么稀奇事。确切说我是看到他拎书包出教室门之后,才迅速收拾东西跑路的。我对同桌阿诗说:"老师要是问起来,就说我去打核酪针了哦。"阿诗是我最好的朋友,也是我懵懵懂懂混迹中学生活时最贴心的挡箭牌。但也许她该恨我,如果如今她还记得艾达这个人的话。

高二以后,我和艾达常坐同一辆车回家。而他坐过了站却没有下,那天是第一次。

后来我们穿过的那条隧道是1972年造的,艾达家住在大木桥路,而我家在耀华。动迁前,我和我妈两人也住过大木桥路,动迁后,艾达搬进我家的原址,我家则迁到了隧道的另一头。我妈说,早年为了提防外敌破坏,隧道内的扬沙熏死了不少站岗的解放军。我出生以后,每每出门都要钻过它,可这七八分钟的黑暗路程,再没有军人守护了。我甚至从未亲眼见过它有人守护,于是解放军成了一个古老的传说,又像是不散的阴魂,盘踞在我童年的心中,是一副肃穆的形容。

穿行途中,车厢顿时暗得令人惶惶。我本来想对艾达说说这些传闻的,可见他都不怎么敢看我,又费力地隔我一拳而坐,便识趣地收了声。他忍住不看我,我则尽量不看他,他在喧闹中盲目地感知我,我在沉默中费力地揣测他。后来这段同车的记忆在我心目中,一直都有着重要的地位。那条颀长的黑暗甬道、车轮与地面的摩擦声、艾达直视前方的凝神与悄然散佚的汗味,都好像擎着一个巨大的"屏"字,立在我青春期的末端,扮演一个装腔作势的排场。细想起来,还真叫人难忘。

因为尚不到下班下课的时间,车厢很空。我们俩坐在后排暖洋洋的车座上,随着路面偶然的凹凸而上下颤动。艾达显然很不习惯这般剧烈震颤中的沉默,汗不住地顺着脖颈,在恤衫上漾开。好像他平日里打完篮球一样。

"还有多久啊?"他小声问我。

"快了。"我回答。

话音刚落,"砰砰"两声巨响,我们又吃到了一记"弹簧屁股"。艾达发梢的汗珠轻盈地跃到我腿上,一溜烟地下到脚踝。

"其实我没有来过浦东啊,也不知道该怎么回去。"艾达支支吾吾的,发了一个热烘烘的哆。

"原路回去咯。"我心想。

"我送你咯。"但我回答他,好像一个上路的老阿姐。他便轻柔地笑开了,抓紧了我的手,裹着蒙蒙的一团汗。这是第一次,我和一个男孩拉手,但他从来不是我的男朋友。

2

"那么热的天,你为什么不穿短裤啊?"我问道,一面费力地摁着空调遥控器的开关。它接触不良,或是电池老化,谁知道呢?总之,我花费了许久,都没有打开冷气。最后只能悻悻地回房间开了摇头扇,一屁股坐在地上,把电池抠出来,再重装一遍。

艾达跟着我,小心地顾盼起我的小房间。我虽有些紧张,倒也不至于太不自信。

"你不要看我们家小啦,以前多少也风光过的。我爸爸是开游戏机房的,后来你知道的呀,你们这种人都去网吧了,他也无心变革。最主要是病了,得了严重的糖尿病,我妈就和他拜拜了。这也没办法,我妈眼界高啊,小时候没吃过苦,帮我可不一样。总之她现在的男朋友都可有钱了。"

"病了就分手啦?"艾达问。

"是啊。世态炎凉,你懂哦啦?但我爸命很好,就这样了还讨了新老婆,也不知道人家图个他什么哦。"

"喂,你们家是不是不太开空调的?"艾达突然扯开一句。

"屁咧!我们家一直开一直开,这不是第一天热起来嘛。"我赶紧反驳。

"可是,你空调上面的插头都没有插啊。"艾达指指天花板边缘脱落的插头,从书包里掏出一瓶矿泉水,我看到他黏腻腻的喉结上下活动了阵。

"哦,那帮我插下呀,"我说道,"你竟然还带矿泉水,好像乡下人哦。早知道我们买瓶冰结进来了。"

艾达拖来张小凳子,立了上去,顿时头就冲到了天花板,"砰"的一声。

"冰……结,老……贵的,"这话仿佛是他撞击头壳之前就酝酿好的,没来得及咽回去,"你有钱吗?"他问。

"没有很多,但有一点点。"我答道,边打开冰箱,见到我妈替我留的绿豆汤,于是拿了两听冰镇啤酒出来。

"郑小洁。"艾达低头喊我。

"啊?"我抬头望他。

"呃……好像插不上啊。"他尴尬地望着我,站在高处,举着手,好像座丰碑。

"算啦,其实也不是很热啊。"艾达边说边跳了下来,把小凳搬回原处。

"你说你怎么什么都做不好喏,门打不开,插头又插不上。"我抱怨道,将啤酒递给他。

在这间并不真正属于我的小屋子里,我和显得很大只的艾达席地坐了下来。没有了方才的忙碌,四目对望,反倒有些尴尬。其实我们俩没有很相熟,在学校,甚至看起来毫不相识。艾达算不上我们班上的风云人物,中学里有很多这种人,他们在你的回忆中是没有性情可言的。艾达也差一点成为了这类角色,若不是阿诗欢喜他的话,我可能永远都不会为他回忆一个故事。

"我不穿短裤,是因为我腿上有疤。"艾达拉开了啤酒环,缓缓地说道。

"嗯,我想也是。你连运动会,都穿长筒袜跑步。"其实这事我是从阿诗那儿听来的。"我那时就留意到了,"我继续说道,"男人有疤挺好的,你看电视里,很灵的男人都有疤。"

"谁啊?"他问。

"包青天。"我心想。

"许云峰啊!"但我说道。

"其实你知道哦,我也有两条疤的。"我微微扒开了短裤上沿,露出了一道突起的粉红肉痕。

"两条?"他瞟了我一眼,呡一口酒,仿佛带着轻蔑,静静地卷起了裤管。

他的长腿,正如我想象的那样粗壮有力,却布满了"地图鱼"一样浩大的斑纹。我暗暗地倒吸了一口冷气,却又不得不佯装镇定。我猜阿诗看到这一幕真是会喷出眼泪,幸好我不及她爱艾达。我当然也欢喜他,可只有一点点欢喜。但我想在我以后,艾达完全可以用这个动作骗过很多女生。

"那……你是怎么弄的啊?"我自行掐掉了之前的那个可能表示出惊叹的"哇"。

"小时候,绊到了火锅的电线,烫的。"他架了下眼镜,淡定地说道。

"油烫的啊?"

他点点头:"所以,后来我们家再也没有吃过火锅。但我爸妈关系也不好,常常为了这件事吵架。"

我看着他,有些不知所措地笑了下,不知道要怎样继续这个话题。

"那你考完大学以后打算做什么啊?"我问。

"踢球咯。还要学吉他。还要跟我爸爸去澳大利亚。"

"澳大利亚不是养老的地方嘛。有什么去头。"我不屑地说。

"嗯,可是我爸爸说,要移民,这是最好的时候了。"

"哦。"我静静地回答,有些不成气候的失意。

"那考完,一起出去喝酒么?"我又问。

"喝酒算什么啊!我天天喝。"

"哦,呵呵。挺好的。"

见我愣愣的不知说什么好,艾达突然说:"其实你笑起来的样子,还是蛮文静的。"

"我本来就是啊。十三点。"我白了他一眼,又突然笑了场。

"那你是怎么会有疤的呢?"他问道。

"打针啊,把肌肉给打萎缩了,只好去开刀。左边拿掉一块肉,右边拿掉一块肉,屁股就比人家小一圈。以前我在手术室啊,旁边的小朋友开六指,好吓人啊,我们同病房只有一个小姑娘也是开屁股,其他都是六指。医生叫我们都不叫名字的,我叫'臀肌',边上叫'多指',听上去好像囤鸡肚子。然后我开好刀啊,屁股上伤口都不缝合的,要插根管子做引流,每天把血摁出来,麻药也没有的,医生来我家帮我摁的时候,我就趴着看《快乐大转盘》,我妈就躲到厕所间。"

"呃……"说完这一大通话,我被胸内涌起的酒气逼出了一个嗝。

"疼吗?"艾达问。

"噢哟,忘也忘记了,大概很疼吧。总归比说起来的要疼一点的,"我回答道,"那你呢?油烫到会起泡泡吗?"

"很多啊。"艾达回答,"腿上一排白色的泡泡。其实我也忘了疼不疼。"

泡泡瘪掉以后,原来就不是白颜色了。艾达的腿上,密布着深棕与浅棕的花纹,好像一道道年轮,或者年轮蛋糕,总之是那样一类会令人感到馋的东西。

"能摸吗?"我心想。

"再让我看看吧。"但我说道。

艾达于是将他的地图鱼长腿伸了过来,搁在我的两腿之间。

"有毛。"我见到。

"真作孽哦。"但我说道。

我双手向后撑着地,适时感到了极其的不适,有冲动想要换个姿势,却迫于某种神秘的力量,暂时不得动弹。隔着蒙蒙的燥热,我注视着他的眼睛,他也注视我,伴着均匀的呼吸。

"其实上面还有。"他嘴里猛地迸出一句,佯装平静。可是却脸红了。

我心头一紧。

艾达于是,再次将裤腿上卷,地图缓缓向纵深处继续延伸。或深或浅,或明或暗。肌肤的纹理在受伤之后,竟能以如此传奇的面目顽强地愈合,实在令人震惊。若不是艾达年轻力盛,抑或是他再消瘦一些,他的腿大概就帮我们小区里劈开的中型树枝没两样了。

"那……一直到哪里啊?"我看着他的腿,问。

"就这里啊。"他轻声回答,指示给我一个大致的方向。

如今回想起来,我实在是不明白,明明能一目了然的东西,为什么会突然想要摸一下。更何况,我好像并没有那么那么欢喜艾达,在当时,我顶多只有一点点欢喜着他,和他的那条性感的地图腿。

彼时,易拉罐周围已经化开了一圈水,我爬向艾达的时候,膝盖冰冰凉。手臂因为突然改换的姿势而顿时脱了力,麻到不行。于是只得凭呼吸借力,将手指兢兢地、兢兢地探了过去。那一刹那,其实我的脑海中并没有瞬间空白,我突然想到了曾在合唱队时唱过的一句歌词,叫"今日里心跳分外急",是唱什么的呢?我想想哦,好像是江姐,在快要死掉的时候,突然激动了起来。

3

"好……平啊。"我只是屏住呼吸,注视他的眼睛,并未细细打量指间游走的曲线,"我还以为有疤是不平的呢。"我说道,呼了一口气。

"哈哈,难道你以为是'连山叠翠而西转,群树分形而北疏'吗?"哎……他好像一个吃饱老酒的秀才哦,冒着汪汪的朽气,惹气死了。

我最讨厌古文,考试全抄阿诗的。但我灵机一动,狡猾地说道:"什么?什么西转啊?是……这么……西转吗?"

他的眉头掠过一丝惊愕的神色,转而又低头笑出声来,折身蜷了半秒。我可从未见过一个人有这样的表情,但我觉着一个人大概不会有第二次这样的表情,于是瞬息间就感觉颇为得意。这并不是可笑的事体,却令人禁不住欢喜不已。

"那难道,你的……不平吗?"他将我转了个身,搁在他胸前。手指自然地越过了我的裤腰。

"侬做啥啦!"我拍掉了他的手,但又没有说出什么回绝的话。他于是停住了,静静地靠着墙。

"喂!"我倚着他。

"嗯?"他并没有抱我,手指似有若无地点着我的腿。离我屁股上那道疤痕,还有不近的距离。

"我觉得你好像我在上海书城碰到过的一个色狼哦。"

"什么?你说什么啊……"

"就是我和阿诗啊,跑到上海书城去买书……"

"你买书?"

"神经病,就是陈老太说要买的精编呀,不是说做了就能进一本的嘛!"我拍了下他的"地图",愤愤地说道。

"哦哦,那后来呢?"

"后来就是有个人一直在我背后,顶着我。"

"但是我没有顶着你啊,拜托,是你带我回来的唉,还让我坐在这里。"艾达涨红着脸,矢口否认。

"你急什么啦?噢哟,我就是随便说说呀。"

"哦。"他应道,又开始酝酿他的"一拳功",好像受惊的小动物一般。他的小腿绷得直直,仿佛在拉筋,又沾着冰水。我退身打量他,竟然觉得他紧张的样子有些滑稽。

我站起身,将裤子摆弄好,又蹲下来,喝了口已经不怎么冰的啤酒。

"能让我亲它吗?"我试探地问。

"啊!不要不要。"他顿时收紧了腿,又大叫了一声。

"真小气,你乱叫什么啦?"我问道。

"抽,抽筋……"他皱着眉,捧着腿,嘴里还发出"咝咝"的呻吟。

"啊哈哈哈哈哈。"我坐在一边,笑得差点死过去。

"啊!你邻居!"他突然惊愕地拍我一下,指着窗口方向。

我心头一凛,猛地回头。

"侬是十三点啊!!艾达!"我尖叫道。

其实我自知无法同艾达相比,很多事都是这样。尤其是他那天来到我家以后,尤其是我亲眼看到他表演给我看自慰的时候。我缩在床脚,突然感到很伤感。其实这种伤感在我的生命中并不常见,因为我是个挺傻乐的人。而我突然不想再多欢喜他一点,是因为我觉得首先他不会是我的,我们顶多能成为比好朋友更好一点的朋友;其次他永远都不会是我的,因为他太乖太好了,我们是两个世界的人。

我是个很乏味的女生,直接,又死要面子,其实很久以后也是如此。

譬如艾达会打球,我不懂,我就不同他谈体育。譬如他会弹钢琴,我也不懂,我就不同他谈音乐。譬如他有父母,我不算全有,我就不同他谈家庭。而他的这些"有",我都是从阿诗那儿批发来的。阿诗真好,总能给我一些派得上用场的信息。但她或许永远都不会知道,我曾经看过她最欢喜的艾达不为人知的身体。而要不是最后出了一些小小的意外,也许我会知道得更多。

毕竟那天,我的确是亲了它,是它,而不是他。那是我第一次真正看到男人的身体。而艾达给我留下的美好,亦不会随着这个故事的烂结尾而有所稀释。

因为艾达永远不会按着我的头,好像把着一个节拍器,也不会要求我费力地撅着有疤痕的屁股,后又背离承诺地将体液喷在我的脸上。他不会自称爱我又嫌我,在我嘴里捣鼓了半天之后,便不再亲吻我。我们的对话中从不会出现"对不起""不好意思""没事吧""要紧吗"之类啰唆的马后炮,但你知道,如今想要找到一个纯粹收集"十三点""神经病""你去死"的有劲乖男人真是越来越难。

奇怪了,我怎么说着说着突然有点想哭呢。啊哈。

那么话说回来,其实艾达表演的过程还是挺让人难忘的。他因为想要为人师啊,我又不懂得到底该怎么玩。

后来,为了表示某种诚意,我告诉了他一个巨大的秘密。那发生在我爸我妈离婚前,有一天晚上,我爸问我妈说:"阿拉可不可以覅离婚,一直到死,我们可以不做那个事情,但你陪陪我到死好哦?"

我妈不吱声,别转屁股对着他。我睡在她身旁,也别转屁股对着他。就这事情,我内疚了整整十年。尤其是他并没有那么快死掉,心酸真绵长。

我问:"你觉得我爸可怜哦?"

艾达说:"其实也还好,不过也蛮可怜的。"

我问:"为什么还好?"

艾达说:"因为我觉得他也可以自己做那个事情呀!"

我问:"怎么做?"

窗外挂着很大的太阳,我已将窗帘整个地拉起,竟也无补于事。摇头扇嘎吱嘎吱地努力工作,却依然没法阻挡我与艾达额头沁出的一拨又一拨汗珠。好在,艾达彼时已经忘记他的伤腿了,我却缩在一旁看得很清晰。艾达主要烫伤的部位是在整条左腿,以及右腿的上部。双脚并拢的时候,仿佛是一片相连的图案。亲昵、隐秘、不朽。

或者我不该提出这样古怪的要求,他也不该憋这口莫名其妙的气。因为待他再度直起身的时候,就连脖子都是绯红的,手臂也是。眼神极其浑浊。我以为他要凶凶地说:"这下你满意了?"但是他没有。

他说:"郑小洁,我头好晕。"

4

艾达说"郑小洁,我头好晕"的时候,我听到了远处踹铁门的声音。

"阿金啊,阿是抱囡囡出来散步啊。噢哟噢哟,只小惹气!"我听到了我妈的声音。

"喏,我带阿弟回来搬一只冰箱呀,要挪个位置,声音太吵啦。"

"阿弟"又是什么东西。

"艾达,艾达。"我推推他的腿、肩、脸。

他却整个人都红通通的瘫软在我的身上。

"艾达,你醒醒啊,侬不要吓我啊。"我被吓得半死,试图将他架起来,他却太过大只。我随便扯了两张餐巾纸,把地上的白色液体擦掉。又将他的裤子系好,为他拭去脸上的汗。他费力地睁着眼睛,不出声,只是红通通的看着我,好像要看破我一样气势汹汹,却又慌张地拽着我的手。

"搬冰箱啊,哈哈,哪能让侬想出来的。"

我听到了一个男人的声音,妈的,却只能屏住呼吸。

"个你要我说什么啦,难道说搬人啊。"

大房间的门,于是被不轻不重地碰上了。

"艾达,我跟你说,我妈回来了,我们一定要走了,趁他们不在客厅的时候。"我把着他的脸,轻声地对他说,"鞋我会帮你提,我们先赤脚走出去,你不要出声,记住了吗?你能自己站起来吗?试试看好哦?"

艾达瘫软的时候,就不及方才那般挺拔了。我悄悄地打开门,看了眼挂钟,发现临近四点。若是在平时,我四点三刻左右也要到家了,他们还真够带劲的。我想着这些,一肚皮脏话就涌上心头。

我背着自己的书包,提着艾达的包。穿着夹脚拖,提了艾达的鞋——他们竟也没有发现这双陌生球鞋的出现,真够昏聩的。

我悄悄关上门,习惯性地瞥了眼对面,见到阿金正隔着纱窗遥遥地盯着我。我来不及与她计较,总不见得等那小色坯再出来一次。于是跟跄着架着艾达跑出楼外。路过屋外时,隐隐地,我在窗下听到房间内窸窸窣窣的声响,有些不是滋味。

"阿姨好啊!郑小洁,他们在干吗?啊哈哈哈。"他醉得不轻,醉得我毛骨悚然。

我将艾达扶到花坛边,替他穿好鞋。

"你轻点。"我说,"快走。"

5

在隧道二线上,艾达沉沉地靠着我,口中、鼻腔中都冒着浓浓的酒气,好像喝了几坛子那样。黑暗中我一直摸着口袋里仅剩的五个硬币,好像这是挽救艾达唯一的资本。我甚至希望这条甬道能够长一点,更长一点。希望两边能站上一些哨兵,至少好让我知道,我是被守卫着的。

雨水倒灌、海水倒灌,无论什么巨大的灾难,在那一刻都变得不那么恐怖了。我突然还想找一找爸爸,虽然想起来我有很久没有见他了。在那个别转屁股的夜晚以后,他就彻底消失在我和我妈的生命场内。好像从未出现过的解放军一样。

可我该怎么办呢?这不尴不尬的时间,学校都放学了,艾达却喝醉了。他不是说自己天天喝酒吗,真是见鬼。男人都是骗子啊。

6

"喝醉酒?他酒精过敏啊!要死噢,这要去医院哦?你看他手臂上都是疹子啊……可是……你们两个怎么会在一起的啊?你们两个认识的啊?"

在南洋中学门口的公用电话亭前,我打电话找来了艾达的好朋友林君。

7

待我辗转着回到家的时候,天色尽黑。我猜着那个"阿弟"应该已经走了,于是才失魂落魄地转回家。

我一个人开门的时候,阿金就从来不看我。反正总有一天,我要把她的一对狗眼睛给抠出来。这个该死的八婆。

"你要死啊!这么晚才回来。你又野到什么地方去了,还只穿了条背心。你啊是以为三伏天到了啊?这才6月啊阿姐。"

我嗅到一股浓郁的青菜味扑鼻,真令人作呕。不知为什么,仅仅相隔几个小时,这家中弥漫的新氛围,已经到了乌烟瘴气的地步。

"回来啦洁洁。"

我一惊,竟然听到了一个男人的声音。

"不是吧。"我心想。

"叔叔好。"我却说。

"洁洁啊,我一回来啊,忙是忙得要命,都没有空帮你理东西,你的房间还是叔叔帮你理的哦。你还不快给叔叔开听酒。"

房间?理?我的天!……

我冲回房,看到地上的水渍没有了,餐巾纸也没有了。我一转身,发现他正站在我身后,头顶只到我鼻梁那般高。而且他竟然是一个大蒜鼻。

"你以后不要碰我东西!"

我听到了我妈把菜放入油锅的声音,"刺啦啦"一声巨响。

"我不会说的,那双鞋的事。"大蒜鼻朝我鬼魅一笑,真是比不笑更加丑陋。我发誓我没有在任何场合下见过这么丑的男人,他丑得令人无法想象这样的人也曾拥有过青春。

我妈为什么不对这种人别转屁股呢?她是真的老了,还是糊涂了?

"你说好了,我又不怕。"我愤愤地说,"出去!"我喊道。

"还有餐巾纸的事哦!"他继续谄媚的嘴脸。

"出去!"我大声喊道。

他于是礼貌地退出了我房间,似笑非笑。

这一个还真是不如上一个。一个不如一个。我心想。早知道,小时候就不要作掉那么多男人了。如今可谓后悔莫及。我真是天真,以为谈恋爱这种事,下一个总会更好的。但我妈的经验告诉我,下一个只会更糟。

8

许多年以后,当我在人人网上找到艾达和阿诗的时候,艾达已经定居堪培拉。今年夏天,他还贴出了一组在夏威夷和比基尼美女的合照,穿着花哨的长裤。阿诗则考到了纽约大学。我知道的,用城市命名的大学,就算不是太好,也肯定不会太糟,好像北京、上海、南京、纽约什么的。

万幸的是,还好那天艾达没有撞到大蒜鼻。还好我和艾达也没有更深入的交往。分班以后,他就回家准备起雅思,而我也不过本着重在参与的心,加入了颓废的文科班。艾达永远也不会知道,大蒜鼻后来真的成了我的继父。他和我妈结婚以后,我有时觉得我妈也又矮又臭。

大学三年级那年,我爸死了。他死的那天,我带着男朋友乘着老态龙钟的公交车,去浦西见他最后一面。我爸穿着西装躺在透明的棺材里,面无表情。他老婆念了悼词,说他年轻时参加自卫反击战吃了不少苦,腿上全是伤。复员以后开游戏机房又常常被地头蛇吃生活。这些事连我都不怎么知道,真不晓得她是怎么知道的。

"你爱你爸爸哦?"回家以后,我男朋友问。

"一般吧。"我回答。

我打开了他家的窗门,拉上纱窗。对面再也看不到阿金,也是好事一件。其实要感激他收留我,或者说爱我,令我即使没有念完大学,也不必天天守着大蒜鼻那副可怕的嘴脸。

"你知道哦……我爸和我妈离婚前,有天晚上,我爸跟我妈说:'阿拉可不可以麭离婚,一直到死,我们可以不做那个事情,但你陪陪我到死好哦?'"

"我妈不吱声,别转屁股对着他。我睡在她身旁,也别转屁股对着他。就这事情,我内疚了整整十五年。"

我问:"你觉得我爸可怜哦?"

他说:"我也很可怜啊!我不想也那么可怜呀!"

其实我觉得他一点也不可怜,他顺手拿走了我全部的第一次,最后还同我分了手。很难说我没有难过吧,可难过又有什么用呢?

我们最后一次做爱是在一年以后的夏天,两罐冰镇的啤酒下肚,地上全是化开的凉水。

"还有多久啊?"我小声问他。

"快了。"他喘息着回答。

那一瞬间我还是挺难过的。因为我想到了艾达,在那条我无比熟悉的甬道里,手擎一个巨大的"屏"字,跌跌撞撞地吃过弹簧屁股。那年是他第一次随我一起穿越黑暗,也不知道是不是看到过光明。

附录：

痛，且飘浪在风中

——张怡微的青春书写

王宏图（复旦大学中文系教授）

谁的青春不迷茫

青春，这个在报章媒体、日常生活中频频亮相，经高强度使用而日渐磨损、散溢出陈腐气息的语汇，在不经意间也会惊爆出意想不到的活力，给人们苍白的心灵注入一脉奇谲的灵感，催生出甜蜜苦涩兼备的回忆。谁的青春不迷茫，这句坊间新近的流行语精准地道出了人们的心声。青春是热情之花，是至圣至洁的理想的肉身，是骚动不宁的精灵，是对难以企及的彼岸的憧憬；它是生命力的苏醒与自觉，是力量、智慧完美地集聚于一身。青春是懵懂，是少年不知愁滋味强说愁的预演，是赌徒般的孤注一掷、圣徒式的义无反顾，是生命力的偾张高涨,它是鲁莽、褊狭,是狂喜、幸福,是与众人圆融无碍地合为一体,同时它又是忧郁、感伤,孤独一人长吁短叹。它是自我生命的萌蘖、生长、赋形、认同,瓜熟蒂落,又蓄积了众多的仇恨与绝望,催生出血腥的争斗乃至残杀。可以说,它成了人类生生不息的生命力的绝佳标本。

如果将青春单单视为一种自然和生理现象,那就会对其丰富的文化意味视而不见。而在现代社会的框架里,青春被赋予了一种超越其生理性和自然性的符号象征意义,并借此衍化出了一种新型的文化想象:在传统社会秩序与社群分崩解体的背景中,青年不再仅仅充当社会驯化的对象,不再是一系列已有既定规范、程式的体现,不再是恪守祖宗成法的孝子贤孙,他们突破了传统的人生轨迹的拘囿,不断探寻、不断开拓新的未知领地。这种浮士德式的内在精神的不满足、持续不断的求新求变、与传统观念的断裂,与现代性变动不居的特点恰好不谋而合。而正是在这个意义上,青春成了现代性最为典型的体现,而青春书写也成了当今人类对自身生存意义追寻、价值确证的重要途径。

20世纪90年代后期,刚刚崛起的"70后"作家便开始将个体一己独特的生存体验(尤其是青春成长的经验)作为最重要的写作资源,而在前几代作家笔下占据显赫位置的历史、社会、家国伦理,以及个体与历史社会的紧密粘连等主题黯然退居到幕后;到了21世纪初崭露头角的"80后"作家那儿,这一倾向不断强化,并蔚为大观。虽然它招惹了不少正统批评家的非议贬斥,但新生代作家却也借此确立了他们富有叛逆性的写作姿态,"青春书写"也成了他们共享的文化符码之一,一种未能免俗,但却颇为有效的自我标记。作为"80后"作家中的佼佼者,张怡微同样专注于从不无伤痛的个体经验中汲取素材,以真诚的姿态,祛除层层伪饰,勇敢无畏地袒露内心深处的沟沟坎坎,勾画出一代人曲折多舛的成长历程。梦想、迷惘、挣扎与哀痛弥散于其文本的字里行间,构缀成一曲曲明艳阴暗交织的旋律,让人们真切地感受到扑面而来的丰沛活力与激情。

我真的不想来:伤痛之源

所有的一切都在某个旧历新年前后爆发出来。

父母十年前的仳离,开启了潘多拉之盒,一连串事变由此揭开了序幕。年方八岁的女孩罗清清跟随母亲过上了单亲家庭的生活。十年时光一晃而过,罗清清高中临近毕业,被保送上了外语学院。这构成了张怡微的中篇小说《我真的不想来》的前史,这部小说使她在文坛崭露头角,而它对罗清清在过年期间遭遇的诸多糟心事,以及跌宕起伏的心绪的精细描绘,使其成为她日后许多主题相关的作品的原型文本。

旧历新年在国人生活中起着异常重要的作用,它是整合民族认同、强化家庭凝聚力的盛大典礼,而亲情是其头号主题词,在节日期间它不无夸饰的表演炫耀给家家户户镀上了一层温情脉脉的粉彩。然而,在亲情的面具背后,隐藏着多少不为人知的罪恶与黑暗。与其他在正常家庭氛围中生长起来的孩子相比,近十年的单亲生活给罗清清的心灵蒙上了一层难以祛除的阴影,这在小说的开端便强烈地展示出来:新年临近,她照例又要去外婆家祭拜先人。当她看到簸箕中的黑色尘屑,一阵恶心便涌上心头:"压根没有什么蠕动的尘屑。令她恶心的是这屋子本身,是那种亲密痴缠她的力量,多年来令她无法挣脱,无法遁逃。"它构成了整篇文本的主基调。

"痴缠"这个词语精准地勾画出了亲情内在的隐秘特性。由男女两性婚配、繁衍哺育后代滋生而出的血缘关系网络,构成了人类生活的基本组织。它是自然生理性与社会性的叠加与混合,为后代提供了相对稳定的生长空间,也将沾亲带故的人群置于一个安全网罩之下。在面对诸多外部风险和威胁时,亲情能给人以难以替代的温暖与勇气。然而,众多的家庭成员并不全是知书达礼的正人君子,他们时时刻刻为各自的利益展开或明或暗的争斗、厮杀。亲情一旦破裂,对人们(尤其是未成年的孩童)心灵造成的伤害,远较陌生人为重。在那致命的瞬间,重重温情的帷幕被撕扯得七零八落,先前允诺的安宁烟消云散,取而代之的则是丛林世界弱肉强食的生存法则,而群体至上的传统礼仪规范也阻碍着年青一代人身心的自由发展。在那一刻,家庭不再是温情的巢穴,而成了不折不扣的囚笼。

对于罗清清而言,长久以来,"痴缠"是令她惊惧,但又无法摆脱的生存环境。亲情的利爪年复一年地将她牢牢攫住:作为外孙女,她不得不在年前陪着软弱忠厚的母亲来到外婆家向逝去多年的外公膜拜行礼,不得不亲眼目睹外婆偏心地袒护小姨一家而让母亲利益受损,不得不装作一团和气与小姨与表弟相聚,尽管后者的"荣辱、贫富、欢喜与苍凉都激不起她一丝一毫的热情"。受够了浇薄亲情的折磨,她还得去找父亲,索讨拖欠的赡养费。她从父亲那儿也没得到丝毫的温情,同样的虚伪,同样的冷漠。新年期间她就这样在亲情的网络中周游徜徉,寻觅不到自己的位置。在迎财神的声声爆竹中,罗清清顿时体悟到先前只是模糊感触到,但又不忍正视的现实:亲人们痴缠成一团,"都曾相互渴望,又相互失望。谁都不宠爱谁,存在即是尴尬,是无奈,是折磨"。

那确实是一次不无震惊意味的体验。除旧迎新之际,罗清清才真正跳出了童年时代,用觉醒的目光重新打量周遭熟悉的世界,原先披罩其上的那层玫瑰色的外衣在她犀利的目光刺戳下碎裂崩解,世界真实面相刹那间豁露在眼前。也正是在那一刻,她才真正长大成人,开始走上独立掌控自己命运的道路。这一震惊在莎士比亚笔下的哈姆莱特和李尔王那儿得到过淋漓尽致的展现。出身于锦衣玉食的王室,年轻的丹麦王子无忧无虑地在德国求学,让他魂牵梦萦的恐怕只有心爱的恋人奥菲利娅。但突如其来的变故使他陷于难以自拔的忧郁之中:父亲暴亡,叔父先他一步继承了王位,母亲匆忙改嫁。原先前程似锦的人生蒙上了层层阴暗的云翳,于是深重的感喟在他心头萦回不去:"啊,但愿这一个太坚实的肉体会融解、消散,化成一堆露水!或者那永生的真神未曾制定禁止自杀的律法!上帝啊!上帝啊!人世间的一切在我看来是那么可厌、陈腐、乏味而无聊!哼!哼!那是一个荒芜不治的花园,长满了恶毒的莠草。"尽管那时他父亲的冤魂还没有露面、道出真情,但哈姆莱特已隐约直觉到了这一切变故背后潜藏着的不同寻常的真相。而骄横自得的李尔王,在将国土分给两个善于献媚逢迎的女儿后不久,便遭遇其始料未及的凌辱,这对他不啻是致命的一击。女儿的背叛映射出了令人心寒的世态炎凉,他目睹了世界真实而冷酷的面目,这一切他执掌王权时却是视而不见。在令人惊怖的暴风雨之夜,他流落到荒原上,呼天抢地,抒发内心滚滚不绝的愤懑:"吹吧,风啊!涨破了你的脸颊,猛烈地吹吧!你,瀑布一样的倾盆大雨,尽管倒泻下来,浸没了我们的尖塔,淹没了屋顶上的风标吧!你,思想一样迅速的硫黄的电火,劈碎橡树的巨雷的先驱,烧焦了我的白发的头颅吧!你,震撼一切的霹雳啊,把这生殖繁密的、饱满的地球击平了吧!打碎造物的模型,不要让一颗忘恩负义的人类的种子遗留在世上!"

再转回到女主人公罗清清身上。她百感交集间,不想再像母亲那样逆来顺受、忍气吞声;她要行动,要反抗,要向这世界发出自己清晰有力的声音。于是,精明势利的小姨成了她发泄的对象。她出于面子的考虑,几次三番邀罗清清去她家做客,罗清清打电话过去,对着小姨歇斯底里地吼叫着:"我不想来!/我真的不想来!/我一点也不想来!"这可谓振聋发聩的宣言。罗清清以这种怪戾的方式完成了她的成年礼。然而,未来的道路在她心目中依旧是一片迷茫:"人说爆竹声中一岁除,可除岁间苍老了谁、迷途了谁、屈就了谁,又成长了谁?"

《我真的不想来》全篇就此煞尾。人们看到罗清清泪流满面,孤零零一人站在青春的岔路口,将要四下里寻觅自己爱的归宿,不无艰难地建构、规划自己的生活。但最终她将走向何方,作者没有给出一丝一毫的暗示。或许,无法脱卸的亲情的十字架将会沉甸甸地与她相伴一生。

你所不知道的夜晚:无疾而终的爱

在欲望化写作大行其道的今天,这几乎已成了司空见惯的俗套:一对少男少女,趁家长外出之际,溜到家中。两人独处一室,传统伦理的禁忌线飞快被跨越。在张怡微的短篇小说《呵,爱》中,开首的三分之一篇幅描绘的即是同样的场景,郑小洁将男同学艾达带回了家,母亲正好外出。然而,令人不无诧异的是,人们期待中的那一幕并没有发生:欲望在其臻于高潮之前便已夭折。

这并不意味着郑小洁与艾达之间没有发生任何事件。他们间有过身体的触摸,相互袒露身体,让对方细察各自皮肤上烙上的奇特斑纹。他们在一根令人眩晕的钢丝上行进,左右摇摆,稍有不慎便会翻落而下。当郑小洁将手探入艾达大腿上方、去触摸疤痕的高低起伏之际,当艾达进行自慰时,他们无疑在做着危险的游戏;但直到郑小洁母亲携男伴归来,他们之间并没有多少实质性的肢体接触。一触即发之际,两人又悄然退回到安全地带。之所以出现上述令人啼笑皆非的结局,并不是因为他们俩道德高尚守身如玉,也不是他们俩欲望寡淡以至于波澜不惊,而是两人之间微妙的性情错位,使这场性爱冒险无疾而终。

虽然郑小洁事后明确意识到艾达从来就不是她的男友,但当时她也并不清白无辜。她有意无意地挑逗对方,甚至还亲吻了对方隐秘的私处,但让这场两人游戏戛然而止的并不是她母亲的归来,而是郑小洁内心深处的纠结:"我缩在床脚,突然感到很伤感。其实这种伤感在我的生命中并不常见,因为我是个挺傻乐的人。而我突然不想再多欢喜他一点,是因为我觉得首先他不会是我的,我们顶多能成为比好朋友更好一点的朋友;其次他永远都不会是我的,因为他太乖太好了,我们是两个世界的人。"

显而易见,正是郑小洁内心的荒凉使她爱的激情趋于枯竭。她原本可以忘情地投入这场性爱的冒险,可以让自己酣畅无忌地在欲望的峰尖上徜徉。然而,她没有,她放弃了这一切。因为她意识到对方与自己分属两个纯然不同的世界,艾达日后将移民澳洲,而她自己则将继续待在上海,待在家庭的阴影中,与离了婚的母亲与继父相伴。这一前景便令她沮丧不已,并彻底掐灭了心中爱的火苗。

我们可以把郑小洁视为罗清清的一个变体。她们都在单亲家庭中长大,早年父母的离异在她们心里引发了难以愈合的伤痛。可以推想,如果罗清清置身于相似的情景中,她也会做出相近的选择。而在与艾达同室相处的短暂时刻中,郑小洁还向他透露了一个秘密:父亲当年曾私下里央求母亲不要离婚,尽管他们性生活不和谐。郑小洁心中涌动着对父亲的强烈哀怜,而让她自己内疚不已的是她当时也和母亲一样,对父亲报以冷眼。至此,《呵,爱》的文本出现了奇诡的转折,郑小洁的倾诉并没有在艾达那边激起共鸣,相反激惹起了他怪异的念头,他觉得没有女人,男人靠自慰也能挺下去,并当着郑小洁的面做了示范表演。

在某种意义上说,上一辈人失败的婚姻会使儿辈丧失与异性建立持久关系的信心和能力。在英国当代社会学家安东尼·吉登斯看来,在传统社会里,经济上的考量对于男女两性的婚姻的缔结影响极大,但到了现代,浪漫之爱已成为婚姻关系的主要动机,它的缔结与维系完全建立在当事人从双方关系中获得感情满足的基础上,其他诸如生儿育女等因素则成了当事人日后分手的习惯性羁绊,而不再能有效地支撑婚姻关系的存续。因此,婚姻趋于成为一种男女间的纯粹关系,其中扮演关键角色的是当事人的承诺,当代意义上的爱可视为承诺的一种具体形式。承诺意味着一个人愿意与另一个人尝试建立某种建设性的关系,尽管其间有着种种风险和不测。然而,对于有着难言伤痛经验的人而言,与他人通过承诺建立相对稳定的关系却是困难重重。往昔的痛感延伸着,以往的经验在无意识中告诉他/她,那种稳固的关系可望而不可即,他们的父母便给出了最强有力的明证。任何承诺在他们眼里都会呈现出扭曲、脆弱的面相,做出承诺意味着投入了不无轻率的冒险,自卑、猜疑、吹毛求疵最终使他们重蹈前辈的覆辙,重新遭受亲密关系破碎的深重打击。

郑小洁的命运就是这样。自此之后,她与艾达的生活再也没有了交集,他携女友移居澳洲,她也如愿考上了大学,并有了男友。但与男友的关系并不和谐,他们的关系维持了不长时间即告终止。具体的分手原因作者没有点明,《呵,爱》的结尾将镜头聚焦到两人最后一次做爱的场景,在那一刻,郑小洁的心思竟然又飘移到了艾达身上,追忆着两人放学同车回家的经历,他的形象"立在我青春期的末端,扮演一个装腔作势的排场。细想起来,还真叫人难忘";更为重要的是,这一记忆随着时间的消逝,变得愈加珍贵,同时她感到了深深的遗憾,暗暗揣测着对方隐微的心思,"那年是他第一次随我一起穿越黑暗,也不知道是不是看到过光明"。相形之下,她与男友间的隔膜与距离不言而喻。

既然与他人建立亲密关系困难重重,那就索性缩回到一己的躯壳中,孤身一人在世间飘荡,领受人情冷暖,体悟世态炎凉,尽管没有明晰的目的地,仍踽踽前行,挥洒青春与生命。这将是郑小洁和作者笔下其他类型相似的主人公的共同归宿。

即便从小并没有遭受父母离异的打击,但家庭成员间年长日久的龃龉、敌意也足于耗尽一个人爱的能量,瓦解他建立持久亲密关系的决心。张怡微2012年出版的长篇小说《你所不知道的夜晚》中的女主人公茉莉便印证了这一点。乍看之下,这是一部描摹上海市区西南角田林地区工人新村的风俗史,它以茉莉一家为中心,勾连起诸多邻里,栩栩如生地展现了20世纪60至80年代城乡接合部的生活场景,少男少女的友情、街坊邻里间的家短里长,无一不活色生香,跃然纸上。透过这风俗画的外表,细细探索,不难发现这部小说的核心围绕茉莉个人成长而展开。由于童年时被母亲送到常州寄养四年,她与父母间产生了难言的隔阂,而与妹妹玫瑰的关系更是暗潮涌动,敌意频生,"她一点都不喜欢玫瑰,这种不喜欢似要深入骨髓了。可玫瑰就如同一个阴影一般纠缠着她的生活,破坏着她的人生"。父母的偏心更是令她心寒不已,在家里她似乎成了多余的局外人。"文化大革命"期间,茉莉孤身一人到郊县乡村插队,文艺小分队队长陈志民向她求爱被拒。这倒也情有可原,接受陈志民,意味着茉莉将从此一辈子扎根农村,而她则日夜期盼着能早日返回上海市区。而对怀有款款情意的何宝荣,她又怎么也喜欢不起来。最后妹妹玫瑰为情所困而坠楼,何宝荣支撑起这个破碎的家庭。最后她无奈中与何宝荣成婚,离开了自小生活的65弄。她对何宝荣怀着极度矛盾的感情,首次见面便不甚喜欢他,他"是多么不惹人喜爱,却又禁不住要依赖"。

结婚成家,搬离旧居,对茉莉来说意味着生活的重大转折,心灰意懒的她选择了重新开始。但她的心灵并没有感受到幸福与安宁;相反,笼罩着她的是深重的失意感,"这样的感觉竟然一点欣喜都没有,是那么沉痛,哀伤,第一次,也是唯一一次"。尽管她结了婚,但并没有真正找到归宿;和郑小洁她们一样,茉莉依旧在都市的大街小巷来回飘浪。郑小洁比她来得幸运,至少和艾达那段懵懂、无疾而终的情事日后还成为滋养心灵的记忆,而茉莉在感情上则是一无所有,从来没有一个人在她心里曾激起澎湃的热浪,没有一个人给她留下刻骨铭心的回忆,她的心灵变成了一片寸草不生的荒野。

无从跨越的阴影线:潮腻腻的长吁短叹

除了众多的小说,张怡微还写了数量不菲的非虚构性散文作品。尽管她本人并不太看重这些作品,但无心插柳柳成荫,它们同样禀有不俗的品位(荣膺台湾中国时报文学奖的《大自鸣钟之味》便是典型的一例),而其中涉及台湾的那部分(大都收录在《都是遗风在醉人》一书中)写得尤为出色,相当典型地展现了她独特的美学风貌,与她的小说相比,有着异曲同工之妙。

张怡微与宝岛台湾之间似乎有着天然的缘分。从2010年起,她长年游学于彼,全身心地浸润于海岛特有的气息、色彩、节奏之中,对其风土历史、市井风情、艺术美食,都有超出寻常观光客的深切体悟。她笔端摹写出的台湾风情,在某种意义上,与其深幽、不无哀婉悲凉、孤绝的内心世界形成了罕有的对应与契合:"铁路、煤矿,朴质的车站、茶馆,热带的蝉声,水汽,海岛的风雨更迭,甚至人的隐忍与含蓄,都成为了一处静景,随自然嬗变着生之欢喜与苍凉,如此宁静、单调的画面,构成了上世纪八九十年代的台湾文艺意象——沉闷的童年与漫长的青春期。"在此,侯孝贤与吴念真的电影镜头奠定了她台湾视角的底色,而她先前苍凉、哀戚的生活体悟则渗透在这个亚热带岛屿的山山水水之中,伴随着她的足迹萦回游荡在郁热、生机盎然的大街小巷之间,织缀成了一幅幅色彩鲜明、质地绵密的风情画。在林林总总的画面深处,时不时隐伏着一道阴影线;不经意间,浓浓的沧桑感便流溢而出,扑面而来,激发起无尽的惆怅与悲郁。

这一悲情美学相当典型地体现在其中篇近作《试验》(台湾发表时更名为《小团圆》)当中。乍看之下,它剥去了青春书写的所有亮色,专注于发掘人生苍凉的一面,颇有张爱玲小说的遗风。与《我真的不想来》《呵,爱》《你所不知道的夜晚》相比,《试验》中的主要人物都已是风烛残年的老年人,虽然也有年轻人的身影穿梭其间,但只能算是微弱苍白的陪衬。小说全篇以嗣林心萍、嗣聪贞依兄弟两家春节聚会为枢轴,将他们两代人数十年间的恩怨情仇娓娓道来,将人生最无奈最残酷的一面展示无遗。他们壮年时充满了各种希冀,彼此猜疑,心存芥蒂,但当步入老境之际,他们惊异地发现,当年热衷争抢的东西早已黯然失色,失去了价值。现在他们最大的需要,无过于亲人的陪伴、呵护。在这复杂纠结、温情脉脉的人伦亲情的面纱背后,他们的生命其实已丧失了其他的价值,余下的只是动物性的本能需求。再者,他们原本都不是在性情、气质上卓尔不群之流,除了目力所及的世俗生活之外,没有任何超越性的精神追求。笼罩全篇的色调灰暗、凝滞,令人倍感压抑,这儿没有青春热情的迸发与抗争,没有幻想的激越飞扬,有的只是沉重无比的日常生活,无法摆脱,也无从逃避,而日趋衰败的生命的尽头则是死亡。小说结尾作者特意添加了一脉暖意,嗣林心萍的独子循齐年届五十,还是孑然一人,但此时他对即将去台湾就学的女孩星星产生了兴趣。虽然作者并没有明确点明他们间关系的未来走向,但它毕竟是一脉希望之光,给四位老人心头以一丝微弱的安慰。

读完这篇小说,我不禁想起张爱玲的《留情》。虽然背景、人物各不相同,但在揭示人生无奈的底色方面却是款曲相通。敦风嫁给了比自己年长23岁的米晶尧,但由于从名分上说是只是个姨太太,位于正妻之下,因而满腔幽怨。她当初嫁给米晶尧纯然出于生计考虑,并没有多少情感的因素掺杂其间。几番周折之后,他们俩还是相依为命,在全篇的结尾张爱玲如此概括他们间微妙的关系,"生在这世上,没有一样感情不是千疮百孔的,然而敦风与米先生在回家的路上还是相爱着"。这一"千疮百孔"也正是《试验》中嗣林心萍、嗣聪贞依兄弟两家关系的精准写照。

20世纪40年代,傅雷在评论张爱玲小说时便敏锐地勾勒出了这一特性,"噩梦中老是淫雨连绵的秋天,潮腻腻,灰暗,肮脏,窒息的腐烂的气味,像是病人临终的房间。烦恼,焦急,挣扎,全无结果,噩梦没有边际,也就无从逃避。零星的磨折,生死的苦难,在此只是无名的浪费。青春,热情,幻想,希望,都没有存身的地方。"人们惊异地发现,将这段话移用到张怡微的作品上,竟然也大体适合。在她构筑的散布着阴影线的世界里,父母的不和离异使下一代过早地领略了心灵的创伤、人情的冷暖和剪不断理还乱的纠葛。破碎的家庭让童年的安全感猝然崩裂,他们从此挣扎在漫长的阴影线上,企图重新找回失去的乐园。然而事与愿违,心灵的创伤使他们在情感上过度敏感、过度警惕,难以与他人建立有效的沟通,无数青春的梦想与热情就此虚掷、耗费。时隔多年,他们似乎还伫立在原地,顾影自怜,长吁短叹,心灵陷入深重的荒芜之中。他们步入暮年后的情状,就像《试验》中那样,可以很轻易地推想出来。

至此,张怡微的写作在淋漓尽致地演示了核心主题后,达到了极限。她和其他许多同年龄的"80后"作家都遇到了相似的瓶颈。生存环境的严酷与逼仄使他们的想象力难以在沉重的大地上空自由地飞翔。然而,在这道阴影线之外,或许存在着另一种类型的小说:在那儿,主人公个人的青春的梦想、热情、幻想都有宽裕的存身之地;尽管遭遇了种种挫败,但他们浑身奔溢的难以操控与驯服的活力会更多地转化为创造的力量,转化为塑造一己独特人生的驱动力,转化为对周围世界进行反抗的巨大能量。它不再是单纯的哀叹,而是充满了犀利的动感,像"一只俯冲下来的猛禽的嘶叫""一只抓向人的咽喉的利爪"。人们期望,张怡微日后的写作在多日的飘浪之后将更多给人自由飞翔的惊喜。

2014 年 1—2 月于上海

张怡微的世情小说

张定浩

长久以来我就有一种偏见,以为那些杰出的、致力于虚构(诗和小说)的作者,一定有能力写出同样杰出的非虚构作品(比如随笔或文论),这样的例子俯拾皆是,在有些情况下会有看似完全专注虚构的作者如波拉尼奥,其实也只是不愿意将非虚构和虚构作截然的划分罢了。对我而言,这个偏见更具实用性且被一再验证夯实的,是它互为等价的逆否命题,即那些在随笔、文论及访谈中充斥平庸见解的作家,其虚构作品就整体水准而言也一定不会是第一流的,每每只是凭借天分和模仿而开出一时之花。

因为所谓文体乃至才能的强硬分工只是一场现代性阶段的短暂潮流,在更为古老和正在到来的时刻,人都是不可分割的整全,而艺术就是这种整全的表达。从布莱克、维特根斯坦乃至恩斯特·布洛赫的著作中,乔治·斯坦纳感受到一种通过断裂、糅合乃至沉默的方式接近整全的新文体,他称之为"毕达哥拉斯文体",但更多同样堪称杰出的作家,其实并无意创建新的实验性文体,他们依旧信任古老的文体,只不过,是对各种古老文体报以相同程度的信任,他们可以在虚构小说中继续发表对现有世界的洞见,比如翁贝托·埃科,却也可以在随笔和文论里想象和创造一个崭新的世界,比如王尔德。

在国内目前活跃的小说家中,我比较看好的是张怡微,也因为她对于各种文体的不偏不废,而各种文体之间的相互砥砺,似乎也更能令她保持一种毫不作伪的诚恳姿态,来面对写作,面对自身。

她在最近写的一篇文章里,谈到对于小说的认识。她觉得小说是"故事和认识的结合体""写作者对社会大环境,甚至地球、地球以外的认知,需要找到一个故事的容器,繁衍其支脉。有的人对事情认识很深刻,但没有故事,或者说不会说故事,就不是小说家。有的人说来说去都是小型故事会、中型故事会、大型故事会……扁平得很,也该去做些别的",而她自己如今读小说的乐趣,"很大一部分来自于揣测叙事者与故事之间的关系。当然不是刻板的索隐癖,而是因为,越来越多的时间里,我发现叙事者和故事之间的桥梁的虚构性并不亚于小说的情节,是一种'作者意图'的潜在呈现"。明白一部小说中存在作者、叙事者和故事的多重关系,明白对于小说的分析批评其实是对于这多重关系的分析批评,其实已经是小说修辞学和现代叙事学的常识,但那些仅凭模仿和天分写作的小说家,往往对这样的常识并无清晰认知,而有不少的所谓文学批评家,似乎也依旧习惯于围绕着故事梗概唾沫四溅。简单而言,故事,是由叙事者讲出来的;而这个叙事者的心智,及其对于故事的态度,才是作者所直接给予的。因此,故事其实是可以作伪和复制的,可以在一些母题的基础上改头换面脱胎换骨瞒天过海乃至欺世盗名(譬如埃科与流潋紫小说中的故事都是从史料中觅得来源,马尔克斯和余华小说中的故事同样闪烁新闻段子的魅影),叙事者讲故事的腔调,也是可以模仿的(譬如有村上春树腔,王小波腔,翻译小说腔,明清白话腔,等等);唯有叙事者的心智和对于故事的态度,却是不可作伪和模仿的,是作者本人必须亲自认领的。小说作者并非直接创造了故事,而是首先创造了一个(或几个)叙事者。在这个意义上,"揣测叙事者与故事之间的关系",张怡微所言的阅读小说的这个主要乐趣,其实也正是一个模范的小说读者需要关心的地方。

张怡微写过一个短篇《呵,爱》,写一段没头没尾的高中往事。郑小洁带同学艾达回家玩,这是她第一次带男生回家,发生了一些事情,在当时未必能算得上是爱,也许只是少年人对性的好奇天真,连初恋都算不得,但隔了很多年回望,却比任何可以言说的爱都更难以忘却。小说最后写长大后的郑小洁回忆和男友分手前的一段对话,他们一起去看她去世的父亲,回家以后她对他讲起小时候父亲央求母亲不要离婚,她当时和母亲站在一边,不理睬父亲。

我问:"你觉得我爸可怜哦?"

他说:"我也很可怜啊!我不想也那么可怜呀!"

其实我觉得他一点也不可怜,他顺手拿走了我全部的第一次,最后还同我分了手。很难说我没有难过吧,可难过又有什么用呢?

我们最后一次做爱是在一年以后的夏天,两罐冰镇的啤酒下肚,地上全是化开的凉水。

"还有多久啊?"我小声问他。

"快了。"他喘息着回答。

那一瞬间我还是挺难过的。因为我想到了艾达……

我读到它们的时候,就想到作者在一篇写宫本辉的文章里面说过的话,"他把爱的狼狈与悲伤写得如冬寒一样具体,袭入感官的角角落落",她这样称赞自己喜爱的别的小说家,其实她自己就已经如此。我喜欢那里面属于叙事者的相当坚定又自如的语调,用词行文有英气,却不扎人,因为里面还有孩子般柔弱的根茎,像一个人在清白的月色下沉着又轻快地走路,对于那些正在一点点逝去的事物和美,满怀留恋,却绝不耽溺。

然而和同龄的女作家比,张怡微其实并不沉迷于书写爱情,即便写了也是和人情世故、和家长里短融在一起。即便是爱情,令她着迷的似乎也不是男女两人乃至各种更为复杂的多角情爱关系,而是所谓爱情究竟如何一点点挤入人世间其余同样执拗坚忍的情感关系中的,仿佛热力学的第二定律,爱造成的短暂混乱,如何在一个更大的封闭系统内,被一点点地消化,被抚平,达致某种教人安宁的平衡。

于是,迄今为止,张怡微比较成熟的小说都可以归入鲁迅《中国小说史略》里提到的"人情小说"的范畴,或者,用她自己更习惯的现代称谓,即"世情小说"。《春丽的夏》也是如此。倘若我们可以把人生的盛年比作夏日,那么,这部短篇也可视为一个若有若无的象征,写的是一个盛年已逝的女人春丽,站在这夏日的末梢,回望这半生的辛苦路,寻思自我,调整自我,好让自己心安理得地进入新的生活,虽然即将到来的不过是秋天。

春丽是一个普通的上海女人。世情小说从来写的都是普通人,更确切地说,它没有一个把人按照其社会身份、按照某阶段政治正确的风向标来区别揄扬的计划,王侯将相和贩夫走卒,在世情小说里被一视同仁,拥有共通的人性境遇。张爱玲将她的世情小说题名为"传奇","目的是在传奇里面寻找普通人,在普通人里寻找传奇",这两句话原本是不能分开的,它们合起来构成一个莫比乌斯环,循环往复,上下跌宕,意思才完整妥帖。后来所谓底层小说的提法,独独于后一句话中用力,遂以美好的愿望,铺就通往虚假伪善和自欺欺人的道路。

普通人的生活中不乏传奇般的戏剧性,只不过其戏剧性并非遵守三一律之类的规则,而往往是细碎散乱的、非连续集中的,以及绵长乃至于反复无常的。更进一步,普通人生活中的戏剧性,往往无意落实为某种前后连贯和构成冲突的行动,而只是在内心上演百转千回的波折,所谓"喜怒哀乐、虑叹变慹、姚佚启态",只对当事人自己才有明确意义,一说给别人听,常常就凝固成令人厌倦的唠叨。这也是为什么,世情小说往往拥有一个洞若观火的全知叙事者,能对人心里的每一丝褶皱都留意有加,同时,还能够有所包容,有所谅解。

但在《春丽的夏》中,这个叙事者保有了相当的分寸感,她把自己尽力收敛在亨利·詹姆斯小说里惯用的那种"受限视角"里,具体到这部小说就是春丽本人的视角,只不过,对韶华已逝的老女人春丽而言,更多予以注目的,不是外界事物的变迁流转,而是内心的种种意识翻腾。因此,张爱玲式的"冷眼",和王安忆式的"热眼",都不是《春丽的夏》的叙事者所欲,她所欲求的,毋宁说是一种比较准确不失真的意识流。杜雅尔丹,那个被乔伊斯称为意识流技巧之父的人曾经说过,"全部真实就由人所具有的清晰或混乱的意识组成",而张怡微在这里企图想实现的,就是春丽这个人的全部真实,全部的,清晰或混乱的意识。她卑微的烦恼,害怕面孔晒黑天花板漏水晾衣杆被人占据;她隐秘的伤痛,母亲死后再无人真心疼她也无人可以再让自己放任;她轻巧的坏,"她太了解他们的坏了,像了解自己的坏一样。轻轻松松就可以原谅";她偶然的伤怀,"但在这片土地上,总没有那么大的空间装下电影里的美好情怀"……

  人活着,方方面面都是很难的,尤其是在夏天里。想要支撑一个家,凡事稍许细想一想就宛若在文火中煎着心,横竖里厢全是摆不平的人情世故、儿女情长。

  ……人要活下去,总归是很难的呀,怎么可能不说谎。他们家里都不是坏人,也没有特别大的余地选择让自己做一个多好的人。(《春丽的夏》)

"人生实难",因为要拣择,可以南可以北,可以黄可以黑,拣择来拣择去,拿不起放不下,但这不是贪心,就是人道。人的道路崎岖,如言语翻云覆雨,那些既不够坏也不多好的普通人,被迫在谎言里艰难又顺畅地前行,他们就是我们自己。这些便是张怡微赋予叙事者的坚定态度,她明明白白地懂得春丽这样的人生,就像懂得自己大家庭里那些长辈的人生,不为之遮掩,却也不报以讥嘲。在这个时代的文艺中,展现聪明或愚蠢的反讽,已然变成一件容易的事;而出于好意和恶意的瞒和骗,也依旧大行其道;好在张怡微与这两者都不相干,她努力要写出的是生活自身的动人纹理,写出这些纹理中的藏污纳垢,写出这些污垢里面深藏的平凡至极的温暖快乐。

张怡微在两岸三地的报刊上写各式随笔和评论文字,虽然数量惊人,但细究内容,却不像那些万金油式的书评人般泛滥无旨归,她谈论的大都是一些对自己写作有所滋养有所触动的作者作品,所以从中每每能见到她自己的面影。她喜欢吴明益的小说,"像细菌的温床,酝酿着生命的惘惘不可知";喜欢尤多拉·韦尔蒂和威廉·特鲁弗,因他们都"刻画日常,佯装平静,笔法老辣,富有复杂的人情风貌,与刺破生活原相的野心"。她喜欢的女演员是树木希林这样子的,"树木希林不希望大家为她难过,是因为让人难过实在太容易了。她选择让大家又大笑又难过,以至于发现自己有更好的能力去发现生活中类似的瞬间"。当代文艺中难道不是正充斥着一些迫切企图"让人难过"的作品吗?它们之所以失败,恰因为,"让人难过实在是太容易了",作为艺术家,实在不应该屈从于这样的诱惑。

她更为心手追摹的小说家,或许是写作《民国素人志》的蒋晓云。去年的《创作与评论》杂志刊发过她的一个小说《试验》(台湾发表时更名为《小团圆》),随后被《中篇小说选刊》转载,里面附有一个创作谈,很可以表达其近期的写作志趣:

"试验"原为"家族试验",是我近期想写作的一组家庭群像。世情小说一直是我自己比较喜欢阅读和尝试实践的面向……我喜欢小津安二郎、是枝裕和等日本家庭式解构生活原相的方式,也试图在近期小说中写作一种"也不是开心,也不是不开心"的无奈。如果读者能够感受到这一点,那么也就达到了我写作的主旨。生活本身就很庞杂,不必了解全部真相,大家也能相安无事地生活在一起,彼此不戳穿。有时是因为善良,有时是因为粉饰,总之没有一个导火索,许多隐秘的心理可能也就平安地埋葬了。小说是虚构艺术,也就有了令这些隐秘曝光看看的可能性。

　　《春丽的夏》也是这"家族试验"中的一篇,另一篇同样以春丽为视角的小说是《奥客》,发表在最近一期的《上海文学》上。相对而言,《奥客》要更为讨巧一些,因为它在情节设置上埋藏了一点小小的到最后才抖开的包袱,却也因此不如《春丽的夏》和《试验》更有雄心。和蒋晓云一样,张怡微想为一些自己所认识的普通人立传,手法也相似,以一段无心致力于戏剧性的简单情节权且作为叙事主干,目的是牵引出主要人物纷繁波动的意识流,从而曝光凡俗生命的隐秘心理。然而,蒋晓云笔下的"民国素人"其实都是旧日王谢,他们的庸常背后还有堪供观赏的时代风流作为底子,她的小说初读上一两篇定会惊艳,即便如此,读多了依旧略有细碎重复之嫌。至于在张怡微笔下的人物群像,则更是一些彻彻底底的小人物,那些秘而不宣的心理,因为只停留在物欲人情的粗浅层面,其实翻来覆去也都大同小异。如何在这样聚沙成塔式的群像写作中,让每一粒沙都可以保持某种对于读者的新鲜感和吸引力,会是张怡微要面对的难题。回到张爱玲的那两句话,"目的是在传奇里面寻找普通人,在普通人里寻找传奇",《试验》和《春丽的夏》的作者一定知道,与蒋晓云的"民国素人"相比,自己要写的普通人实在没有多少传奇可言,甚至都不拥有对于"传奇"的欲望,或许正基于此,她在创作谈里小心地避开了蒋晓云,而是援引两位致力描写家庭生活的电影导演。但是,电影天然具备的艺术综合形式,使得其剧情的沉闷可以被演员、音乐、光影等诸种元素的生动所弥补,而这些元素都是小说所不具备的。

在放弃了对戏剧性的追求之后,倘若小说书写者致力描摹出的人物,不能具有某种令人振奋的独特之处,他势必陷入某种崭新的境遇,即他最终不得不通过小说之外的各种渠道,令自己成为那个足以令读者振奋的人物;他不得不逼迫或诱引他的读者们,从每一篇小说文本的平淡故事和普通人物中走出来,走向那个非凡的叙事者,进而走向小说书写者本人。张怡微似乎很愿意选择让自己去做这样的有耐心的读者,于是,她也渐渐在不经意中成为了这样的有些任性的作者。

这或许也会是一种存在于作者与读者之间的、崭新的关系吧。或许,也是在这样的关系中,至少,写作者要逼迫自身成为更趋完整的人。

"总有一些时刻会让自己觉得微小"

——张怡微的细小美学

朱婧(南京师范大学文学院)

每个作家都有其观世体物的方式,表现出不同的基调。作家的经验、技巧会随着时间、经历和处境而变化,但变中亦守常,自然而然形成与生俱来、私密性和风格化的个人写作史遗存,这其中有作家的趣味和审美理想或隐或显安置在焉。

张怡微的小说,以"知微"体察世界见长,我们不妨称之为"细小美学"。这部分内容,在诸多的评论里,勾连海派文化或世情小说的传统,海上之日常生活世界也确实是作家生长起来的精神土壤。作为一个具有充分学习力的年轻作家,她也并未否认这部分影响。不只于此,各种访谈中,张怡微对个人经历其他方面的坦诚使得评论者有可能在"成长史"意味上构建作家的文学生态——她的生活场景、家庭变化和构成、科班教育、域外经验都被用来试图寻找一个青年作者成长和改变的轨迹。如此"透明",张怡微作为张怡微,张怡微的文本,探讨起来似乎容易,但也可能被标签化。

  读张怡微的小说,我是先读了《樱桃青衣》,再读了《细民盛宴》,回转读了前几年的小说集《时光,请等一等》,末了,作为补充,我读了《试验》。其实,这种阅读顺序,有一种讨巧和幸运。就好像是先读了作者的今生,然后去读了她的前世(前史)。《樱桃青衣》的阐释在很多地方可见,源自一个黄粱一梦的故事,有时看起来可能更简单一点,《樱桃青衣》也像它的词语表层,《樱桃青衣》是樱桃,完美外观,色泽光鲜。它是作者接受并且认可的,在这个阶段愿意拿出来的一份呈现。张怡微作为一个在创作中一直自我存疑的作者,对自己作品的评价相当保留,有不断建立新知和打破旧我再塑的愿望,更简单来说,也许因为作者在期待一本像《樱桃青衣》这样的作品,配得上经年的辛苦和打磨,终于武功浑然,行云流水。《樱桃青衣》的高水准呈现一直保持到它的后记,后记里的张怡微不再是访谈里常见的、那个容易被标签化的张怡微。研读张怡微,在那篇后记中所隐藏的部分是重要的。张怡微擅长谈文学,谈写作,她写过很详尽的关于在沪上和台湾分别师从王安忆和吴念真读写作课程的经历,她写过很明确的方法如何训练写作,她写过言之有物文采斐然的书评,她谈世情小说谈得不落窠臼,其实她对自己的创作的认识比多数的解读都要好。她是一个有自觉的,很清楚地知道自己想写什么、如何写的作者,创作对她来说,既有写作欲望的驱动,更视为一种工作,或者说是一种劳动,祈望的是如她在《樱桃青衣》的后记中所说的"风调雨顺",但她不是靠祈望来收获的,她播种耕耘,这里面亦有理性和规条,她用"家族试验"为新生的系列作品,从《试验》,到《细民盛宴》

《樱桃青衣》来总结命名,是很明智的做法,像作物种植被标示上是试验,不管其生产结果如何,从一开始,这种生产就有了新的意味,命名的方式很重要。而这一切是一个年轻的作家,一个自认并不写得特别好的,却能以 12 年出版十多部作品的作家,经年文字的劳作的结果。

各种标签之外的张怡微,是我所想观察的张怡微的另外一部分内容,就像《樱桃青衣》后记里,囤在有停水危机的台北住处的那几桶水,以她解读她老师的文章里的"台风笋"的方式。细小之处有曾经的张怡微,也有现在与未来,细小的物件、情景和细小的体验情感和体察世界的方式,是张怡微的细小美学。

从张怡微的个体经验,细小美学自有所本。一个作家的阅读生活是观察她个体经验之于写作的隐秘通道。虽然阅读史不能直接对应作家的美学趣味,但浸染滋养是自然而言的,从这种意义上阅读即写作,反之亦然。张怡微自述喜欢《三言二拍》,喜欢李渔的《十二楼》,博士论文做的是明代《西游记》续书研究,写了关于《西游记》原著的随笔《情关西游》,也是以类似的方向进入到古典文本当中。她亦称喜欢特雷弗,肯定他"重新定义被正史轻视的生活史",她对于烟火人间的关注,对于世相人心的解读,有认可与领悟。但张怡微并不止停在这个层面,作为一个创作者,她在这些文本的基础上,产生了指导自己创作的新的认知和方法。例如与世情小说的牵连,在传统的"极摹人情世态之歧,备写悲欢离合之致"之外,张怡微剖解出了新的意味,她说"世情小说的落脚点并不是人的情感,而恰恰是市井生活中不让人升华的真相"。[1] 也因此她抛离了世情小说中的传奇性和教喻性,她去讲《蒋兴哥重会珍珠衫》,讲的是蒋兴哥休妻打包十六个箱笼这样的细节。张怡微自己也说得极为明白:"世情小说最容易被误解之处,在于我们以为作者说的是一个家族故事、婚恋故事、争产故事,其实不然。"[2]"悲剧是如何造成的,善恶其实是最浅表的外延。""世情故事有其深长的渊源提供给后人检阅日常生活中人的处境。"[3]正如张大春在《小说稗类》中所言,"在善恶之间,在是非之间,还有多么繁复的、不厌精细的、不被视为有意义或有价值的、无结局亦无解决的生活细节。这种生活细节的描述使读者无暇奔赴复仇、结婚、死亡、救出公主或打败异族,而不得不盘桓逗留"。[4]"检阅日常"和"道出不能让人升华的真相",给读者以"盘旋停留"的况味,是她所铺写的世情,并在此基础上,写出她认为不能被忽略的被遮蔽的普通人在时移世变中的生活史,她的中篇小说《你所不知道的夜晚》和长篇小说《细民盛宴》,正是这样的写作。其中被评论者诟病的模糊的时代风象,和过于沉溺的成长期的女性情绪,皆为作者在世情外壳下书写个人的生活史和心灵史的意愿和必然,她以成长中变化的理解力书写世情小说中的生活力。

本性趣味影响的历事观世的方式决定了张怡微体察世界的心理基础。很多评论谈及张怡微个性之敏感,在张怡微的小说中对人物的性情概括也说"你是如此心思细腻"(《江南西夏》),她的导师王宏图试图去观察这种心思的纤柔对于小说人物的和小说创作的某种制约和限度,"心灵的创伤使他们在情感上过度敏感、过度警惕,难以与他人建立有效的沟通,无数青春的梦想与热情就此虚掷、耗费。"[5]先然的气质,后天的际遇,写作者的身份,有些有得选,有些没得选,敏感对于作家是双刃剑,或可助创造,或隐成自伤,骆以军说张爱玲:"那个对人情世故的撬开无限着迷,对任何金粉迷离后面必然的寒碜庸俗,原来并不是因为她'深谙世情';而相反的,因为那过于敏感的神经,即使到老,那小孩不断复返、回忆、重建场景,竟是每一次困在'世情之选择'万千路径前的瘫痪,无从选择、举步维艰。"[6]造化天然决定的性情,影响着作家的格局和基调,有时称之为局限的其实也正是其优长。但是,其实张怡微是特别理解局限的,她说:"我只能就我个人的观察和体验,来展现我所看到的这个城市的细部、这个城市的人的关系的细部。它可能是有代表性的,可能也没有。它可能只对我个人有意义,对很少一部分人有意义。"[7]她坦陈无有能力关及更多,天性使目光所在之处聚焦,书写能够书写的内容。因此,在处理个人经验时,她书写一次次宴席和葬礼里惨淡衰败的人生场景、纷繁复杂的人物关系,以敏觉的性灵历事观世并逐一呈现。《细民盛宴》里"乔乔"的塑造正是以此为基础,在冗长的自我剖解中逃离了可能的拖沓烦闷,她的复返、回忆、纠葛也是"无从选择、举步维艰"。有评论道,《细民盛宴》的"乔乔"不过是离异家庭的独生子女的悲哀人生的模板,强烈的恋父情结使她缺乏正确的自我评价,无法合理地展开人生。而张怡微在塑造"乔乔"这个形象的时候,心理层面的贴切所营造的幽闭的空间对小说人物来说是真实完整的,作者不惧怕于沉溺于此,叙述的时钟在此变得缓慢甚至静止,需得有与作者同一步调的内心,不厌其烦的读者在其中才能体悟到人的心灵所至的另一种绝境。

从文本的呈现来说,张怡微的细小美学表现在于对象身份的细民之选、时间刻度的精微从心,以及对她所择取的小的世界的精作细雕。

张怡微的长篇命名为《细民盛宴》,"细民"引发的讨论颇多,在张怡微的表达里,他们是缺乏自觉的平民,她说"工人阶级是缺乏自觉的",这里"工人阶级"四个字不免阔大,她称之为工人阶级的,是她所熟悉的那群人,是因为工厂外迁集合居住的新的形态的工人社群,而"细民"这个词,是能更好概括张怡微所想书写的人的精魂的。何谓"细民",不是庶民,不是平民,细民是缺乏自觉的平民,不是以经济为唯一考量,而是以精神和生存空间为标准。

细民的择选已经决定了张怡微细小美学的开端。书写细民的细事,因为他们就在她的身边、她的记忆里,等待她去书写。那些逼仄生活里接近于诗意的部分,那些不自觉的人生里的光亮,要由这个天性聪颖并在此间度过完整的成长期的女性来代言书写。"譬如楼道里那台永远不可能有人再骑的自行车,永远有的纸箱子、蛇皮袋。它们永远不是垃圾,而是象征着某种抽象的占据,是一种不能说明的小小的期望。成年以后,我没听过任何一种庶民口中的'永远'会如这些一般确凿、浪漫、客观。"[8]《你不知道的那些夜晚》她写新村公共厨房的流言,楼下永远在游戏的一批接一批的从天亮玩到天黑不知疲倦的孩童,《春丽的夏》里她写争夺晾衣杆的智慧。她书写细民生活的琐屑和真实,《试验》里心萍从一个梦里醒来,开始安排一餐饭,这一餐饭、一桌人,是她全部的过去、今日和未来。这就是张怡微想象里真正的"人的生活":"蚤虱蚊蝇鼠贼僧,船脚车夫并晚母,湿柴爆炭水油灯"。具体芜杂,细小刻骨。

张怡微处理的是细民的细小生活,用骆以军的话说,"像在更小的玻璃瓶里用小镊子作极繁复大帆船模型"。[9]她通过解剖和赋义来处理日常经验,在描写这样一些具体的生活时,张怡微的时间刻度是极精微的,小说的叙事时间更多跟随心理时间的需求安排,富于弹性,而精微的心理刻画又使这些表达具有强大的引力。《细民盛宴》以"爷爷"的葬礼开始,家族人情的画卷展开,通过中国人特有的侵入他人生活的亲密的人际连接,呈现了在运动着的、发着热的人与人关系中所埋藏着感情上的冰冷。

可以进一步讨论的是,中国现当代文学史上的家族叙事,都有意去勾连历史的大事件,在家族命运的盛衰荣辱之中,去表达时代的意识和历史的观照。那细小如何勾连起大的世界,是否存在这样的可能?张怡微也曾经表达过想如小津在电影中的餐食嫁娶中呈现战后日本人的衰败之心一般,使日常细节中能呈现大历史变化的信息,但是,从她的文本看来,却是大叙事的退隐,小故事从中得以升华,芜杂的生命经验里提炼出来的更多是生活本身的滋味,人生而为人的困顿、无奈、苍茫。张怡微说她喜欢王安忆的"日常生活里的庄严"的说法。她喜欢生活,但又觉得不满足,于是就要赋予它"美学的认识"。她正是以细小的刻度给予琐屑人生新的美学意味,她能够做到把普通不过的生活场景精雕细刻,让读者在细琐处参照自己的人生。正如张大春所说的,在"不吝于讲究、不惮于烦琐、不惧于从枝微节末处穷研旁人、众人乃至所有人以为无意义之意义、以为无价值之价值"[10]的生活细节上不厌精细地加以描述。《度桥》中短暂的婚姻,疯狂的病妻,打破了我的生活最后一点连接正常轨道的可能;

我的居所的"屋子墙壁有白色剥落的墙灰,方桌上绿茵茵的毛豆,缝纫机小抽屉的拉环,斜插在热水瓶与红富士苹果之间的CT胶片,皆染上病恹恹的颜色",那"绿茵茵的毛豆",是母亲在训练我未来独自生活的能力时让我剥的,是我去娘家探看病妻时陪她剥的;"剖毛豆"所意味的平安的俗世景象和我惨淡颓败的生活之间有巨大的鸿沟,而我只能无尽坠落,度桥无望。

而专注细小的书写如何不致落入琐碎的窠臼?张怡微所采用的方法,一为增加叙述的单位面积的重量。张怡微亦称写的俗人俗事,一不小心就会落入俗套。写得不好就会使整个小说格局逼仄,而太接近表象的描写又可能会让读者觉得无聊。所以她试图在创作中加入历史感与现实感。《你所不知道的夜晚》开篇用整整一个章节写工人新村的由来和"茉莉"父母的沪上立足的奋斗前史,其中可见扎实的资料整合和田野调查的基础。二是发现具有启悟性的细节。"生命中带来或出现启悟的片断经验,它在小说里必然来自一个细节,这个细节一经发现,遂如爝火乍燃,使原本阒暗的一切有了清晰、明白且鲜亮的意义。"[11]《度桥》中"我"在父亲去世的凌晨去给已经是尸体的父亲买袜子,病妻回到娘家生活依旧穿着"我"买的彩色袜子,"我"所做的一切都是无用多余之事,不能助人不能助己,研究表情符的"我"面对荒诞的人生无法给出合理的表情。

在张怡微的创作中有诸多重复利用的材料和元素,这对于作者来说,几乎是大胆而危险的行为,骆以军也从解构的路径提出问询和解答。"那是同一个故事材料换一个叙事方式的复写吗?但因之更加强了张怡微的'家'是变动,随兴凑合的,'家族游戏'的荒诞戏自觉。"[12]从小说的技术层面来说,联系她处理经验的方式,可以看到她对小说技巧的注入,以游戏性对有限素材重新拼贴组织的能力与决心。《春丽的夏》《奥客》几乎是一样的故事,但张怡微在不同时间,沪台两地,写了两次,使之从一个情节密集的街巷故事,成为一个人生黄昏微光时分的女性的心灵剖面图。她通过裁剪拼接组合,尝试在小的世界里建立自足天地。张怡微说:"在裁剪小说素材、重新拼接的同时,找到最适切的取景框,表现生活层面中的悲喜交织,而非纯粹的苦楚。"[13]《奥客》里曲折紧凑的情节,到了《春丽的夏》变得富于弹性,看似无关紧要的细节不断参与到叙事,文本却依然轻松行走。此时的张怡微更加从容。普里切特亦说:一个作家在文本中构建的清晰的自我,它由分散在情节中的细节投射而成。张怡微似在反复地尝试,在情节中的细小中,注入了属于生命能量的内容。她认为,"小说需要的是把一个人的生活情貌,所有的经验素材重新整理拼接,它指向的东西都是不确凿的,充满了可能性。"[14]《春丽的夏》的开头,她花费了很多的笔墨,写了中年妇人春丽在出门前为了防晒而做的精心装扮,从帽子手套到鞋袜,虽然煞费苦心的结果是不伦不类的不好看。这些在《奥客》中没有出现的细节,是张怡微在变动的取景框中的尝试,鞋帽穿戴是推进的特写,阳光下金光闪闪的晾衣杆是定格的空镜头,呈现的是细民生活的无力、狼狈、不死的欲念与决心,那些细小的心机是顽抗,不伦不类的尴尬也是有勇力的。

细小对于张怡微既是一种审美、一种取景的方法、一种陈述的心理依据,也是判断的基础和过程,这其中,凝聚着她认识的成长、情感的变化。对张怡微来说,细节不只是细节,也是认知和阐释的方式,因此,当她观望世界的方式开始发生变化的时候,同样敏微的她,对于细节的择取和提炼运用是有明显的变化性的。对比前期的《时光,请等一等》,到后期的《樱桃青衣》,这些变化清晰可见。

《我真的不想来》里罗清清身上没有钱,表弟为了省一块钱领她在寒风中等了一个小时非空调车;她去问父亲讨赡养费却开不了口,同父亲在车站等车,父亲掏来掏去找不出零钱给她乘车,不得已给了她十块钱——这些逼仄压抑的生活细节,到了《樱桃青衣》,已经不太能看到,作者做了很多精妙的处理。《度桥》里她写"我"的病妻,却旁枝写到了常年在路口指挥交通被当作协管员的精神病人。《春丽的夏》里她写逝去的故人,却花费大量笔墨写一栋承载"我"旧时光的老楼。似电影的镜头,她少去直面的惨痛的尖锐的冲撞的饱含情绪力量的瞬间,她变得克制,发酵细节,更慢更小,她利用镜头之间的譬喻,想讲成寓言。她和她运用的经验之间的距离变得更远,她隐藏起一部分自我,这让《樱桃青衣》的写作可以称之为"家族试验",所运用的是可以组合的人物关系,可以被明确标签,如她所说的,她写"没有血缘关系却生活在一起的人""写过继、无后、失独、老年人再婚等话题",以期对人性的可能性探索和表达。她陈说《樱桃青衣》书写的都是她未曾经历的,她亦介意被比照对应;在这个意味上,她有了更安全的位置,但她并未因此丧失某种诚实,她只是从《我真的不想来》里以罗清清声嘶力竭呐喊唤起读者对于极度压抑的情感的共情,变成了隐微而轻巧的邀约者,让你因循她的匠心巧布,游历过一些坎坷的世景,问你是否与她同味。"倾诉耗尽之后,更纯粹的创造的快乐油然滋生,心里面的时间开始说话,那是与自然时间越来越不一样的宇宙。"书写在继父和母亲的餐桌上多余的"我",在男友和缠绵病榻一息尚存的妻子的婚姻里多余的"我",被命名为《樱桃青衣》,人的可能性因为抛掷到世界的方式而受到局限,一切的好的景象是幻化而成的携樱桃的青衣,并不真正属于我。书写母亲失去人生晚景最后的倚赖与幸福所在的"蒋先生"是"蕉叶覆鹿",得失若梦,它也并不属于母亲。作者根性里的不信,并未变过,无有团圆的底色,"始迷终悟,梦而觉也",但是作者处理和创造的方式在变化,她逐渐到达她所说的,追求的"对于日常生活的奇迹性发现",时代的暧昧与含混里,要以细小之心领受和发现,如冯至的《十四行二十七首》所说的,"我们准备着深深地领受,那些意想不到的奇迹。"张怡微是准备好了的人。

[1][2][3]张怡微:《世情小说的本质》,《收获》2017年第4期。

[4][10][11]张大春:《小说稗类》,广西师范大学出版社,2010年,第136、133、167页。

[5]王宏图:《痛,且飘浪在风中——张怡微的青春书写》,《南方文坛》2014年第4期。

[6][9][12]骆以军:《张怡微:另一种活着的人们》,《收获》2015年春夏卷。

[7]《访谈 张怡微 我们经历了巨大的变迁》,《文汇报》2015年7月7日。

[8]张怡微:《楼组长》,《新民晚报》2016年4月29日。

[13]张怡微:《我所理解的世情小说》,《名作欣赏》2014年第25期。

[14]《张怡微:写小说是一种经验的魔术》,《晶报》2017年9月9日。